Zu diesem Buch

Ein geistig gestörter Mann hält sich für den Teufel und ist in der Lage, den Tod vorherzusagen. Diese Fähigkeit wird von einem Verbrecher erkannt und für erpresserische Zwecke genutzt.

Kommissarin Hansen begegnet zufällig dem Teufel in dessen irdischer Funktion. Der hält sie für einen Engel, er beginnt an seiner Position als Herrscher der Unterwelt zu zweifeln und verliert seine Fähigkeit, den Tod vorherzusagen.

Der Verbrecher, der ihn ausnutzt, will das nicht akzeptieren. Er plant, die Kommissarin in einer spektakulären Zeremonie zu töten, um so das Weltbild des Teufels wiederherzustellen. Nur irdische Mächte können ihr jetzt noch helfen.

Der Roman spielt 2016 in der Umgebung von Stade und Freiburg an der Elbe.

für Menne
viel Freude beim Lesen
wünscht
Peter Eichenauer
Hechthausen 2.2.2024

D1695780

Ich bedanke mich bei meiner Frau, die mein größter Fan und gleichzeitig meine strengste Kritikerin ist, für ihre unermessliche Arbeit am Manuskript und den vielen hilfreichen Diskussionen.

Zum Autor:

In Pinneberg wurde **Peter Eckmann** im Jahr 1947 geboren, in Hamburg, in der Nähe der Reeperbahn, wuchs er auf. Er erlernte den Beruf des Chemielaboranten und schloss 1972 sein Studium zum Chemie-Ingenieur ab. Bis 1975 arbeitete er noch in Hamburg, ehe es ihn zum Unternehmen Dow nach Stade zog. An seinem 59. Geburtstag bot sich Peter Eckmann die Gelegenheit, in den Vorruhestand zu wechseln. „Ich bin viel mit dem Fahrrad unterwegs und kümmere mich gerne um meinen Garten", nennt Peter Eckmann seine Hobbys. „Ansonsten schreibe ich nur noch", fügt er hinzu. Mit seiner Frau Eva Maria ist er seit 1974 verheiratet.

Die Kommissarin

und

der Teufel

von

Peter Eckmann

© 2019 Peter Eckmann
Rosenstraße 14
21755 Hechthausen
ISBN: 9783757882877
V3

Inhaltsverzeichnis

Tod eines Schiffsoffiziers

Freitag, der 1 Juli 2016. Hinnerk Jensen, Mitinhaber und Vorstandsvorsitzender der Dollart AG, einer Reederei mit elf Schiffen, die in der Nordsee Passagierdienste durchführen, blickt mit krauser Stirn auf den Ausdruck, der vor ihm auf dem riesigen, eichenen Schreibtisch liegt. Er liest den Text wiederholt durch, zögert, nimmt das Blatt in die Hand. Er ist kurz davor, es zu zerknüllen und in den Papierkorb zu werfen. Schließlich legt er es wieder hin, streicht es glatt und liest es abermals durch.

```
Innerhalb der nächsten vier Wochen wird
Hauke Boldixen, einer Ihrer ersten Offi-
ziere, sterben. Wenn Sie sein Schicksal
nicht teilen wollen, zahlen Sie die Summe
von 250.000 Euro. Details folgen, sobald
Sie ihr Einverständnis signalisiert ha-
ben. Geben Sie zu diesem Zweck am 1. Au-
gust eine Anzeige in den Cuxhavener Nach-
richten auf, Rubrik Traueranzeigen. Text:
„Vielen Dank für die Grabbeigaben. Eure
Oma"
```

Er richtet sich auf und ruft: „Frau Wienberg, kommen Sie bitte!" Ungeduldig trommelt er mit den Fingern auf der Schreibtischunterlage.

Seine Sekretärin tritt ein, mit dem Notizblock in der Hand. „Sie wünschen, Herr Jensen?" Ihr Chef ist ein Vorgesetzter alter Schule, mit sehr patriarchalischen Gewohnheiten.

„Ist Herr Boldixen in seinem Büro?"

Sie muss nicht lange überlegen. „Nein, der ist heute und morgen auf der MS Norderney unterwegs. Soweit ich weiß, wird er nicht vor morgen Abend wieder an Land sein. Soll ich herausfinden, wann genau Herr Boldixen zurück sein wird?"

„Ja, tun Sie das bitte." Verärgert und beunruhigt lehnt er sich zurück. „Lassen Sie ihm ausrichten, dass ich ihn so schnell wie möglich sprechen möchte."

„Sehr wohl, Herr Jensen." Sie wendet sich zur Tür. „Ist das alles?"

Der alte Reeder knurrt etwas Unverständliches, antwortet dann kurz angebunden. „Danke, Frau Wienberg, das wär's vorerst."

Sie geht hinaus und setzt sich im Vorzimmer an ihren Schreibtisch, der höchstens halb so groß ist, wie der ihres Chefs. Sie kramt aus einem kleinen Kasten einen Zettel und schreibt mit ihrer deutlichen Handschrift eine kurze Nachricht. Im Stockwerk über ihr ist ein Büro für einen Teil der Offiziere. Sie teilen sich zu viert einen Raum. In der Regel klappt das gut, sie sind meistens ohnehin auf See. Herr Krönrey, der alte Bootsmann, ist der Einzige von ihnen, der im Augenblick anwesend ist.

„Hallo, Emma. Nett dich zu sehen. Was führt dich hierher?" Er mustert mit wachem Blick ihre Sekretärin, die sich heute wieder nett gekleidet hat. Sie trägt ein rotes Kostüm mit nicht zu langem Rock zu ihren halbhohen, cremefarbenen Pumps.

„Guten Tag Bernd, ich habe eine Nachricht vom Chef für Hauke. Es scheint wichtig zu sein. Ist es richtig, dass er morgen Abend wieder an Land ist?"

Der alte Seebär nickt und lässt seine Augen nicht von der Sekretärin. „Da hast du recht, min Deern. Das Wetter ist gut, deshalb wird er den Fahrplan wie vorgesehen einhalten. Er wird aber nicht vor Montagmorgen im Büro sein. Wenn er eingelaufen ist, wird er bestimmt sofort nach Hause wollen, immerhin ist er über das Wochenende unterwegs."

„Ja, in den Ferien ist immer viel los." Sie legt den Zettel auf den Schreibtisch des ersten nautischen Offiziers

Hauke Boldixen, genau in die Mitte der Schreibtischunterlage auf dem sehr aufgeräumten Schreibtisch. Ein paar Stifte liegen in einer Plastikschale, der Bildschirm ist mit einer Haube abgedeckt. „Mach's gut, Bernd. Ich wünsche dir und deiner Frau ein schönes Wochenende."

„Danke Emma, gleichfalls!"

Reeder Jensen sitzt an seinem Schreibtisch und grübelt. Soll er die Polizei einschalten? Vielleicht ist es nur ein dummer Streich? Er beschließt, zunächst mit seinem Mitarbeiter zu sprechen, sobald der zurückgekehrt ist und dann abzuwarten. Wie kommt der Absender auf 250.000 Euro? Das ist eine Summe, die er verschmerzen kann, es sind ca. 10 % seines verfügbaren Vermögens. Trotzdem – was für eine Frechheit! Nervös trommelt er wieder mit seinen Fingern auf dem Schreibtisch. Er richtet sich abrupt auf und beschließt, diesen Vorgang vorerst zu ignorieren. Das ominöse Schreiben knüllt er zusammen und wirft es in den Papierkorb. Es war der Ausdruck einer E-Mail mit verschlüsseltem Absender, zur Not kann die Wienberg ihm den Wisch erneut ausdrucken.

Es ist Montag, drei Tage später. Hauke Boldixen tritt ein und nickt der Sekretärin zu. „Guten Morgen Emma, ich soll zum Alten kommen?" Schlank und braun gebrannt ist er in seiner schicken Uniform bei allen Mitarbeitern und insbesondere bei den weiblichen Kollegen beliebt. Er ist 48 Jahre alt, glücklich verheiratet und gern auf der Arbeit. Die Seefahrt war schon immer ein Jugendtraum von ihm gewesen, den er sich vor 20 Jahren erfüllt hat.

„Lass ihn das bloß nicht hören. Es scheint wichtig zu sein, ich drück dir die Daumen."

Schiffsoffizier Boldixen streicht eine vorwitzige blonde Strähne aus der Stirn und klopft an die massive Eichentür.

„Herein!" Hinnerk Jensen blickt ihm entgegen und Hauke meint, Sorge in den Augen des alten Mannes zu erkennen.

„Setzen Sie sich!", der alte Reeder weist auf den Stuhl vor dem Schreibtisch und mustert seinen Angestellten. Gut sieht der aus, schlank, gesund und sportlich. „Wie fühlen Sie sich, Herr Boldixen?"

Etwas verwundert blickt der seinen Chef an. „Danke der Nachfrage, ich fühle mich gut, ich könnte Bäume ausreißen."

Herr Jensen rückt unruhig auf seinem Stuhl umher, wie vermittelt er die Nachricht am besten? „Herr Boldixen, ich möchte eine heikle Angelegenheit mit Ihnen besprechen. Vielleicht stellt sie sich als grober Unfug heraus, dann werden wir sie am besten sofort vergessen. Falls mehr dahinterstecken sollte, sollten wir vorbereitet sein."

Der Seeoffizier zieht seine Stirn kraus. Was redet sein Chef da? Er hat ein Gespräch über seine Urlaubsvertretung erwartet, oder eine Gehaltserhöhung, aber dies scheint offenbar etwas ganz anderes zu sein.

Der alte Reeder trommelt wieder nervös mit den Fingern auf die hölzerne Schreibtischplatte. Es gibt keine nette Art, es dem Ersten zu sagen, so fällt er mit der Tür ins Haus. „Ich habe vor vier Tagen eine E-Mail erhalten, die ihren baldigen Tod ankündigt."

Stille.

Hauke Boldixen sieht seinen Chef perplex an. Hat er das richtig verstanden? „Bitte? Meinen Tod? Wie …wer?"

„Gibt es jemanden, der ihnen nach dem Leben trachtet?"

„Äh, nein! Um Gottes willen!"

Herr Jensen nickt. „Das dachte ich mir, Sie sind doch überall beliebt. Oder haben Sie etwas mit einer verheirateten Frau angefangen und müssen jetzt den Zorn des Mannes fürchten?" Er lacht etwas gequält und versucht so, dem heiklen Thema einen humoristischen Anstrich zu geben.

Hauke Boldixen schüttelt energisch den Kopf. „Nein, da ist nichts, überhaupt nichts."

„Sind Sie vielleicht krank und wissen es nicht?"

„Nein, da muss ich ebenfalls passen. Ich bin erst vor zwei Wochen zur Kontrolle beim Doc gewesen; mein Blutdruck ist vielleicht etwas erhöht, aber nicht mehr, als bei vielen anderen auch."

„Na gut!" Reeder Jensen schiebt den Schreibtischsessel zurück und erhebt sich. „Dann ist es wohl das, was ich vermutet habe, ein Dummer-Jungen-Streich. Jemand will mich oder Sie erschrecken und auf diese Weise an Geld kommen."

„Das scheint mir auch so, Herr Jensen."

„Gut, dann will ich Sie nicht länger aufhalten. Passen Sie auf sich auf!" Er reicht seinem Mitarbeiter zum Abschied die Hand. „Schot- und Mastbruch!"

***

Zehn Tage später, Hauke Boldixen steht auf der Brücke der MS Neuwerk und klönt mit dem Rudergänger. Das Wetter ist gut, die See spiegelglatt, kein Windhauch kräuselt das Wasser. In der Ferne ist ein grüner Streifen zu sehen, es ist die Halbinsel Eiderstedt, in einer halben Stunde werden sie ihr Ziel - Strucklahnungshörn auf Nordstrand - erreichen.

„Wie geht es deiner Frau, soll nicht bald euer zweites Kind zur Welt kommen?", fragt Hauke Boldixen den Rudergänger, Bootsmann Clausen, einen jungen Mann Anfang dreißig, mit einem braunen Bart, der ihm fast bis zum Hemd reicht.

„Gesine ist jetzt im vierten Monat, das wird bis Weihnachten dauern."

„Dann passt man auf, dass es kein Christkind wird!"

Sie lachen beide, sie sind bester Laune. In etwa einer Stunde ist für sie der Dienst zu Ende. Vorläufig, bis es dann nach dem Mittag, wieder zurück nach Cuxhaven geht.

Hauke Boldixen steht vor dem Navigationsbildschirm und mustert die Anzeige. Die MS Neuwerk ist ein Fahrgastschiff der Reederei Dollart AG, ein modernes Schiff für 250 Passagiere. Doch was ist das? Er sieht plötzlich alles doppelt, sein Blick ist getrübt, er blinzelt, um wieder ein klares Bild zu bekommen, aber der Nebel vor seinen Augen verschwindet nicht, er wird noch undurchsichtiger.

Gleichzeitig fühlt er ein dumpfes Pulsieren im Kopf, jäh setzt heftiger Kopfschmerz ein. Krampfhaft hält er sich am Kartentisch fest und sackt kraftlos auf einen Stuhl.

„Was ist mit dir, Hauke?" Der Rudergänger schickt einen besorgten Blick zu seinem Kollegen.

Doch der ist zum Antworten nicht mehr in der Lage. Der Kopfschmerz ist unerträglich geworden, ihm ist vollständig schwarz vor Augen. Sein Verstand setzt aus, dann schwindet sein Bewusstsein. Hauke Boldixen fällt vom Stuhl und liegt zusammengekrümmt auf dem Linoleumboden.

„Mensch, Hauke! Was ist mit dir?" Bootsmann Clausen blickt erschrocken auf seinen Kollegen. Er greift zum Mikrofon und ruft den Kapitän aus. „Captain, kommen Sie bitte sofort zur Brücke, ein Notfall!"

Zwei Minuten später trifft der Schiffsführer ein. Bevor er eine Frage stellen kann, sieht er seinen ersten Offizier am Boden liegen.

„Hauke ist plötzlich umgefallen, wir brauchen einen Arzt!", ruft der Rudergänger.

Kapitän Heinsohn greift wortlos zu seinem Handy und ruft den Rettungsdienst in Husum an. „Kommen Sie mit einem Rettungswagen zum Anlieger Strucklahnungshörn, wir haben einen bewusstlosen Mann an Bord. Nein, er ist nicht ansprechbar! Wir werden voraussichtlich -" er sieht aufmerksam in die Ferne, dort ist bereits am Horizont der Deich der Insel Nordstrand zu erkennen - „in zwanzig Minuten anlegen, es ist ein Notfall!" Er nickt wie zu einer Bestätigung und steckt das Handy in die Hemdtasche zurück. Sein nächster Blick gilt seinem am Boden liegenden Offizier, er kniet sich auf den Boden und fühlt nach dem Puls an der Halsschlagader. Er setzt den Finger ab und tastet wieder, sucht nach einer anderen Stelle am Hals. „Mist, Clausen, ich fühle nichts. Können Sie mal versuchen?" Er steht auf und macht Platz für seinen vierschrötigen Bootsmann.

Der stützt sich mit einer Hand am Boden ab und sucht nach der Halsschlagader, wartet einen Moment. „Nein, Käpt'n, ich fühle auch nichts." Er öffnet das Hemd und beugt seinen Kopf bis zur Brust hinunter, hält sein Ohr an den Mund des Ersten. „Scheiße Chef, er atmet nicht, ich glaub, er ist tot." Langsam erhebt er sich. „Dass unser Kahn aber auch nicht schneller ist, ich fahre mit allem, was unsere Maschinen hergeben!"

Sein Kapitän klopft ihm beruhigend auf die Schulter. „Ich wünschte auch, wir könnten fliegen, da ist nichts mehr zu machen. Erzähl, was ist denn passiert?"

Mit stockender Stimme beginnt Bootsmann Clausen zu erzählen, immer wieder sieht er zu seinem Kollegen auf dem Boden, in der Hoffnung, dass sich vielleicht doch noch ein Anzeichen von Leben zeigen möge. „Da war nicht viel, Chef. Hauke hat sich plötzlich setzen müssen, es hat höchstens ein paar Minuten gedauert, dann fiel er auf den Boden. Seitdem liegt er da."

Kapitän Heinsohn kratzt sich am Kopf und sieht mit großen Augen auf seinen Offizier hinunter. „Was das bloß ist?"

Eine gute Viertelstunde später legen sie im Hafen von Nordstrand an. Der Rettungswagen mit der orangenen Kennzeichnung auf weißem Untergrund steht schon mit blinkendem Blaulicht an der Mole. Der Notarzt steht mit einer Tasche an der Kaimauer, begleitet von einem Sanitäter und wartet ungeduldig darauf, dass die Gangway heruntergeklappt wird. Als sie liegt, aber noch nicht befestigt ist, eilen die beiden mit raschen Schritten den wackligen Steg zum Schiff hinüber.

Kapitän Heinsohn erwartet sie ungeduldig. „Folgen Sie mir, der Mann liegt auf der Brücke." So rasch ihn seine Beine tragen, eilt er zur Kommandozentrale des Schiffes, Arzt und Sanitäter auf den Fersen. Einige Passagiere sind aufmerksam geworden und verfolgen neugierig den Vorfall.

Auf der Brücke stürzt sich der Arzt auf den Mann am Boden, macht dessen Brust frei und setzt ein Stethoskop an. Mit geschlossenen Augen und krauser Stirn lauscht er in das Gerät. Er schüttelt den Kopf und öffnet seinen Koffer, um den Defibrillator herauszuholen. „Fangen Sie mit der Herzmassage an", fordert er den Sanitäter auf. Der hockt bereits neben Hauke Boldixen und beginnt mit kräftigen Stößen den Brustkorb zu bearbeiten. Der Arzt hat den Defibrillator bereit, setzt ihn an und betätigt den Taster für den Stromstoß.

Hauke Boldixen zuckt kurz, das Stethoskop ist sofort wieder über dem Herzen. Der Arzt horcht ein paar Sekunden. „Einen Versuch noch," murmelt er vor sich hin.

Dieselbe Prozedur, der Mann zuckt wieder leicht, wieder kommt das Stethoskop zum Einsatz. Doktor Wüsthoff steht mit gesenktem Kopf auf und steckt das Stethoskop in die Tasche seiner weißen Jacke. Er blickt sich im

Kreise der Zuschauer um, es sind der Bootsmann, der Kapitän, der Sanitäter sowie der Obersteward, der wegen seiner Teilnahme am Krankenpflegeersatzlehrgang auch auf die Brücke gerufen worden ist.

„Der Mann ist tot, schon eine Weile, zwanzig Minuten, halbe Stunde würde ich sagen. Da kann man nicht mehr reanimieren. Woran er gestorben ist, werden die Kollegen von der Pathologie herausfinden müssen." Er blickt zu seinem Gehilfen. „Wir werden sofort einen Leichenwagen des hiesigen Bestatters anfordern, wir dürfen keine Toten transportieren."

Kapitän Heinsohn blickt abwesend dem davonfahrenden Rettungswagen hinterher, dann fällt sein Blick auf seinen toten Offizier, über den der Rudergänger eine Decke gelegt hat. Er gibt sich einen Ruck und sieht die Umstehenden an. „Wir können jetzt nichts mehr tun. Zum Trauern haben wir keine Zeit, der Dienst muss weitergehen."

Der zweite Offizier übernimmt entsprechend der Dienstvorschrift die Aufgaben seines verstorbenen Kollegen.

Eine halbe Stunde später trifft der Leichenwagen aus Husum ein. Mit Trauer und Schrecken verfolgt die Mannschaft den Abtransport ihres verstorbenen Kollegen.

***

Am Freitagmittag läutet das Telefon im Büro von Emma Wienberg, der Sekretärin des Reeders Jensen.

„Hallo, Emma, hier ist August Heinsohn. Ist der Chef zu sprechen? Es ist wichtig."

16

„Guten Tag, August. Nein, leider nicht, er ist in einer Besprechung."

„Was ich vom Alten will, ist auf alle Fälle wichtiger als jede Besprechung, stell mich bitte durch."

Reeder Jensen hört das Telefon auf seinem Schreibtisch. Das muss wichtig sein, denn seine Sekretärin hat klare Anweisung, keine Anrufe durchzustellen. „Tut mir leid, meine Herren. Ich muss unser Gespräch einen Moment unterbrechen." Er steht auf und nimmt das Mobilteil ab. „Kapitän Heinsohn? Ja, stellen Sie bitte durch." Dann lauscht er der Stimme seines Offiziers aus dem Telefon.

„Eine schlimme Nachricht, Herr Jensen. Ich bin jetzt auf der MS Neuwerk am Anleger Strucklahnungshörn. Unser erster Offizier, Hauke Boldixen, ist vor einer Stunde verstorben."

„Was?" Jensen lässt sich auf seinen Schreibtischstuhl sinken. „Warum? - Wie ist das passiert?"

„Das weiß im Moment niemand so recht. Vor etwa zwei Stunden fiel Hauke einfach um, war bewusstlos und verstarb innerhalb einer Viertelstunde. Der Arzt konnte nur den Tod feststellen. Jetzt liegt er im Klinikum Nordfriesland in Husum im Leichenkeller, und soll heute noch zur Pathologie nach Kiel gebracht werden."

Reeder Jensen ringt sichtlich um Worte. „Aber - das ist ja furchtbar! Hat der Arzt nichts gesagt? Eine Vermutung?"

„Tut mir leid Chef, die Mediziner sind ratlos. Es wird ein geplatztes Aneurysma im Kopf als Möglichkeit in Betracht gezogen, Näheres soll die Obduktion in Kiel ergeben."

„Gut, Kapitän Heinsohn, unterrichten Sie mich, wenn Sie mehr wissen. Ich werde aber selbst auch in Kiel vorsprechen. Außerdem muss ich seine Frau informieren. Das wird mir schwerfallen, muss aber sein." Nachdenklich setzt er das Mobilteil in die Halterung und erhebt sich schwerfällig, um zum Konferenztisch zurückzugehen. Plötzlich fällt ihm die Nachricht ein, die er vor zwei Wochen erhalten hat. Darin wurde der Tod seines ersten Offiziers angekündigt. Ihm sträuben sich die Nackenhaare. Mein Gott! Kann der Tod Boldixens tatsächlich mit dieser E-Mail zusammenhängen? Er mag sich das gar nicht ausmalen. Dann gleitet sein Blick über die Mitglieder der Gesprächsrunde, sie sind zum Teil von weither angereist. So schwer es ihm fällt, die Sache muss er jetzt zu Ende führen. Eines seiner alten Schiffe soll an eine Reederei in Marseille verkauft werden. Für den Erlös will er seine Flotte um ein Tragflächenboot ergänzen, um die Fahrzeiten zu den Inseln zu verkürzen.

Er räuspert sich. „Tut mir leid, meine Herren. Einer meiner Offiziere ist unerwartet verstorben. Ich bitte deshalb darum, dass wir möglichst bald zum Ende kommen."

Ein Murmeln geht durch die kleine Runde. Der Vertreter der französischen Reederei reagiert als erster. „Mon Dieu, Monsieur Jensen. ʼatte der Mann Familie?"

„Ja, er war verheiratet und hatte zwei Kinder. Das wird bitter für sie sein. Einen Nachfolger zu suchen ist lediglich lästig. Aber für seine Frau wird es ein schwerer Schlag sein - sie rechnet natürlich nicht mit so etwas, ein völlig gesunder, junger Mann…" Er denkt mit Kummer an die unvermeidliche Begegnung mit Frau Boldixen.

Das Wochenende ist vorbei, dieses Mal lief es zäher als sonst. Immer wieder muss Jensen an die Botschaft aus dem Darknet denken. Gibt es Möglichkeiten, einen Tod aus der Ferne auszulösen? Er schüttelt den Kopf und nimmt sich vor, sich gleich heute mit der Pathologie in Kiel in Verbindung zu setzen. Seinen Hausarzt wird er auch Anfang der Woche aufsuchen. Zum einen, um sich selbst untersuchen zu lassen, zum anderen, um sich über Möglichkeiten zur Herbeiführung dieses speziellen Todes zu informieren.

Mit schwerem Herzen denkt er an den Besuch bei Frau Boldixen zurück. Sie hat so reagiert, wie er befürchtet hat, mit blankem Entsetzen und vielen Tränen. Er hat ihr zugesichert, dass die Reederei die Beerdigungskosten übernimmt, auch wird er seine Sekretärin bitten, der Frau bei den Formalitäten zu helfen, die der Tod des Ehemannes unweigerlich mit sich bringt. Geld ist nicht alles, mehr kann er leider nicht tun.

Er versucht, in seinen Kopf hineinzuhorchen, tastet mit den Fingern seine Schläfen ab. Hat er vielleicht auch so ein Aneurysma? Der Besuch bei seinem Arzt wird das hoffentlich klären. Je länger er darüber nachdenkt, desto eher meint er, einen leichten Druck im Kopf zu verspüren.

Am Montagnachmittag erreicht er den zuständigen Pathologen der Universitätsklinik Kiel. Es ist Doktor Kieling, Rechtsmediziner für Schleswig-Holstein.

„Guten Tag, Herr Doktor. Vielen Dank, dass Sie mir einen Teil Ihrer Zeit opfern."

„Es passt gerade, ich werde mich aber kurzfassen. Also: Der Verstorbene starb an den Folgen einer zerebralen Aneurysma Blutung. Sobald die eintritt, gibt es medizinisch keine Möglichkeit, einzugreifen."

„Aha. Kann es sein, den Tod durch so eine Blutung absichtlich herbeizuführen?"

„So eine Frage habe ich noch nie gehört. Aber bitte, auch dazu nur eine kurze Bemerkung. Ein Gehirnaneurysma, also eine Aussackung einer Hirnarterie, haben vielleicht 3 % aller Menschen. Nur bei einem kleinen Teil davon kommt es überhaupt zu einer Ruptur, also einem Platzen der Aussackung. Und davon stirbt etwa jeder Zweite. Um auf Ihre Frage zurückzukommen: Nein, eine Beeinflussung von außen ist völlig ausgeschlossen."

„Vielen Dank Herr Doktor, für diese Einschätzung."

„Gerne." Klick. Das Gespräch ist unterbrochen. Der Mann hat wohl tatsächlich wenig Zeit.

Tja, nun ist er nur wenig schlauer als vorher. Wie kann es angehen, dass der Schreiber der Mail die Sache mit dem Aneurysma wissen konnte? Boldixen selbst hat keine Ahnung davon gehabt. Und, noch rätselhafter, woher wusste der Verfasser des Erpresserbriefes, wann das Ding platzen würde? Ein Zufall kann es nicht sein, das sagt ihm schon der gesunde Menschenverstand. Aber trotzdem, morgen hat er einen Termin bei seinem Hausarzt.

Am Nachmittag klopft seine Sekretärin, Frau Wienberg, und tritt ein, bevor er »herein« sagen kann. In der Hand hält sie den Ausdruck einer E-Mail. „Herr Jensen, entschuldigen Sie bitte, dass ich störe, aber da ist schon wieder so eine merkwürdige Nachricht angekommen." Sie reicht ihm den Bogen Papier.

```
    Sie sehen, wozu wir in der Lage sind.
Wenn Sie Ihren eigenen Tod verhindern wol-
len, zahlen Sie uns am 15. August 250.000
Euro in 100er und 50er Scheinen. Details
folgen später.
    Geben Sie als Einverständnis eine An-
zeige in den Cuxhavener Nachrichten am
Montag, 1. August, auf. Rubrik Sterbean-
zeigen, Text: „Vielen Dank für die Grab-
beigaben. Eure Oma"
```

Verdammt! Jensen hat irgendwie gehofft, die Erpresser würden so verschwinden, wie sie erschienen waren, und Boldixens Tod würde sich als tragischer, aber natürlicher Tod erweisen. Diese Hoffnung kann er nun begraben. Wie, zum Teufel, soll er sich verhalten? Diese Kerle haben nicht nur den Tod von Hauke Boldixen vorhergesagt, sie können offenbar durch unklare Mächte so etwas wie eine Gehirnblutung auslösen. Jensen schüttelt den Kopf. So ein Unsinn! Gut, 250.000 Euro kann er entbehren, das ist es nicht. Es ärgert ihn lediglich maßlos, dass er auf eine Erpressung eingehen soll. »Wenn Sie nicht -

dann…«. Der erfahrene Reeder ist es nicht gewohnt, von irgendjemandem ein Ultimatum gestellt zu bekommen, soweit kommt es noch!

Er beschließt, vor dem Erscheinen der verlangten Anzeige in der Zeitung die Polizei einzuweihen. Mit deren Hilfe kann man die Erpresser vielleicht fassen, die Geldübergaben sind bei Erpressungen in der Regel die Schwachstellen, die oft zur Ergreifung der Täter führen.

Der Besuch bei seinem Hausarzt hat kaum Neues ergeben. Er hat lediglich einen Termin für eine Computertomografie seines Kopfes erhalten, die in der übernächsten Woche stattfinden soll.

„Damit kann man feststellen, ob bei Ihnen ein oder mehrere Aneurysmen vorliegen. Die Wahrscheinlichkeit ist jedoch sehr gering." Doktor Bergmann sieht ihn prüfend an. „Gibt es einen besonderen Grund für Ihre Sorge?"

„Ein Mitarbeiter von mir, mein Offizier Hauke Boldixen, ist daran kürzlich verstorben."

„Das passiert leider. Gott sei Dank trifft es nur ganz wenige", versucht ihn der Arzt zu beruhigen.

„Das habe ich inzwischen auch so verstanden. Das Problem in diesem Fall ist, dass der Tod meines Mitarbeiters vorher angekündigt worden ist."

„Wie bitte? Jemand hat angekündigt, dass der Mann an so etwas sterben würde?" Doktor Bergmann richtet sich in seinem Stuhl auf. „So ein Quatsch! Das ist medizinisch völlig unhaltbar."

„Es ist aber passiert. Offenbar gibt es jemanden, der in der Lage zu sein scheint, zu wissen, ob jemand stirbt. Es könnte natürlich ein Zufall sein, das wäre aber eine sehr merkwürdige Fähigkeit."

Der Arzt nickt. „Ein Zufall wäre nach meiner Meinung die einzige Erklärung. Aber wie kann das angehen? Man kann keine Zufälle vorhersagen."

Der Reeder erhebt sich. „Das sehe ich auch so. Deshalb bin ich heute bei Ihnen. Ich danke Ihnen für Ihre Zeit. Sobald ich mehr weiß, werde ich Sie informieren."

Zum 1. August lässt er von seiner Sekretärin eine kurze Notiz in der Cuxhavener Zeitung veröffentlichen.

`„Vielen Dank für die Grabbeigaben. Eure Oma"`

Nur einen Tag später trifft eine weitere Nachricht über Proton-Mail aus dem Darknet ein:

`Ihr Überlebensbeitrag beträgt 250,000 Euro. Die Aufteilung soll sein wie folgt: 2000 100 Euro-Scheine und 1000 50 Euro-Scheine. Legen Sie die Scheine in eine Blechdose (Keksdose) und deponieren Sie sie am Ende der südlichen Mole des Hafens von Norderney um Punkt 21:00 Uhr.`

Seine Sekretärin ist ihm wie immer eine große Hilfe, sie organisiert die Zusammenarbeit mit der Bank und besorgt auch die Dose. Es ist ein runder Behälter mit etwa fünf Litern Inhalt. Außen ist er bunt bedruckt mit Bildern der Kekse, die sich vorher im Inneren befunden haben. Die liegen nun zum Teil in der Schale auf dem Tisch im Besucherzimmer.

Der nächste Schritt ist ein Anruf bei der Polizei in Cuxhaven. „Erpressung, sagen Sie, Lösegeldübergabe? Warten Sie bitte einen Moment, ich leite Sie an die Kollegen von der Kriminalpolizei weiter."

Ein Kriminalhauptkommissar Bruhnke stellt sich als zuständig heraus. Ein Besuchstermin wird vereinbart, der Weg von der Reederei zur Polizeiinspektion ist nicht weit.

Als sich die beiden Männer gegenübersitzen, kommt Kommissar Bruhnke gleich zur Sache. „Herr Jensen, Sie wohnen zwar in unserem Zuständigkeitsbereich. Da die Geldübergabe aber auf Norderney stattfinden soll, werde ich mit Ihrem Einverständnis die Kollegen von der Polizeiinspektion Aurich informieren. Ich denke, wir werden mit denen kooperieren und Sie auf dem Laufenden halten." Er legt eine kurze Pause ein und blickt auf den Ausdruck, den der Reeder Jensen ihm mitgebracht hat. „Mögen Sie vielleicht einen Kaffee? Ich könnte unsere Sekretärin bitten, uns etwas zu bringen."

„Danke, das wäre nett." Herr Jensen hat die letzten Nächte wenig geschlafen und kann etwas Aufmunterung gebrauchen.

„Was halten Sie davon, wenn ich einen Spezialisten für das Internet zu Ihnen schicke, der könnte versuchen, den Absender der Nachricht ausfindig zu machen. Allerdings haben wir so einen Fachmann nicht hier, ich müsste jemanden vom Landeskriminalamt in Hannover anfordern. Das mag ein paar Tage dauern." Er rührt nachdenklich in seinem Kaffee. „Womit genau werden Sie erpresst?"

Reeder Jensen erzählt die ganze Geschichte. Man droht, ihn umzubringen, und ist bei seinem ersten Offizier bereits erfolgreich gewesen. „Es ist aus Medizinersicht ein Tod durch das Versagen eines Blutgefäßes, also kein Tötungsdelikt. Normalerweise ist das kein Fall für Sie, erst die Erpressung dürfte Sie interessieren."

Der Hauptkommissar ist perplex. „Das ist mit Abstand die merkwürdigste, bösartigste Erpressung, von der ich je gehört habe. Formal haben Sie aber recht, der Tod Ihres Offiziers ist aus Polizeisicht kein Tötungsdelikt. Wir können erst bei der Erpressung ansetzen. Deshalb müssen wir den Verfasser der Nachricht ermitteln. Eine weitere Chance dürften wir während der Geldübergabe haben, das ist immer ein Schwachpunkt. Wo soll die Übergabe stattfinden?"

„Auf der Insel Norderney, und zwar am äußersten Ende der südlichen Mole am Fähranleger."

Der Kommissar kratzt sich am Kopf. „Dass eine Geldübergabe auf einer Insel stattfindet, habe ich auch noch nicht gehört. Danach können die Erpresser zum Einsammeln des Geldes nur mit dem Schiff oder vielleicht einem Hubschrauber kommen – und dann sind sie noch nicht in Sicherheit: Man muss ja auch wieder runter von der Insel." Er sieht auf und blickt seinen Besucher an. „Das werde ich sofort an meine Kollegen in Aurich weitergeben. Zusammen mit der Polizei auf Norderney werden die das schon hinkriegen, das wäre ja gelacht. Ich melde mich bei Ihnen, sobald ich einen Fachmann für Internetkriminalität für Sie aufgetrieben habe. Und – Herr Jensen, Sie haben das Richtige getan, als Sie uns mit ins Boot geholt haben."

Reeder Jensen steht eine Viertelstunde später auf dem Bürgersteig der Mittelstraße, jetzt ist er schon etwas ruhiger. Der Kriminalbeamte wirkte sehr kompetent, und wenn die Kollegen in Aurich genauso erfahren sind, ist ihm um das Geld nicht bange.

Nur zwei Tage später klingelt das Telefon, es ist der Internetfachmann vom Landeskriminalamt. „Herr Jensen, wie sieht es morgen bei Ihnen aus? Ich muss ohnehin zur Polizeiinspektion nach Stade, dann würde ich am Nachmittag gerne bei Ihnen vorbeikommen."

„Das freut mich, dass es so schnell klappt, schon mal vielen Dank." Er sieht auf seinen Terminplan, der ganz altmodisch auf seinem Schreibtisch vor ihm liegt. „Ich habe zwar eine Besprechung, aber mich brauchen Sie ja sicher nicht. Wenn doch, kann ich Ihnen auf jeden Fall für einen Moment zur Verfügung stehen."

„Fein, dann bis morgen."

Der Computer-Fachmann heißt Lukas Kloth und stellt sich als junger Mann Ende zwanzig heraus. Er wird von Frau Wienberg hereingeführt, die den jungen Mann mit einem Lächeln bei Reeder Jensen zurücklässt. Herr Kloth trägt sein braunes Haar kurz, und ist, den Temperaturen Rechnung tragend, lediglich mit heller Hose und T-Shirt bekleidet. Seine Füße zieren schneeweiße Sneakers. Er hat ein gewinnendes Lächeln und streckt dem Reeder eine braun gebrannte Hand entgegen. „Hallo,

Herr Jensen. Mein Name ist Kloth, wir haben gestern miteinander telefoniert."

„Angenehm, vielen Dank für ihr Kommen." An Frau Wienberg gewandt, bittet sie der Reeder: „Können Sie Herrn Kloth zur Hand gehen? Sie können es ohnehin besser als ich, ich muss mich außerdem um meine Besprechung kümmern."

Herr Kloth verschwindet mit der Sekretärin im Vorzimmer, während der Reeder Jensen an den Tisch zu seinen Gesprächspartnern zurückkehrt.

Etwa eine Stunde später bittet Frau Wienberg ihren Chef, kurz in ihr Büro zu kommen. Herr Kloth hat eben sein Notebook eingepackt und blickt Herrn Jensen an. „Es tut mir leid, da ist leider gar nichts zu machen. Die Erpresser nutzen die Proton-Mail einer Schweizer Firma. Der Weg zum Sender ist sehr gut verschlüsselt, da sind wir zurzeit machtlos. Es tut mir leid, Ihnen keine positive Auskunft geben zu können."

„Ja, das ist bedauerlich. Ich danke Ihnen trotzdem für Ihre Mühe."

„Keine Ursache. Diese Brüder werden immer raffinierter, aber irgendwann kommen wir ihnen doch drauf, darauf arbeiten wir hin."

Während der weiteren Besprechung gleiten die Gedanken von Reeder Jensen immer wieder ab und beschäftigen sich mit der Geldübergabe. Das ist die letzte Chance, die Verbrecher zu fassen. Morgen am Freitag, den 15. Juli, soll es passieren.

***

Norderney, der 15 Juli 2016. Der Reeder ist bereits am Mittag eingetroffen, das Auto hat er in Norden stehen lassen und sich mittels Hubschrauber zu der Insel bringen lassen. Nun sitzt er in dem gelb geklinkerten Bau der Polizeistation in der Knyphausenstraße. Außer ihm sind Vertreter der örtlichen Polizei, sowie der Wasserschutzpolizei anwesend. Der Leiter der Aktion ist Kriminalhauptkommissar Patjens, der jetzt das Wort ergreift. Er ist ein stämmiger Mann Ende vierzig, eine dunkle Hornbrille dominiert ein ausdrucksstarkes Gesicht. Eine widerspenstige Tolle seiner vollen, schwarzen Haare schiebt sich immer wieder vor die Brille und wird unbewusst immer wieder beiseitegeschoben.

„Meine Herren, vielen Dank für Ihr Kommen. Wie Sie wissen, haben wir es mit einer Erpressung zu tun, die Geldübergabe soll heute Abend um 21:00 Uhr stattfinden." Er blickt auf seine Uhr. „Es ist kurz nach 17 Uhr, wir haben fast vier Stunden Zeit uns darauf vorzubereiten." Er nimmt die E-Mail mit den Anweisungen für die Geldübergabe in die Hand und fasst zusammen. „Danach sollen wir die Dose mit dem Geld am äußersten Ende der Mole am Fähranleger abstellen. Nach meiner Einschätzung kann das Geld nur mittels eines Schiffes oder mit einem Hubschrauber abgeholt werden. Ich schlage vor, wir fahren dort hin, um uns mit den örtlichen Gegebenheiten vertraut zu machen."

Die kleine Gruppe verteilt sich auf zwei Personenwagen und fährt gemeinsam zu dem etwa zwei Kilometer entfernten Hafen. Das Wetter ist mäßig, graue Wolken bedecken den Himmel, von dem bis gestern tagelang die

Sonne brannte. Es sieht nach Regen aus, einige der Urlauber haben sich bereits den hier verbreiteten »Ostfriesennerz« angezogen, die gelbe Regenjacke.

Nun stehen die Polizisten und Herr Jensen am Ende der Mole und blicken zu dem Fährschiff hinüber, das die Verbindung von Norderney mit dem Festland herstellt. Es läuft gerade ein, anschließend verlassen etwa zehn unterschiedliche Fahrzeuge die Fähre und fahren polternd über die Anlegebrücke zur Insel hinüber. Einige Urlauber in bunter Sommerkleidung gehen zu Fuß zum Frisia Hafenterminal hinüber.

„Sind Sie sicher, dass die Übergabe hier stattfinden soll?", fragt der Vertreter der Wasserschutzpolizei, ein hagerer, großer Mann in den Vierzigern.

„Ja, wir haben in der letzten Mail die genauen Koordinaten erhalten. Es ist bis auf wenige Meter genau an dieser Stelle."

Bootsführer Holthusen nickt. „Gut, ich wollte nur sichergehen. Die letzte Fähre geht nach 19 Uhr, danach kehrt hier Ruhe ein."

„Wer hat das Geld?", möchte Reeder Jensen wissen.

„Das haben die Kollegen von der hiesigen Polizei in Verwahrung, wir werden es heute Abend gemeinsam mit Ihnen hierherbringen."

„Das Geld ist bei uns auf der Wache", ergänzt Polizeimeister Krause. „Ich habe meinen Leuten eingeschärft, besonders darauf zu achten."

„Wir sollten uns mögliche Transportwege überlegen, um für alle Fälle vorbereitet zu sein", schlägt Kriminalhauptkommissar Patjens vor. „Fällt Ihnen außer Schiff und Hubschrauber noch etwas ein?"

„Wie reagieren wir, wenn das Geld mit einem Hubschrauber abgeholt werden sollte?"

„Für den Fall können wir ihn mit dem Radar der Küstenwache verfolgen. Ebenso, falls das Geld mit einem Schiff abgeholt wird. Außerdem hat die Wasserschutzpolizei ein schnelles Boot, mit dem wir es verfolgen können."

„Ja, das Streifenboot 8 liegt am Hafen und wartet auf seinen Einsatz", ergänzt der Bootsführer.

Kriminalhauptkommissar Patjens kraust die Stirn. „Wir haben garantiert etwas übersehen. Die Verfolgung erscheint viel zu einfach. Welcher Erpresser lässt sich darauf ein?"

„Und wenn jemand zu Fuß kommt?"

„Nein, nein. Das halte ich für ausgeschlossen, den hätten wir sofort eingeholt. Wo soll er auch hin, wir sind auf einer Insel. Deshalb wird auch kein Auto, Motorrad oder was auch immer, verwendet werden." Der Kommissar schüttelt den Kopf. „Da muss noch etwas anderes sein, haben wir etwas übersehen?"

Den Kollegen fällt auch nichts mehr ein.

Die Zeit vergeht, es ist 20:50, in zehn Minuten soll die Dose mit dem Geld abgeholt werden. Die steht seit wenigen Minuten in der Mitte der Mole und wird mit Argusaugen beobachtet. Reeder Jensen und der Kriminalhauptkommissar Patjens sitzen im Frisia Terminal, lediglich 30 Meter von der bunten Dose mit dem wertvollen Inhalt entfernt. Der Kommissar hält ein Fernglas in der Hand, bereit, es sofort an die Augen zu heben. Ein Funkgerät zur Polizei liegt vor ihm auf dem Tisch.

Das Tageslicht geht zur Neige, der ohnehin nicht helle Tag verdunkelt sich langsam. Nervös hebt der Kommissar das Funkgerät und drückt die Ruftaste. „Hier Patjens, eine kurze Statusmeldung, bitte."

Das Gerät piept, einer nach dem anderen melden sich die in der Nähe der Mole verteilten Polizisten, auch der Führer des Streifenbootes sendet sein Okay.

Es ist wenige Minuten nach 21 Uhr, die Nerven der Männer im Außenbereich und der beiden Beobachter im Fährterminal sind hoch gespannt. Ein Brausen ist plötzlich zu hören, es wird immer lauter, es klingt etwa so, wie ein elektrischer Rasenmäher. Ein dunkles Gerät, vielleicht doppelt so groß wie eine Getränkekiste, senkt sich mit hoher Geschwindigkeit aus dem immer dunkler werdenden Himmel herab, hinunter auf die Gelddose. Es verharrt kurz direkt auf dem Geldbehälter, um nach wenigen Sekunden mit lautem Brummen und hoher Geschwindigkeit senkrecht in die dunklen, tief hängenden Wolken zu verschwinden.

„Scheiße, eine Drohne!", entfährt es dem Kriminalhauptkommissar. „Daran hat niemand gedacht!" Er springt auf und greift sich das Funkgerät: „Alle Beteiligten bitte sofort zu mir!"

Nur wenig später sitzen vier Polizisten und ihre Leiter, sowie der Bootsführer der Wasserschutzpolizei mit Herrn Jensen und dem Leiter der Aktion, Kriminalhauptkommissar Patjens zusammen. Der Reeder – und Besitzer des Geldes, das eben durch die Luft verschwunden ist – blickt von einem zum anderen, sagt aber nichts.

Patjens räuspert sich. „Darauf war niemand vorbereitet. Hat jemand das Fluggerät erkennen können?"

Polizeimeister Meurer meldet sich. „Ich habe es mit dem Fernglas beobachtet. Es war eine Drohne mit sechs Motoren, ein riesiges, professionelles Gerät. „Wissen Sie, mein Schwager hat eine Drohne. Die ist aber wesentlich kleiner, mit vier Motoren. Unter dem Gerät muss ein Magnet oder so etwas gewesen sein, die Dose klebte irgendwie darunter."

„Wohin ist sie denn verschwunden?" Kriminalhauptkommissar Patjens bemüht sich um Konzentration - diese Schlappe hat er noch nicht ganz verdaut - und macht sich ein paar Notizen. Er darf auf keinen Fall den Eindruck erwecken, dass er die Sache nicht mehr im Griff hat.

„Die Drohne ist zunächst senkrecht nach oben geflogen, nach 300 Meter habe ich sie nicht mehr erkennen können."

Der Kommissar wendet sich an den Vertreter der Wasserschutzpolizei. „Gibt es irgendwelche Erkenntnisse über das Radar?"

Doch der schüttelt den Kopf. „Tut mir leid, Chef, keine Chance. Drohnen sind zu klein, die sind im Radar praktisch nicht zu erkennen. Wenn wir ein moderneres Gerät hätten…"

Kriminalhauptkommissar Patjens bricht die Aktion ab. „Vielen Dank für Ihren Einsatz." Er blickt zum Reeder Jensen hinüber. „Tut mir leid, wir haben getan, was wir konnten. Daran hat niemand gedacht. Bei so einer Art der Lösegeldübergabe sind wir machtlos. Eine Drohne kann man nicht verfolgen, auf keinen Fall so ein schnelles Gerät."

Jensen richtet sich ein wenig in seinem Stuhl auf. „Ich fand es merkwürdig, dass das Geld mitten auf der Mole deponiert werden sollte, für jeden sichtbar. Solche Übergaben finden doch gewöhnlich heimlich statt, oder? Aber auf eine Drohne bin ich auch nicht gekommen, das Geld kann ich jetzt wohl vergessen. Auf der anderen Seite - wenn die Ganoven Wort halten, bleibe ich vielleicht am Leben. Was meinen Sie, Kommissar Patjens?"

Der Kommissar hat im Moment nicht den Nerv für Jensens Sarkasmus. „Ich werde meinen Bericht zum Landeskriminalamt weiterleiten, sollen die Burschen sich doch etwas einfallen lassen."

Auf dem Nordseedeich, zwei Kilometer östlich der Stadt Norden, sitzt ein Mann auf einem Klappstuhl, gemütlich zurückgelehnt. Ein kleines Steuerpult liegt auf seinem Schoß, mit den Fingern der rechten Hand hält er einen kleinen Joystick und führt ihn präzise mit genau dosierten Bewegungen. Seine Augen blicken konzentriert auf einen kleinen Bildschirm. „Ahmet! Es ist so weit!", ruft er, nach hinten gewandt. Auf dem Deichverteidigungsweg steht ein dunkelblauer Van. Ein junger Mann steht neben der Fahrertür und rasiert sich die Wangen, ein kräftiger

Bartwuchs lässt sie dunkel schimmern. Er kontrolliert seinen Rasiererfolg, indem er mit dem linken Handrücken darüber streicht. „Ja, sofort!" Er wirft den Apparat durch die halb geöffnete Scheibe auf den Fahrersitz und geht mit langen Schritten den Deich hinauf. Er ist keine Sekunde zu früh, in der Ferne ist bereits ein leises Sausen zu hören. Nur wenige Sekunden später kommt aus dem fast dunklen Himmel ein schwarzes Fluggerät herunter. Es landet exakt einen Meter von dem bequemen Klappstuhl entfernt im Gras des Deiches.

„Viereinhalb Minuten, da soll uns mal Einer einholen!", lacht der Lenker der Drohne. „Du trägst sie in den Wagen, ich kümmere mich um das Geld."

Der junge Mann hebt die Drohne mitsamt der Gelddose hoch, sein Kumpel zieht an der Dose, die sich mit etwas Kraft von dem Magneten löst, dann gehen beide den Deich hinunter zu ihrem Auto. Inzwischen ist es fast dunkel geworden.

Unterschiedlicher als diese beiden kann kaum jemand sein. Der Ahmet genannte heißt mit vollem Namen Ahmet Demirci. Er ist in Hamburg-Wilhelmsburg als Sohn eines türkischen Ehepaares geboren. Dass er dort auch aufgewachsen ist, merkt man, sobald er den Mund aufmacht: Breitester Hamburg-Slang ist unüberhörbar. Bei den beiden erfüllt er die Aufgabe des Fahrers und eines Mannes für alle Fälle. Sein Gesicht ist wenig attraktiv, trotzdem findet er wegen seines jungenhaften Charmes immer wieder ein Mädchen. Sein Kumpel heißt Uwe Schlöbohm. Er ist schmächtig und fast einen Kopf kleiner als sein dunkelhaariger Kollege. Er ist das Hirn der Unternehmung, er steuert die Drohne virtuos und hat sie bisher immer sicher zur Geldübergabe und zurückgelenkt.

„Warum darfst du immer das Geld nehmen und ich muss mich mit der blöden Drohne abschleppen?", mault Ahmet.

„Weil du der Kräftigere von uns beiden bist, das ist doch klar. Nachher kannst du mir beim Geld zählen helfen, das ist doch auch was, oder?"

Die Drohne ist schnell verstaut, die Dose mit dem Geld landet unter der hinteren Sitzbank. Dort ist ein stabiler Stahlkasten installiert, der mit einem Schlüssel verschlossen werden kann.

Ahmet startet den Wagen und fährt unauffällig in Richtung der Stadt Norden. An der B 72 wendet er sich vorerst nach Süden, in Richtung Autobahn. „Wo geht es denn jetzt hin?", fragt er. Er fährt routiniert mit hoher Geschwindigkeit, mit viel Geschick überholt er die wenigen Fahrzeuge, die jetzt unterwegs sind. Der Mercedes Vito-Tourer mit 245 PS brummt leise auf der Autobahn in östlicher Richtung.

„Ich habe vorhin eine Nachricht vom Chef erhalten, wir sollen sofort zur Zentrale kommen. Das Geld werden wir später zählen."

Es gibt viel zu zählen, das Team mit der Drohne ist seit zwei Wochen unterwegs, zehnmal haben sie Geld übernommen, es dürften etwa eineinhalb Millionen Euro in dem Safe unter der Sitzbank sein.

„Hast du je überlegt, mit dem Geld einfach abzuhauen?", fragt Ahmet und weicht geschickt einem Lieferwagen mit einem Hin und Her hüpfendem Anhänger aus.

„Das würde mir nicht im Traum einfallen, der Chef lässt sich nicht so leicht hinters Licht führen. Vergiss nicht den GPS-Sender, mit dem dieses Fahrzeug ausgestattet ist." Der hat primär die Aufgabe, den Wagen – für den Fall, dass er zufällig gestohlen werden sollte – ausfindig zu machen.

„Na gut, war nur so 'ne Idee."

„Wir werden von Frank auch nicht schlecht entlohnt, ich denke, von dem Geld, das wir jetzt bei uns haben, werden wir etwa ein Prozent erhalten. Nach Adam Riese sind das über 10.000 Euro."

„Tatsächlich? Das ist ja allerhand."

Die Tour zum Einsammeln mehrerer Lösegelder hat sie quer durch Europa geführt, in der Nähe von Valencia in Spanien sind sie gewesen, in Frankreich sind sie an Bordeaux und Paris vorbei gekommen. Übernachtet wurde regelmäßig in Hotels - wobei sie nicht sparen mussten, die Spesen waren großzügig bemessen.

Es ist inzwischen völlig dunkel geworden, gelegentlich fällt leichter Regen. Die Scheinwerfer des schnellen Wagens fressen das graue Band der Straße in sich hinein.

„Bei dem Tempo, das du fährst, sind wir vor Mitternacht zu Hause. Wir geben dann das Geld bei Frank ab. Mal sehen, was dann kommt. Ich hoffe, dass wir dann ein paar Tage für uns haben."

„Das wäre schön, dann fahre ich heute Abend zu meiner Freundin."

„Du kannst auch nicht genug bekommen. Du hast doch in den letzten zwei Wochen mindestens fünfmal ein Mädchen flachgelegt."

„Du bist bloß neidisch, dass du keine abbekommst!" Sie lachen beide entspannt, sie freuen sich darauf, wieder zu Hause sein zu können. Auch wenn es nicht lange dauern dürfte. Die Erpressungen sind ein überaus einträgliches Geschäft, das so lange wie möglich genutzt werden muss. Dass ihnen die Polizei auf die Schliche kommt, ist auch nicht unmöglich, schließlich läuft ihre Masche schon seit drei Jahren, und mit jedem Mal steigt die Wahrscheinlichkeit, erwischt zu werden.

„Wie hat das eigentlich angefangen, mit dem Geld einsammeln?", möchte Ahmet von seinem Freund und Kollegen Uwe wissen.

Der hat seinen Sitz etwas nach hinten gestellt und lauscht mit geschlossenen Augen der Musik aus dem Radio. „Tja, ich war ja auch nicht von Anfang an dabei. Ich kann dir nur so viel erzählen, wie ich durch Hörensagen erfahren habe." Er stellt das Radio etwas leiser und beginnt zu berichten.

„Das muss vor drei Jahren gewesen sein, da hat der Chef jemanden kennengelernt, einen ganz merkwürdigen Vogel, er kann – wieso auch immer – vorhersagen, wer demnächst sterben wird. Wenn du mich fragst, ist der nicht ganz dicht im Kopf."

„Du meinst Ludwig, oder? Mit dem habe ich bisher kein Wort gesprochen, ich glaube, der will das auch nicht."

„Siehst du, das sag ich doch. Ich gehe ihm auch aus dem Weg, wer weiß – vielleicht kann er auch einen Tod auslösen, einfach so. Er kommt mir mitunter vor, als wäre er der Leibhaftige persönlich."

„Weiß er das tatsächlich ganz genau? Das mit dem Tod, meine ich", möchte der Fahrer wissen.

„Nein, so ganz nicht, das hat Frank mal erwähnt. Die Vorhersagen gehen meistens zwischen zwei und vier Wochen in die Zukunft. Das Problem ist, das er nicht immer richtig liegt, seine Genauigkeit soll etwa 90 Prozent betragen."

„Wie ging es dann weiter?" Ahmet lenkt entspannt und lauscht seinem Kollegen, um diese Zeit ist wenig Verkehr.

„Zuerst hat der Chef alles allein gemacht. Er hat Verwandte und Bekannte von Leuten angeschrieben, aus deren Umkreis demnächst jemand sterben würde. Nach dem Tod dieser Personen hat er dann den zu Erpressenden nochmals angeschrieben, dafür hat er sich immer Leute ausgesucht, die ordentlich Knete hatten. Nicht alle haben bezahlt, aber ein großer Teil."

„Konnte man denn nie seine Erpresserbriefe verfolgen?"

„Nö. Der Chef ist ein Fuchs. Er hat die E-Mails über das Darknet verschickt, es gibt da Möglichkeiten, sich in das öffentliche E-Mail-System einzuschleusen, ohne dass der Absender herausgefunden werden kann. Na ja, das war ihm schnell zu viel Arbeit, er hat zuerst auch das Geld selbst geholt, dazu die Recherche über die Personen, da ging höchstens eine Erpressung in einer Woche. Deshalb hat er - wann war das noch? – 2013, glaub ich, Sascha eingestellt, der ist ja wohl ein As mit dem Computer. Der macht jetzt die ganze Personenrecherche und bereitet die Auswahllisten für diesen merkwürdigen Teufel vor." Er stellt die Sitzlehne wieder senkrecht und sieht seinen Kollegen an.

„Wir sind dann ein Jahr später dazugekommen, weil dieses Geldeinsammeln sehr zeitaufwendig ist, das konnte der Chef nicht mehr länger alleine machen. Du siehst es ja selbst, wir erhalten etwa jeden zweiten Tag Lösegeldsummen in Höhe von 100.000 bis eine halbe Million Euro. Das macht im Jahr etwa 25 Millionen Euro."

„Wie wird er das ganze Bargeld los? Das kann er doch nicht so einfach bei einer Bank einzahlen."

„Natürlich nicht. Das war das größte Problem, so wie ich es einschätze. Frank wurde deshalb Besitzer einer kleinen Privatbank in Hamburg. Die wären ohne seine Finanzspritze pleite gegangen, nun hat er dort das Sagen. Der Röpke, weißt du, der schon einmal bei uns in der Zentrale war, ist dort der Filialleiter."

„Mannomann, unser Chef ist gerissen", staunt Ahmet.

„Ja, das ist aber nicht alles. Ein Teil der Spielsalons in Deutschland gehören ihm. Dorthin verteilt er das Geld, das wir einsammeln, es wird dann ganz einfach bei denen als Einnahmen verbucht, und von Geldtransportfirmen legal auf seine Bank gebracht."

Der Teufel

Drei Jahre vorher, Frühjahr 2013, in einem Autohaus in Assel …

Frank Torborg hat sein Auto, einen SUV von Ford, zur Inspektion in die Filiale in Assel gebracht. Der Wagen ist jetzt fertig, er sitzt beim Werkstattmeister im Büro zur Übergabebesprechung.

„Ihr Wagen ist ohne Mängel, wir haben die 20.000-er Inspektion durchgeführt, ohne etwas zu finden."

„Das sollte nicht überraschen, ich habe den Wagen doch erst vor einem Jahr gekauft." Herr Torborg mustert nachdenklich die Checkliste. „Eine Kleinigkeit habe ich noch: Ich brauche so etwas wie eine Halterung für mein Handy, haben Sie so etwas?"

Der Meister grübelt einen Moment. „Ich glaube ja, ich habe so etwas kürzlich in einem Prospekt gesehen. Am besten ist es, wenn Sie in unser Lager gehen, der Mann dort kann Ihnen bestimmt weiterhelfen." Er zögert einen Moment. „Der Lagerist heißt Ludwig Petersen, er hat ein phänomenales Gedächtnis, alle Ersatzteilnummern hat er vollständig im Kopf." Er beugt sich zu seinem Kunden und spricht leise weiter. „Dafür ist er nicht richtig im Kopf. Er spricht mit niemandem, jedenfalls nicht mehr, als für seine Arbeit erforderlich ist. Er ist knapp und unfreundlich, Sie müssen etwas tolerant sein."

Toleranz ist nicht die Stärke eines Frank Torborg, jedenfalls nicht, wenn für ihn nichts dabei herausspringt. Er ist groß, hat volle, dunkelblonde Haare, die kurz geschnitten sind und einige graue Strähnen enthalten. Eine mächtige Hakennase ziert ein wenig attraktives Gesicht, manche finden seinen Anblick eher zum Fürchten. Eine starke Akne in seiner Jugend hat viele Narben in der grauen Haut hinterlassen.

„Eigentlich ist es nicht meine Aufgabe, mit schwierigen Angestellten zu verhandeln, aber ich werde schon mit dem Mann klarkommen. Ist er im Ersatzteillager direkt neben der Werkstatt?"

„Ja, das stimmt. Soll ich Ihren Wagen schon auf den Hof fahren lassen?"

„Das wäre nett, vielen Dank für Ihre Mühe." Herr Torborg erhebt sich und geht zur Kasse. Er zahlt dort mit Karte und geht zum Ersatzteillager hinüber. Dort ist es auffällig dunkel, nur wenige Leuchten sind eingeschaltet, die Rollos vor den ohnehin kleinen Fenstern sind fast alle heruntergezogen. In dem Dämmerlicht stehen zwei Männer am Tresen. Dahinter befindet sich der erwähnte Lagerist und spricht mit dem Kunden auf dieser Seite. Frank Torborg stellt sich an und beobachtet die beiden beiläufig.

Das ist also dieser merkwürdige Verwalter, denkt Frank Torborg und mustert ihn. Der Mann ist dicklich, etwa mittelgroß und hat schüttere, blonde Haare. Frank schätzt ihn auf Mitte 30. Er trägt eine Brille mit dicken Gläsern, die seine Augen stark vergrößert erscheinen lassen. Er bedient gerade den Kunden vor ihm, Frank Torborg stellt sich dahinter und bekommt unabsichtlich einen Teil des Gespräches mit.

„Wieso wissen Sie, dass Sie das Teil nicht haben? Sie haben hier nicht mal einen Computer. Sehen Sie doch erst mal nach." Der Kunde vor ihm scheint verärgert.

Der Lagerist zeigt keinerlei Regung. „Wir haben das nicht, ich muss es bestellen." Er nimmt einen Zettel und schreibt eine lange Nummer darauf. „Ihr Name?"

Der Kunde nennt seinen Namen. „Wann ist das Teil denn da?"

„Morgen oder übermorgen. Sie können anrufen."

„Okay, ich melde mich bei Ihnen." Er dreht sich um und verlässt das Lager.

Der Verwalter sieht ihm hinterher. „Der wird sterben", äußert er leise, mit unbeteiligter Stimme.

„Was haben Sie gesagt? Sterben? Warum?", fragt Frank Torborg verwirrt. „Wie kommen Sie darauf?"

Ludwig Petersen sieht an seinem Kunden vorbei. „Egal, er wird sterben, in den nächsten zwei Wochen."

Frank Torborg blickt zufällig auf den Zettel mit der Adresse, die vor ihm auf dem Tresen liegt. Der Lagerist hat nur einen kurzen Blick darauf geworfen, jetzt ist sie für ihn offenbar wertlos geworden. »Max Köster, Fleetstraße 6«, steht dort in kleiner, präziser Schrift.

Der Lagerist steht regungslos am Tresen und blickt Frank Torborg nicht an, sondern auf den dunkelgrünen Belag vor ihm. Dann plötzlich: „Sie wünschen?" Er hat eine unerwartet tiefe Stimme, unmelodisch und monoton.

Frank Torborg erläutert seinen Wunsch nach dem Adapter für sein Telefon.

„Es gibt ihn in zwei Farben, einmal schwarz mit Nummer 3 417 351 806 und in Grau mit der Nummer…", wieder folgt eine zehnstellige Zahl, die für Frank völlig nutzlos ist, für die der Mann nicht einen Moment überlegen muss.

„Ich hätte es gerne in Schwarz." Das Interieur seines Wagens ist schwarz, das sollte wohl am besten passen.

„Einen Moment!" Das Zahlenwunder verschwindet und kehrt nach einem Moment mit einer Schachtel zurück. „Hier! Zahlen Sie an der Kasse."

Frank Torborg sieht auf die Beschreibung auf der Schachtel. Es ist genau das, was er haben wollte. Er bedankt sich und verlässt den unfreundlichen, dunklen Raum. Den Lageristen und den Vorfall mit dem anderen Kunden hat er schon vergessen.

***

Zwei Wochen später, Frank Torborg sitzt an seinem Schreibtisch und macht gerade Frühstückspause. Er trinkt mit Schaudern den Kaffee aus dem Automaten auf dem Flur. Leider ist auf dieses schaurig schmeckende morgendliche Gebräu angewiesen. Vor ihm liegt die Zeitung von heute, er stellt die Tasse ab und blickt wieder auf den Text. Auf der zweiten Seite wird sein Augenmerk durch ein großes Bild mit einem völlig demolierten Auto angezogen. Er liest sich den kurzen Artikel durch. Demnach ist der Fahrer Max K. auf dem Obstmarschenweg von der Straße abgekommen und gegen einen Baum geprallt. Nach Angaben der Polizei ist er sofort tot gewesen. Er war der einzige Insasse, außer ihm ist niemand zu Schaden gekommen.

Frank Torborg kratzt sich am Kopf. Max K.? Könnte das dieser Max Köster sein, dessen Name der Lagerist seiner Werkstatt auf dem Zettel notiert hat? Das hätte er gerne genauer gewusst. Er sucht die Adresse der Polizei, die für den Unfall zuständig ist, aus dem Internet heraus und wählt die angegebene Nummer.

Er erfährt, dass der Tote in dem Autowrack tatsächlich Max Köster war. „Kennen Sie die Ursache des Unfalles? War es technisches Versagen oder wurde er vielleicht sogar absichtlich herbeigeführt?"

Der Polizist am anderen Ende der Leitung schüttelt den Kopf, was Torborg natürlich nicht sehen kann. „Nein, es lagen keinerlei Anzeichen dafür vor. Wir halten einen kurzen Moment der Unaufmerksamkeit für die Ursache, ein Blick auf's Handy, vielleicht ist der Fahrer auch kurz eingeschlafen, Sekundenschlaf, wissen Sie."

***

Wenige Tage später ist in der Zeitung eine Todesanzeige zu sehen. Da steht es wieder: »Max Köster, Fleetstraße 6«. Frank Torborgs Interesse ist geweckt. Entweder hat dieser Ludwig Petersen das Auto sehr geschickt manipuliert, oder er wusste, dass sein Kunde sterben würde. Was für ein Unsinn! Als wenn man das könnte!

Frank Torborg ist nicht nur hoch intelligent, er ist auch skrupellos. Seit acht Jahren arbeitet er als Elektroingenieur bei einer Firma für Rettungsboote am Asselersand, der Verdienst ist gut, aber nicht überragend. Vor zehn Jahren hat er wegen Veruntreuung eineinhalb Jahre gesessen. Sein kriminelles Denken ist wegen der Haft nicht zum Erliegen gekommen. Er tüftelt schon länger an einer einträglicheren Methode, zu Geld zu kommen, als Tag für Tag zur Arbeit zu fahren und für andere Leute

Gewinn zu erwirtschaften. Sein bösartiges Genie entwickelt bei dem Gedanken an die scheinbare Fähigkeit Ludwig Petersens, den Tod fremder Leute vorherzusagen, blitzartig verschiedene Möglichkeiten. Falls das wirklich möglich wäre, könnte das eine sehr einträgliche Basis für eine Erpressung sein. Die Sache scheint ihm sehr unwahrscheinlich, er hält nichts von Dingen, die gegen jede Naturwissenschaft sprechen, dennoch - eine Überprüfung ist es wert …

Frank Torborg bewohnt ein Haus, das er von seinen inzwischen verstorbenen Eltern geerbt hat. Erbaut worden ist es von 1907-1909 von seinen Großeltern. Er mag das Haus nicht, er hasst es seit seiner Kindheit. Die vielen Räume sind dunkel, es ist ungemütlich eingerichtet. Es in der Nähe von Freiburg nahe der Elbe erbaut worden, abseits der Straße, verborgen hinter inzwischen hoch gewachsenen Bäumen.

Es ist eine Jugendstilvilla, mit 220 Quadratmeter viel zu groß für seinen Bedarf als Junggeselle. Einmal ist er hier mit einer Frau erschienen, die hat den düsteren Kasten nicht ausgehalten und ihn alsbald verlassen. Dass neben dem finsteren Haus sein hartherziges Wesen der eigentliche Anlass für die Trennung war, ist ihm nie in den Sinn gekommen.

Das Haus hat 18 verschieden große Räume, auf zwei Stockwerke verteilt. Auf dem Dach sitzen viele Erker, am Knick des gewinkelten Gebäudes befindet sich ein kleines Türmchen. Am schlimmsten empfindet er die dunklen, hohen Zimmer. Selbst ohne Gardinen ist es nie hell genug. Aus dem Grunde hält er sich oft im Nebengebäude auf, das ist ein ehemaliger Stall mit Remise, mit einem Reetdach gedeckt. Die ehemalige große Tür an der Stirnseite hat er durch ein großes Fenster ersetzt, sodass das Innere hell und freundlich wirkt. Dort hält er sich meistens auf.

Was mit der alten Villa werden soll, die ihn stark an das Wohnhaus der Mutter von Norman Bates in dem Film »Psycho« von Alfred Hitchcock erinnert, weiß er nicht. Er zahlt keine Miete, da es sein Eigentum ist, auf der anderen Seite fallen ständig hohe Instandhaltungskosten an. Auch die Ausgaben für Heizung werden ihn eines Tages ruinieren. Es muss also etwas passieren, er muss das Haus verkaufen, oder sich eine neue Einnahmequelle suchen. Aber wer kauft schon ein Haus, dessen hohe Neben- und Unterhaltungskosten jedem Interessenten sofort ins Auge fallen? Höchstens ein Liebhaber solcher Villen.

Also muss eine andere Einnahmequelle her, das dürfte der einfachere Weg sein. Zunächst muss er versuchen, mit Ludwig Petersen in Kontakt zu treten, das könnte sich als schwierig bis unmöglich erweisen – aber den Versuch wäre es wert. Falls der Mann tatsächlich in der Lage ist, den Tod vorherzusagen, könnte das eine kräftig sprudelnde Einnahmequelle werden.

Nur wenige Tage später betritt Frank Torborg das Reich des Lageristen. Der große, dunkle Raum erinnert ihn fatal an das Wohnzimmer in seinem Elternhaus. Die dunklen Regale im Verein mit den dunklen Wänden lassen es eher wie eine Szene aus einem Gruselfilm erscheinen, als dass man dort hätte arbeiten können. Die Dämmerung im Lager macht Herrn Petersen offenbar nichts aus. Im Gegenteil, er scheint sich dort wohlzufühlen, denn er könnte alle Beleuchtung einschalten und alle Rollos nach oben schnurren lassen– wenn er nur gewollt hätte. Offenbar will er nicht.

Gerade spricht ein Kollege aus der Werkstatt mit dem Lageristen, er hat sich ein Ersatzteil geben lassen. „Mensch, Ludwig! Nun lass doch mal Licht in deine Bude, das ist ja kaum zum Aushalten! Du hast hier die reinste Unterwelt."

„Lass mich in Ruhe!", antwortet die tiefe Stimme des Herrn über die Ersatzteile. Mit verbissenem Gesicht sortiert er Schrauben, die er auf seinem Tresen zu einem Muster angeordnet hat, das wohl nur er versteht.

„Vielleicht sollten wir dich doch in Luzifer umtaufen, das passt besser als Ludwig." Der Kollege lacht und verlässt das Lager.

Ludwig Petersen sieht auf und blickt unbewegt seinen neuen Kunden an. „Herr Torborg, was wollen Sie?"

Frank blickt den finsteren Mann an. Dass er seinen Namen nach der langen Zeit noch weiß, überrascht ihn nicht wirklich. Wie soll er vorgehen, wie kommuniziert man mit jemanden, der nicht kommunizieren kann? Denn Ludwig Petersen leidet offenbar unter einer Form von Autismus, dessen wesentliches Symptom ein gestörtes Sozialverhalten ist. „Ich wollte auf Ihre Fähigkeit zu sprechen kommen, den Tod vorherzusagen."

Ludwig Petersen blickt ihn ausdruckslos an. „Lassen Sie mich." Er wendet sich seinen Schrauben zu und wiederholt: „Lassen Sie mich."

Die Nuss ist schwer zu knacken, er muss sich irgendein Lockmittel ausdenken. Vor allem muss er es subtiler anfangen, dem Mann ist seine seltsame Fähigkeit wahrscheinlich nicht einmal bewusst. Er sollte mit jemandem sprechen, der ihn besser kennt, vielleicht ergibt sich daraus eine Idee. Sein nächster Weg führt ihn in das Meisterbüro der Werkstatt.

„Hallo, Herr Torborg! Was kann ich für Sie tun? Ist etwas mit Ihrem Auto?" Der Meister weist auf einen Besucherstuhl. „Nehmen Sie doch Platz. Vielleicht einen Kaffee? Er ist ganz frisch aufgesetzt."

„Ja, gerne." Zu einer guten Tasse Kaffee hat er noch nie Nein gesagt. „Ich habe eine Frage wegen Ihres Lageristen. Was ist mit ihm? Hat schon mal jemand versucht, ihm zu helfen?"

Der Meister nickt. „Allerdings, aber er verweigert sich jeder Therapie. Er scheint mit seinem Los im Lager ganz zufrieden zu sein. Als reiner Fachmann ist er unübertroffen, er arbeitet ohne Katalog und ohne Computer, er hat einfach alles im Kopf. Wir bekommen ab und zu Beschwerden von Kunden, die ihn nicht kennen, aber das nehmen wir in Kauf. Wir sprechen dann mit den Leuten, wenn die von dem Autismus erfahren, sind sie meistens besänftigt. Es ist auch eher ein etwas abgemilderter Autismus, wie man mir erklärt hat. Man sagt Asperger-Syndrom dazu." Er blickt seinen Gast an. „Warum interessiert sie das?"

48

„Ach, ich weiß nicht. Mir war sein Verhalten vor ein paar Wochen aufgefallen, und ich wollte mich erkundigen, ob er wenigstens zufrieden ist."

„Das ist nett von Ihnen. Uns hier im Betrieb fällt auf, dass Ludwig am liebsten im Dunkeln herumwirtschaftet, es ist uns schleierhaft, wie er kleine Teile überhaupt erkennen kann."

„Ja, ich könnte mich in der Dämmerung, die dort herrscht, auch nicht zurechtfinden", wirft Frank Torborg ein.

„Ja, so geht es uns auch. Am liebsten wäre ihm wohl, es wäre völlig finster, so wie in der Hölle."

„In der Hölle? Wie kommen Sie darauf?"

„Er hat eine seltsame Vorliebe für die Unterwelt. Es scheint ihn auch nicht zu stören, wenn ihn seine Kollegen als »Luzifer« bezeichnen. Neulich -", er beugt sich vor und beginnt zu flüstern. „Neulich habe ich unter seinem Tresen ein Buch gefunden. »Das Verlorene Paradies« von John Milton. Ich hab' da mal drin geblättert. Es ist eine abstruse Geschichte über die Versuche des Teufels, Gott seine Macht zu entreißen. Als er schließlich als Satan in Schlangengestalt in das Paradies eindringt und den Sündenfall Adams und Evas provoziert, ist der Garten Eden schließlich verloren." Er schüttelt den Kopf. „Ludwig scheint viel darin zu lesen, es ist völlig zerfleddert." Er richtet sich auf und spricht wieder normal laut. „Er ist schon etwas merkwürdig, aber harmlos."

„Hm", Frank Torborg nickt zustimmend. „Vielen Dank, das war beinahe mehr, als ich wissen wollte." Dabei war es doch genau das, wonach er suchte. Satan, Himmel und Teufel, damit kann er etwas anfangen. Damit kann er vielleicht Zugang zu den verborgenen Fähigkeiten Ludwig Petersens finden. „Ich will Sie jetzt nicht länger von der Arbeit abhalten. Wir sehen uns spätestens bei der nächsten Inspektion."

Auf dem Weg nach Hause grübelt er über eine mögliche Lösung nach. Er stellt sein Auto ab und betritt seit langer Zeit mal wieder sein Elternhaus. Ihn fröstelt, als er sich umsieht. Im Wohnzimmer sind Spinnweben in den Ecken, über die Sitzmöbel sind Bettlaken gelegt, die mit einer dünnen Schicht Staub bedeckt sind. Langsam reift eine Idee in seinem Verbrechergehirn – er reibt sich die Hände - ja, so lässt sich etwas bewirken.

In den nächsten Tagen fährt er zum Baumarkt und kauft ein. Farbe, Lampen, Kabel – es ist eine lange Liste.

Das Wohnzimmer wird renoviert – aber nicht so, wie er es immer mal wieder geplant und dann verworfen hat – nein, es wird noch schlimmer. Er reinigt das Zimmer, entfernt die Laken von den Möbeln, lüftet. An der Wand hinter der Couch installiert er mehrere rote Lampen, der Kristalllüster an der Decke verschwindet. Der Kamin wird hergerichtet und der Schornsteinfeger bestellt, sodass er wiederverwendet werden kann.

Als die Handwerker verschwunden sind, startet er den nun lange vorbereiteten Plan. Die Fensterläden werden geschlossen und die roten Lampen hinter der Couch eingeschaltet. Der Kamin wird mit Briketts beschickt und angezündet. Die dunkel glühende Kohle scheint ihm besser zu sein, als hell loderndes Holz. Die Tapeten sind fast schwarz, die roten Lampen erzeugen ein unheimliches Licht, der ganze Raum wirkt nun, wie man sich die Hölle vorstellen mag. Nun fertigt er mit seinem Handy ein Foto von dem Wohnzimmer an. Er muss es mehrmals versuchen, wegen der Dunkelheit sind einige Bilder nichts geworden.

Mit dem Handy in der Tasche fährt Frank Torborg ein paar Tage später wieder zu der Ford-Werkstatt. Er geht in das Ersatzteillager hinüber, Herr Petersen ist anwesend, das war nicht anders zu erwarten. Ob er hier auch schläft? Das düstere Lager ist sein Zuhause, davon würde er sich nur im Ausnahmefall trennen.

Ludwig Petersen tritt aus der Dämmerung an den Tresen. „Herr Torborg, Sie wünschen?"

Der zückt sein Handy und ruft das Bild seiner Stube auf. Es ist überwiegend schwarz, rote Flächen schimmern auf der dunklen Tapete, im Kamin glimmt die Kohle und sieht aus wie glühende Lava.

Der Lagerist wirft erst flüchtig einen Blick darauf, dann plötzlich, springt er mit einem Satz zu dem Handy, das auf dem Tresen liegt und nähert sich dem kleinen Bildschirm fast auf Nasenlänge. Seine Augen, die sonst nur stoisch gucken, beginnen zu leuchten. „Wo ist das?"

Frank Torborg grinst. Er hat offenbar ins Schwarze getroffen. „Das - ist - bei - mir - zu - Hause", er spricht es langsam und deutlich aus, fast beschwörend.

„Sie wohnen im Reich der Hölle?"

„Ja. Wenn Sie mögen, können Sie gerne zu mir kommen und es selbst erleben."

Der Lagerist nickt heftig. „Ja, das möchte ich! Wann kann ich kommen?"

Das klappt ja wie verrückt, denkt Frank Torborg. Er nimmt das Handy, schaltet das Bild ab und steckt es in seine Hemdtasche. „Jederzeit! Wann immer Sie möchten."

Der Lagerist hat Blut geleckt, seine großen Augen hinter der Brille leuchten ganz ungewohnt. „Ginge es schon heute, nach meinem Feierabend?"

„Klar!" Frank Torborgs Augen leuchten ebenfalls, er scheint ebenso dämonisch zu sein, wie Ludwig Petersen. „Wissen Sie, wo ich wohne?"

Der Lagerist weiß es nicht, so beschreibt ihm Frank Torborg, wie er ihn erreichen kann. Die Entfernung beträgt etwa 15 Kilometer.

„Ich fahre einen Motorroller, damit brauche ich etwas über zwanzig Minuten."

„Sehr schön. Kommen Sie, wann Sie wollen, ich bin auf jeden Fall zu Hause."

Frank Torborg reibt sich in Gedanken die Hände, die erste Hürde hat er mit Bravour genommen. Nun muss er sich für den Besuch vorbereiten.

Das Wohnzimmer betritt er nicht mehr mit Grausen, obwohl es ihm eher noch abschreckender erscheint, als vor der Renovierung. Er entzündet den Kamin und zieht die fast schwarzen Gardinen zu. Er schaltet das rote Licht hinter der Sofagarnitur ein, es erzeugt dunkelrote Lichtreflexe auf der schwarzen Tapete. Jemand mit einem schlichten

Gemüt würde sich sicher weigern, diesen Raum zu betreten.

Er braucht etwas mehr Licht, da er dem Herrn Petersen Telefonbücher zum Lesen geben will. Aus einer Abstellkammer fördert er eine kleine Leselampe hervor und stellt sie bereit, um sie bei Bedarf einschalten zu können. Als alles vorbereitet ist, geht er in sein Wohnhaus, das renovierte Stallgebäude, hinüber.

Nach einer guten Viertelstunde hört er das leise Geknatter eines sich nähernden Zweitaktmotors, es ist Ludwig Petersen auf seinem Motorroller. Er geht ihm entgegen und begrüßt ihn. „Schön, dass Sie kommen konnten. Haben Sie schon gegessen? Soll ich etwas besorgen?" Im Nachbarort befindet sich eine Pizzeria, die auch außer Haus liefert. Pizza ist okay, hört er, er bestellt zwei kleine mit dem Handy.

Dann beginnt die Einführung in sein Haus, das hat er von langer Hand vorbereitet. Er geht voraus, schon als er durch die große, zweiflügelige Eingangstür aus dunkler Eiche tritt, sieht sich sein Gast ehrfurchtsvoll um. In der Diele leuchtet ein schwaches Licht, sodass Ludwig Petersen seine Jacke ablegen kann. Er spricht nicht und folgt mit großen Augen Herrn Torborg, der leise vorausgeht. Er will die Stimmung, die sich jetzt beginnt aufzubauen, nicht durch ein falsches Wort zerstören. Es folgt das Treppenhaus, eine Treppe mit Stufen aus dunkler Eiche und gedrechseltem Geländer schraubt sich an den vier Wänden nach oben. Im Obergeschoss brennt kein Licht, sodass die Treppe in der Finsternis zu verschwinden scheint.

Ludwig Petersen ist immer noch schweigsam, er folgt dem Besitzer des Hauses wie in Trance.

Wie mit einem befreienden Paukenschlag öffnet der die Tür zum Wohnzimmer. Im ersten Moment erscheint es, als würde das schwache Licht aus dem Treppenhaus von der Finsternis in der Stube aufgesaugt werden. Ludwig Petersen steht unbeweglich da und wartet, dass sich seine Augen an das schwache Licht gewöhnt haben. Dann tritt er an Frank Torborg vorbei in den Raum hinein. In der Mitte bleibt er stehen, breitet seine Arme theatralisch aus und dreht sich langsam im Kreis. Im Kamin glüht die Kohle und heizt den Raum, wegen des draußen herrschenden Sommerwetters ist es sehr warm. So warm, wie es in der Hölle hätte sein können.

„Endlich bin ich angekommen", sagt er leise, fast flüstert er. „Kommen Sie, Asmodi, setzen Sie sich zu mir." Bezeichnenderweise nennt er Frank Torborg mit dem Namen des Bösen aus der jüdischen Mythologie. Der setzt sich langsam, beinahe unterwürfig, neben den pummeligen Lageristen. Der hat jetzt das Zepter in der Hand, er strahlt eine Aura des Bösen aus, die fast fühlbar auf Frank Torborg einwirkt. Der spricht nicht und blickt verblüfft den so merkwürdig gewandelten Ludwig Petersen an.

Der hat jetzt die Augen geschlossen und gibt sich offenbar irgendwelchen Tagträumen hin. Er nimmt die Hitze des Wohnzimmers auf, vor seinem inneren Auge entsteht erst nur ein Gemisch aus Farben - Schwarz und Rot - um sich dann immer deutlicher zu Bildern zu verdichten. Er scheint über einem Meer aus Feuer zu schweben, meterhohe Flammen schlagen daraus hervor, züngeln um seine Beine und drohen seinen schwarzen Umhang zu versengen. Geschwind ändert er seine Flugbahn und weicht geschickt den Verderben bringenden Flammen aus. Über ihm begrenzen tiefschwarze Wolken die Sicht. Von überall her tönen Stimmen, Stimmen der Seelen der Verstorbenen, sie jammern und schreien um Gnade, dass man sie von dieser nie endenden Pein erlösen möge. Luzifer grinst teuflisch, den Seelen kann er nicht mehr helfen. Sie sind dazu verdammt, auf Ewigkeit hier auszuharren und die Schmerzen des Höllenfeuers zu ertragen. Nein, seine Aufgabe ist es, diejenigen auszuwählen, die sterben sollen. Sie werden dann als lebende Seelen in seinem Reich ausharren müssen. In der Ferne geht das zuckende Gemisch aus Schwarz und Rot in immer helleres Licht über, es nimmt einen goldenen Glanz an. Das ist das Ende seines Imperiums, da beginnt das Himmelreich, seine Macht ist dort am Ende.

Von der Haustür tönt leise die Klingel, das sollte der Pizzabote sein. Frank Torborg sieht Ludwig Petersen an, der fast unbeweglich auf dem Sofa sitzt. Das Klingeln hat er nicht wahrgenommen, eine seltsame Trance hat ihn in ihrem Griff. Er liegt fast, er hat sich weit zurückgelehnt, die Beine sind lang ausgestreckt. Hinter seinen geschlossenen Lidern sieht Frank Torborg, wie sich die Augen bewegen. Die Hände führen kleine Bewegungen aus, etwa so, wie die der Fallschirmspringer während des Sturzes aus den Wolken, bevor sich der Fallschirm öffnet.

Leise steht Frank Torborg auf, um seinen Besucher nicht aus seinem Rausch zu wecken, er geht durch die Diele zur Haustür. Er nimmt die beiden Pizzen entgegen und entlohnt den Lieferanten. Das Essen legt er in der Küche ab und geht in die Stube zurück, um Ludwig Petersen weiter zu beobachten. Gerade ist er eingetreten und will sich leise auf den Stuhl am Tisch setzen, um seinen Gast nicht aus seinem Taumel zu reißen, da öffnet der die Augen. Etwas wie Lächeln überzieht sein Gesicht. „Asmodi, schön, dass Sie da sind. Ich möchte Ihnen von der Kontrolle meines Reiches berichten." Er zeigt mit der Hand fast anmutig auf das Sofa neben sich. „Setzen Sie sich zu mir, Sie sind mir dann näher."

Frank Torborg nimmt ebenfalls auf der Couch Platz und mustert seinen Gast. Der hat offenbar seinen hypnose-artigen Zustand noch nicht verlassen. Die Lider sind halb geschlossen, das Gesicht ist völlig entspannt.

„Ist in Ihrem Reich alles in Ordnung?", fragt er Luzifer Petersen.

Der nickt kaum erkennbar und beginnt mit sanfter, salbungsvoller Stimme zu sprechen. „Doch, es läuft wunderbar. Das liegt natürlich an meiner Aufsicht. Das muss ich jetzt häufiger durchführen, zu lange musste mein Reich ohne mich auskommen, es fehlte die Führung durch mich, den Herrn der Unterwelt." Er richtet sich auf und fixiert Frank Torborg mit festem Blick. „Ich denke, es ist an der Zeit, die zu benennen, die demnächst sterben werden. Wollen Sie mir dabei behilflich sein, Asmodi?"

Es war keine Frage, eher ein höflich formulierter Befehl. Frank Torborg ist beinahe geneigt, seinen merkwürdigen Gast zu umarmen. Hat er es nicht fantastisch vorbereitet? Als wenn er die Wünsche des Ludwig Petersen vorausgeahnt hat. „Was kann ich dabei tun?"

„Ich brauche eine Liste der Menschen, um auf die hinzuweisen, die in den nächsten Wochen aus dem Leben scheiden werden."

Verdammt! Was kann das für eine Liste sein? Geht auch das Telefonbuch? Er steht auf und versucht dabei, Hast zu vermeiden, um Luzifer nicht möglicherweise aus seiner Verzückung zu reißen.

Im Arbeitszimmer steht das Telefon auf dem mit rotbraunem Palisander furniertem Schreibtisch, daneben liegt das Telefon des Landkreises Stade. Das nimmt er auf und greift sich einen Bleistift aus der Schale. Mit gespannter Erregung geht er zum Wohnzimmer zurück. Er setzt sich zu Luzifer auf die Couch und reicht ihm das Telefonbuch.

Der nimmt es in eine Hand und streicht beschwörend mit der anderen Hand darüber. Er schlägt es auf und blättert die Seiten durch, mit offenbar einem einzigen Blick erfasst er den Inhalt jeder Doppelseite. Plötzlich hält er inne und weist auf einen Eintrag. „Hier, E. Tiedemann, es wird die Mutter Auguste sterben."

Frank Torborg beugt sich hinüber und macht ein Kreuz neben dem Eintrag des Namens. Sofort blättert Luzifer weiter, in irritierender Geschwindigkeit erfasst er den Inhalt jeder Seite. Einige Male hält er inne, sodass sein Gehilfe Asmodi eine Notiz hinterlassen kann.

Nach insgesamt sieben Auserwählten legt Luzifer das Telefonbuch beiseite. „Das war sehr befriedigend für mich, Sie waren mir ein guter Diener, Asmodi." Seine Augen öffnen sich immer mehr, er wirkt nun fast so normal wie in der Werkstatt - als wenn sein Verhalten je als normal eingestuft werden könnte.

„Wünscht der Herr über das Reich der Toten, dass ich etwas Essen bereite?" Frank Torborg hat inzwischen einen heftigen Hunger bekommen, ihm knurrt buchstäblich der Magen.

Ludwig Petersen sieht ihn etwas irritiert an, er räuspert sich. „Äh, ja. Ich könnte auch etwas zu essen gebrauchen." Seine Stimme ist jetzt wieder so monoton wie immer.

„Gut, ich werde die Pizza aufwärmen, dann schmeckt sie auch wieder." Der Trancezustand des Ludwig Petersen scheint vorbei zu sein. Frank Torborg geht voraus in die Küche, die als einziger Raum im Haus richtig freundlich ist, sonst würde er sie nicht benutzen. Weiße Fliesen mit blauem Muster bedecken alle Wände bis in Tür-Höhe. Der obere Teil der Wände, der Stuck und die Decke, sind weiß gestrichen. Ein Kristalllüster, dessen Glühbirnen gegen moderne LEDs getauscht worden sind, erzeugt ein warmes, helles Licht. An einer Wand der Küche stehen ein alter Kohleofen und ein moderner Elektroherd einträchtig nebeneinander. An der polierten, messingnen Stange des Ofens hängt ein Geschirrtuch, auf der Platte, die jetzt kalt ist, steht ein blinkender Wasserkessel.

Ludwig Petersen sieht sich irritiert um, ganz offensichtlich entspricht der gemütlichste Raum im ganzen Haus nicht seinem Geschmack. Eine ganze Wand ist mit einer modernen Küchenzeile versehen, dort befindet sich neben einer Geschirrspülmaschine und einem Kühlschrank auch eine Mikrowelle.

„Setzen Sie sich doch!", der Hausherr weist auf einen der Stühle an dem großen Tisch, sechs Personen können hier Platz finden.

Ludwig Petersen setzt sich auf einen der bequemen Stühle, ihm ist etwas unbehaglich, er sitzt auf der Kante, so, als wenn er jeden Moment flüchten müsste.

Frank Torborg stellt erst die Pizza für sich in die Mikrowelle, dann folgt die für seinen Gast. Er deckt Teller auf und legt das Besteck dazu. Schweigend beginnen sie, ihre Pizzas zu verspeisen. Sie sind schön heiß und schmecken recht ordentlich.

„Möchten Sie etwas zu trinken, vielleicht ein Bier? Ich habe auch Alkoholfreies, wenn Sie mögen."

Ludwig Petersen reagiert nicht, langsam und andächtig isst er die Pizza. Frank Torborg setzt gerade an, um seine Frage zu wiederholen, da legt sein Gast die Gabel hin. „Ein Bier wäre gut, alkoholfrei ist nicht nötig." Er ist kurz angebunden, wie immer.

Frank Torborg ist fertig mit Essen, er legt das Besteck neben den Teller und steht auf, um das Bier zu holen. „Einen Moment, das Bier ist im Keller."

Rasch ist er zurück und öffnet mit dem Kapselheber die beiden Flaschen. „Möchten Sie ein Glas, oder macht es Ihnen nichts aus, aus der Flasche zu trinken?"

Doch Ludwig Petersen scheint für den Moment seinen Vorrat an Worten verbraucht zu haben. Reglos blickt er seinen Gastgeber an und greift nach der Flasche.

Frank Torborg zermartert sein Gehirn. Bisher lief alles glatt, besser, als er je zu hoffen gewagt hat. Aber wie soll er weitermachen? Sein Gast hat die Flasche auf den Tisch gestellt und sieht irgendwie daran vorbei. Woran er wohl denken mag? Denkt so jemand überhaupt wie ein normaler Mensch? Doch dann hat der Hausherr eine Idee. „Es wäre möglich, dass Sie hier wohnen können – wenn Sie mögen." Ein zaghafter Versuch, um eine fruchtbare Zusammenarbeit zu ermöglichen. Doch jetzt scheint für so ein Ansinnen nicht der richtige Zeitpunkt zu sein, den Versuch war es jedoch wert.

Ludwig Petersens Gesicht zeigt plötzlich Leben, ja, Entsetzen. „Nein!", ruft er. Und wieder: „Nein, ich will alles so haben, wie es ist." Eine kleine Pause. „Nein, nein!" Er sieht die Flasche an, als wäre sie die Ursache für sein Missfallen. „Nein, nein. Es soll alles bleiben, wie es ist."

Den Rest des Abends spricht er nicht mehr, wie ein tumber Automat sitzt er am Küchentisch und trinkt gelegentlich aus der Bierflasche. Die ist bald leer, Ludwig Petersen sieht auf seine Armbanduhr, „Ich muss gehen, es ist Schlafenszeit."

Tatsächlich, es ist fast halb zwölf. Frank Torborg hat nicht bemerkt, wie rasch die Zeit verstrichen ist, sein Gast hat seine ganze Aufmerksamkeit gefordert. Ludwig Petersen erhebt sich, geht in die Diele und nimmt seinen Motorradhelm von der Garderobe. Der ist in einer nicht mehr üblichen Form, ein halbkugelförmiger Helm in Schwarz, mit rotem Aufdruck.

Frank Torborg wartet an der Tür, bis das Geknatter des Zweitaktmotors verklungen ist. Er geht zurück ins Haus und räumt die Küche auf. Ständig denkt er an den seltsamen Besuch zurück. Irgendwie hat er den Abend verpatzt. Es fing so vielversprechend an, er wurde bereits euphorisch und hat dann versucht, einem Autisten eine Änderung in seinem Leben vorzuschlagen, das konnte nicht funktionieren. Wie sollte er jetzt weiter vorgehen? Sollte er sich Rat von einem Psychiater holen? Nein – er schüttelt den Kopf, bevor er den Gedanken zu Ende gesponnen hat. Er kann unmöglich jemand anderen von dieser seltsamen Gabe berichten. Ein Psychiater würde eher den Versuch unternehmen, dem Autisten zu helfen – dann wäre sein Plan zum Teufel. Er muss zusehen, dass ihm selbst etwas einfällt. Ihm kommt das Telefonbuch wieder in den Sinn, mit den Notizen, die er nach den Bemerkungen des Luzifers eingefügt hat. Das muss er zuallererst prüfen, in den nächsten Tagen wird er beginnen, die Todesanzeigen zu verfolgen.

Er tritt in das Wohnzimmer. Es ist noch warm, die Kohle im Kamin ist jedoch fast erloschen, morgen wird er die Asche ausräumen. Er nimmt das Telefonbuch, das neben dem Bleistift auf dem Couchtisch liegt. Er schaltet das rote Licht ab, das bis eben seinen geheimnisvollen Schein an die Wand geworfen hat und geht zum Nebengebäude hinüber. Dorthin, wo er eigentlich lebt - in der alten Villa wird lediglich die Küche von ihm benutzt. Noch an diesem Abend, es ist bereits kurz nach Mitternacht, blättert er das Telefonbuch Seite für Seite durch und überträgt seine Notizen auf ein Blatt Papier.

In den nächsten Tagen verfolgt er peinlich genau die Todesanzeigen in den Zeitungen der Region. In der ersten Woche ist niemand der Namen auf seinem Zettel dabei, zu Beginn der zweiten Woche auch nicht. Er beginnt zu zweifeln – war dieser eine Fall mit dem Max Köster vielleicht nur ein Zufall gewesen? Dann wäre der ganze Aufwand mit dem Herrichten des Wohnzimmers umsonst gewesen.

Doch dann, ein Mittwoch, fast zwei Wochen nach dem Besuch von Ludwig Petersen – findet er im lokalen Tageblatt unter den Todesanzeigen endlich den ersehnten Hinweis. Eine Auguste Tiedemann aus Bützfleth war vor zwei Tagen gestorben, morgen soll die Beisetzung sein. Ja! Es scheint zu klappen. In gehobener Stimmung verfolgt er in den nächsten Tagen sorgfältig die Anzeigen. Und wieder! Sogar zwei passende Anzeigen an einem Tag. Er notiert sich penibel das Todesdatum neben den Namen in seiner Liste.

Drei Wochen später sind sechs der sieben Personen auf seiner Liste nicht mehr am Leben. Die Todesursache – sofern er einen Hinweis darauf findet – fügt er ebenso hinzu. Vier der sechs Verstorbenen sind offenbar an Altersschwäche gestorben, alle vier waren über oder etwas unter 80 Jahre alt. Bei einem der beiden anderen wurde ein Verkehrsunfall erwähnt, der sechste verstarb nach langer, schwerer Krankheit. Bei dem hat es sich wahrscheinlich um ein Krebsleiden gehandelt. Der Siebte auf der Liste ist ein Jonas Ackermann, er lebt offenbar noch. Eine Recherche im Internet ergibt, dass er in Agathenburg wohnen sollte. Eine Telefonnummer ist auch angegeben, die er nach etwas Zögern wählt. Es meldet sich eine Frau Ackermann, wahrscheinlich die Frau des Hauses.

„Guten Tag, Frau Ackermann. Mein Name ist Tiedjen. Ich bin Mitarbeiter im Fundbüro der Metronom

Bahngesellschaft. In einem unserer Züge ist eine Jacke gefunden worden, mit einem Hinweis auf einen Jonas Ackermann."

Einen Moment ist Stille am Ende der Leitung. Dann: „Das kann nicht sein. Jonas ist mein Sohn, der ist jetzt im Kindergarten. Mit dem Metronom fährt der nicht, wir fahren nach Möglichkeit gar nicht mit der Bahn, die ist uns zu unzuverlässig." Sie macht eine Pause. „Wer sind Sie eigentlich? Seit wann ruft die Bahn zu Hause an?"

„Äh, entschuldigen Sie bitte die Störung." Wie elektrisiert beendet er das Gespräch. In Gedanken versunken sieht er aus dem Fenster. Er sitzt in seinem Büro auf dem Asselersand, in der Ferne ist ein Containerschiff auf der Elbe zu erkennen, er nimmt es kaum wahr. Dass der Junge demnächst sterben wird, ist kaum anzunehmen. Vielleicht ein Verkehrsunfall? Er beschließt, den Fall zu verfolgen und später wieder nachzuhaken. Ludwig Petersen ist in seinen Vorhersagen sicher nicht fehlerfrei, es ist ohnehin ein Wunder, dass es ihm überhaupt möglich ist.

Was ihn weiterhin beschäftigt, ist, wie er den merkwürdigen Mann zu einer intensiven Zusammenarbeit mit ihm bewegen könnte. In seinem Kopf zeichnet sich ein Geschäftsmodell ab, das sehr lukrativ werden könnte. Aber nur, wenn dieser Kerl häufig sein Gast sein würde. Oder besser, wenn er gleich bei ihm wohnen würde. Dann wäre die alte Villa noch für etwas gut.

Der Ausfall des Bordcomputers in seinem SUV führt ihn eine Woche später wieder in das Autohaus. Es stellt sich als ein Software-Problem heraus, das in Sekunden gelöst werden konnte. Nach dem kurzzeitigen Trennen der

Batterie war alles wie vorher, lediglich die Fensterheber mussten neu angelernt werden. Das ist die Gelegenheit, den Meister nochmals nach dem Lageristen zu befragen.

„Sagen Sie, Herr Böttcher, wo wohnt der Herr Petersen eigentlich? Er fährt doch mit einem Motorroller, das ist doch gerade im Winter nicht besonders angenehm."

Der Kraftfahrzeugmeister nickt. „Das stimmt, unser Ludwig hat nur einen Führerschein für seinen Roller. Wir haben schon ein paar Mal versucht, ihn zu einem Besuch der Fahrschule zu überreden, aber da beißen wir auf Granit. Na ja, Sie haben ihn auch schon kennengelernt." Er blickt seinen Kunden an. „Um auf Ihre Frage zu kommen, Herr Petersen wohnt in Hammah, das ist etwa 15 Kilometer von hier entfernt."

„Interessant. Vielen Dank für die Information." Auf jeden Fall ist der Weg zu ihm nach Freiburg nicht viel weiter, als bis nach Hammah, wo der Lagerist jetzt wohnt. „Wohnt er dort bei seinen Eltern?"

„Nein, Eltern hat der arme Kerl nicht mehr, die sind beide vor 20 Jahren bei einem Verkehrsunfall ums Leben gekommen. Seitdem lebt er bei einer Tante. Dort wird er mehr geduldet, als gern gesehen."

„Da ist er eher ein armes Würstchen. Kein Wunder, dass er so merkwürdig ist."

„Ja, daran mag es liegen. Obwohl – Autismus ist wohl eher eine genetische Störung. Wie auch immer, als Lagerist ist er unübertroffen. Wir schätzen ihn deshalb sehr und tolerieren seine sozialen Defizite."

Frank Torborg nickt teilnahmsvoll. Obwohl – zu echten menschlichen Empfindungen ist er nicht imstande, es steckt lediglich eiskalte Kalkulation dahinter. Vielleicht ist der frühe Tod der Eltern bei einem Autisten der Grund für die Fähigkeit, einen baldigen Tod zu erkennen? Ein Psychiater könnte sicher mehr dazu sagen.

Wie bringt er den Mann dazu, sich wieder in Luzifer zu verwandeln und den Tod vorherzusagen? Einmal hat es bereits hervorragend funktioniert – aber ein zweites Mal? Das Verhalten von Ludwig Petersen ist nicht vorhersehbar.

Ein paar Tage später sitzt Frank Torborg bei sich zu Hause, in der Stube im Nebengebäude der Jugendstilvilla. Im Fernsehen ist gerade eine Werbepause, er blättert in einem der Prospekte, die mit der Zeitung mitgeliefert worden sind. Eine Doppelseite beschäftigt sich mit Kinderspielen, er will weiterblättern, da fällt sein Blick auf eines der Bilder. Es zeigt einen Jungen, der als Magier verkleidet ist. Er hat einen schwarzen Zylinder auf dem Kopf, dazu trägt er einen schwarzen Umhang. Der Umhang! So etwas sollte er sich für seinen Teufel besorgen, darin hat er sehr viel Ähnlichkeit mit dem Herrscher der Unterwelt, jedenfalls so, wie Ludwig Petersen ihn sich vielleicht vorstellen könnte.

Den Umhang gibt es in drei Größen, für Kinder und Jugendliche, er bestellt die größte Ausführung. Der ist für Personen bis 1,80 Meter, das sollte passen. Ludwig Petersen ist eher klein, dafür etwas pummelig.

Wenige Tage später trifft ein kleines Paket ein, es ist der schwarze Umhang. Frank Torborg legt ihn sich zur Probe um. Bei ihm ist er etwas kurz und sieht albern aus, bei Luzifer sollte es stimmen. Er wird mit einer Schnalle vor der Brust befestigt und bedeckt die Schultern. Er dreht sich vorm Spiegel, ja das sollte dem Lageristen passen. Er packt den Umhang wieder ein.

Zwei Tage später hat er wieder Zeit, das Ford-Autohaus zu besuchen. Er ist berufstätig, da muss er warten, bis sich eine passende Gelegenheit ergibt - obwohl ihm mehr und mehr die Lust vergeht, an seinem Arbeitsplatz die täglichen Aufgaben abzuarbeiten. Gerade jetzt, da sich eine viel interessantere und einträglichere Verdienstmöglichkeit abzeichnet.

Herr Petersen ist in seinem Lager, es ist so schlecht beleuchtet und so unheimlich wie jeden Tag.

„Herr Torborg, Sie wünschen?" Die Augen des Lageristen mustern ihn, wie alle anderen Besucher des Lagers, gleichgültig, fast desinteressiert.

Der legt das kleine Paket auf den Tresen und öffnet es. Er fasst den Umhang am Kragen und hebt ihn in die Höhe. Schwarz, ein wenig unheimlich, entfaltet er sich zu seiner vollen Größe. „Wie gefällt Ihnen das?" Er bewegt ihn etwas hin und her. Lautlos, etwas unheimlich, folgt der schwarze Stoff der Bewegung seiner Hände. „Stellen Sie sich vor, wie sie ihn umlegen und sich damit in unserem Wohnzimmer Ihren Träumen hingeben könnten." Aufmerksam verfolgt er jede Regung im runden Gesicht des Lageristen.

Der ist deutlich lebhafter geworden, möglicherweise erinnert er sich an den letzten Besuch und an die Traumbilder, die er so genossen hat. Er nickt. „Ja, das könnte

Ludwig gefallen, ja, das ist gut." Er streckt die Arme aus und greift fast andächtig nach dem Umhang.

Frank Torborg unterdrückt ein zufriedenes Grinsen und lässt den Mann gewähren. Er hat offenbar dessen kranke Denkweise richtig eingeschätzt. „Wie sieht es aus? Möchten Sie wieder zu mir kommen?"

Sie einigen sich auf den morgigen Abend, dann ist ohnehin Freitag, dann haben sie mehr Spielraum. Den Umhang nimmt er wieder mit. „Damit Sie auf jeden Fall kommen!", setzt er mit einem Grinsen hinzu.

Der Abend läuft fast genauso ab, wie schon das erste Mal. Ludwig Petersen legt sich ehrfürchtig den Umhang um. Er dreht sich hin und her und genießt die Bewegung des Stoffes, anschließend sinkt er in die Polster der Couch und schließt die Augen. Es dauert nicht lange und er gibt sich wieder seinen Wahnvorstellungen hin. Heute dauert die Traumphase deutlich länger als das vorige Mal, Frank Torborg nimmt es mit Befriedigung zur Kenntnis.

Auch die folgende Wachphase, in der er sich als Herrscher der Unterwelt fühlt und sich Frank Torborg zu seinem Diener Asmodi verwandelt, hält sehr viel länger an. Geduldig arbeitet er mit ihm wieder das Telefonbuch durch, am Ende sind etwa ein Dutzend Einträge erfasst.

Es ist bereits nach Mitternacht, als sich Ludwig Petersen mit seinem Roller auf den Heimweg begibt.

Das folgende Wochenende ist für Frank Torborg mit viel Arbeit gefüllt. Er versucht zu den Personen, die in den nächsten Wochen sterben werden, möglichst wohlhabende Angehörige und reiche Bekannte zu finden. Die Arbeit ist mühsam, auch ist sie nicht alleine durch Recherche im Internet zu bewerkstelligen.

Ein E-Mail-Programm muss gefunden werden, um die zu Erpressenden zu informieren, ohne dass die Nachrichten zurückverfolgt werden können. Mit der Proton-Mail eines Schweizer Entwicklers findet er eine geeignete Software. Die Information des reichen Angehörigen muss natürlich erfolgen, bevor der Verwandte/Bekannte gestorben ist. Hinterher wäre es einfach, dann würde die Nachricht ihren Zweck, den wohlhabenden Onkel, Arbeitgeber, Vorgesetzten - oder was auch immer - zu erschrecken oder zu verunsichern, nicht erfüllen.

Ein anderes Problem ist das der Geldübergabe, denn die ist bei Erpressungen immer die Achillesferse. Er erinnert sich, neulich im Außendeichgebiet an der Elbe, eine Drohne fliegen gesehen zu haben, es war eine kleine, mit vier Motoren. Das wäre eine Möglichkeit, seine entsprechenden Recherchen werden auch bald fündig. Eine große Drohne, mit starken Motoren und einer großen Batterie muss es sein. Sie kann Lasten bis sechs Kilogramm tragen, fliegt mit fast 80 Kilometer pro Stunde und hat eine Reichweite der Batterie von 25 Minuten.

Zwei Wochen später trifft das fast 5000 Euro teure Teil bei ihm ein. Erste Probeflüge auf seinem über 30 Hektar großen Grundstück verlaufen zu seiner vollen Zufriedenheit.

Ludwig Petersen kommt immer wieder zu einem Besuch vorbei, der Aufenthalt in der Villa des Frank Torborg wird immer häufiger wahrgenommen.

Eines Abends wiederholt der die Frage, ob sein Gast nicht ständig bei ihm wohnen möge. Ludwig Petersen ist nicht mehr so erschrocken, als er die Frage zum ersten Mal vernommen hat.

„Ich habe mir schon ein Zimmer ausgesucht, wenn Sie sich das mal ansehen mögen?", fügt der Hausherr hinzu. Er tritt in das Treppenhaus und steigt die Treppe langsam hinauf, gelegentlich knarrt eine der altersschwachen Stufen. Er vergewissert sich, dass Ludwig ihm folgt.

Der ist dicht hinter ihm, neugierig suchen seine Blicke das Obergeschoss ab. Seine Wahnträume wirken heute lange nach, er ist noch nicht in seine übliche Teilnahmslosigkeit verfallen.

Frank Torborg schaltet das Licht im Obergeschoss an. Auch hier sind dunkle Tapeten an den Wänden, die einen großen Teil der ohnehin schwachen Beleuchtung schlucken. Er öffnet die Tür zum Turmzimmer, in einer Ecke leuchten lediglich zwei Kerzen, die er vorsorglich entzündet hat, sie geben nur wenig Licht. Ludwig Petersen folgt ihm und bleibt in der Mitte des Raumes stehen. Es ist dunkel draußen, große Fenster reichen fast bis zum Boden. In früheren Zeiten konnte man am Tag bis zur Elbe sehen, inzwischen sind die Bäume so hoch geworden, dass das nicht mehr möglich ist. Nun bilden sie kaum erkennbare, dunkle Schatten, die sich im Nachtwind gespenstisch bewegen.

„Ja, hier gefällt es mir", flüstert Luzifer leise. „Hier möchte ich bleiben."

Na bitte, es geht doch. Frank Torborg ist sehr mit sich zufrieden, es bedurfte zwar viel Vorbereitung, es wird sich sicher auszahlen. „Sie können auch ein anderes Zimmer haben. Ich schließe Ihnen gerne eine weitere Tür auf."

„Nein, nein. Das ist so in Ordnung, es gefällt mir ganz ausgezeichnet.

Geschäftsmodell Erpressung

Die Arbeit für Frank Torborg ist von ihm alleine kaum zu bewältigen. Jeden Tag sitzt er bis spät in der Nacht vor dem Computer, um reiche Verwandte oder Bekannte der Personen zu ermitteln, die demnächst sterben werden. Einmal hat er bereits eine Geldübernahme durchgeführt, das hat einwandfrei geklappt. In wenigen Minuten hat die Drohne mehrere Kilometer zurückgelegt und dabei eine Gelddose transportiert. Ja, er ist schon gut, er lächelt zufrieden vor sich hin. Es zeichnet sich leider ab, dass diese Geldeinsammelei sehr zeitaufwendig ist, jedenfalls solange Luzifer Petersen weiterhin so erfolgreich den Tod vorhersieht. Er wird nicht umhinkommen, sich ein paar Helfer einzustellen, selbst wenn er seine Arbeit als Entwicklungsingenieur bei dem Schiffsausrüster aufgeben sollte.

So kommt es, dass ein paar Monate später ein junger Mann bei ihm die Arbeit aufnimmt. Er heißt Sascha

Funcke, er ist 28 Jahre alt. Ein früherer Mitinsasse des Gefängnisses hat ihn empfohlen - man kann sich so einen Mann schließlich nicht per Anzeige suchen. Er ist groß und schlank und sieht attraktiv aus. Er kokst zwar ein wenig, dafür ist er ein Genie mit dem Computer. Er kommt spät zur Arbeit, mitunter trifft er erst am Mittag ein, dafür bleibt er oft bis tief in die Nacht. Bis auf seine mangelhafte Disziplin ist Frank Torborg sehr zufrieden mit ihm, man kann sich solche speziellen Mitarbeiter eben nicht aussuchen.

Ein Team zum Einsammeln der Gelder ist ebenfalls ein paar Monate später beisammen. Das ist besonders heikel, weil sie große Mengen Bargeld bei sich haben können und trotzdem zuverlässig wieder heimkehren sollen.

Uwe Schlöbohm ist der Anführer der kleinen Gruppe, die nur aus ihm und einer weiteren Person besteht. Uwe ist klein und schmächtig, dafür hochintelligent. Er ist Mitte dreißig, sein auffallendstes Merkmal ist eine übergroße Nase. Wenn sein Genosse gebildeter wäre, hätte er ihn bestimmt schon mit Cyrano de Bergerac aufgezogen. Das ist ihm früher, während der Schulzeit und auch später, öfter passiert. Er hasst diesen Vergleich. Der wahre Cyrano der Bergerac hat die Leute, die über dessen großen Nase ihre Witze machten, zum Duell mit dem Degen herausgefordert. Diese Möglichkeit der Revanche hat er nicht, er ist eher schwächlich und hat nicht die Möglichkeit, seine Herausforderer zu strafen, er hat auch keinen Degen ... So bleibt ihm als einzige Waffe nur seine scharfe Zunge.

Sein Genosse ist Ahmet Demirci, ein kräftiger Kerl, gutmütig, aber hässlich. Trotz seines schiefen Gesichtes gelingt es ihm immer wieder, mit seiner lausbubenhaften Fröhlichkeit und seinem Charme ein Mädchen zu umgarnen.

Für die beiden ist auch bald das passende Auto gefunden. Es ist ein Mercedes Vito Tourer mit einem starken Motor, unter der hinteren Sitzbank ist ein stabiles, stählernes Fach mit einem kräftigen Schloss eingebaut worden.

„Chef! Was halten Sie von der Idee, in den Wagen einen GPS-Sender einzubauen? Stellen Sie sich vor, das Auto wird geklaut, wenn wir irgendwo pennen oder zum Essen einkehren."

Frank Torborg sieht seinen pfiffigen Mitarbeiter an. „Sehr gut, veranlassen Sie das bitte." Er lächelt Uwe Schlöbohm an, der einen halben Kopf kleiner ist, als er. „Das hat außerdem den Vorteil, dass ich auch immer weiß, wo ihr euch aufhaltet."

„Keine Sorge, Chef. Wir hauen nicht mit dem Geld ab", antwortet jetzt dessen Kollege, der hünenhafte Ahmet. Sein Hamburger Dialekt ist unverkennbar. Obwohl er als Sohn türkischer Eltern das Licht der Welt erblickt hat, hat das Umfeld von Hamburg-Harburg seine Aussprache unüberhörbar geprägt.

Der Geldstrom aus den Erpressungen sprudelt wie ein Wildbach, im Durchschnitt wird eine halbe Million Euro pro Monat eingenommen. Der Engpass ist ganz klar die

Recherche der Personen und deren Umfeld, um zahlungskräftige Verwandte oder Bekannte zu ermitteln. Sascha hat inzwischen die Listen für Luzifer optimiert. Sie enthalten nicht einfach alle Bewohner der Umgebung, stattdessen sind nur die mit einem wohlhabenden Verwandten oder einer anderen nahestehenden vermögenden Person gelistet. Das sind deutlich weniger, sodass praktisch ganz Europa abgedeckt wird, dort gibt es immerhin 4,8 Millionen Vermögensmillionäre. Damit Luzifer mit der Liste bequem umgehen kann, hat er die etwa 500 eng bedruckten DIN-A4 Seiten mit einer praktischen Klebebindung verbunden.

Frank Torborg hat inzwischen die Arbeit bei der Schiffsausrüstung gekündigt, die Erpressungen bescheren ihm ein Vielfaches seines bisherigen Einkommens.

Das Nebengebäude der alten Villa ist ausgebaut worden, um dem zunehmendem Personal Rechnung zu tragen. Der ehemalige Pferdestall hat mehrere piekfeine Büros erhalten, der Platz ist reichlich bemessen, weil Frank Torborg einen Bedarf an weiteren Hilfen erwartet. Die Auswahl geeigneter Kräfte ist das Hauptproblem, denn alle arbeiten jenseits der Legalität. Dafür ist der Verdienst beachtlich, niemand geht mit weniger als 10.000 Euro im Monat nach Hause.

Luzifer Petersen wohnt jetzt ständig in der alten Villa. Das Zimmer in dem Türmchen hat eine Einrichtung erhalten, die ihm gefällt, aber ganz sicher nicht dem Durchschnittsgeschmack entspricht. Er fährt weiterhin täglich zu seiner Arbeit, er legt nicht gerne alte Gewohnheiten ab.

Er ist auch der Einzige, der nicht bis zur Erschöpfung arbeiten muss, wie das Personal in dem alten Pferdestall. Seine Tätigkeit beschränkt sich auf das Auslesen der dem Tode geweihten Personen, dafür benötigt er pro Tag lediglich eine knappe Stunde. Den größten Teil der übrigen Zeit seines Feierabends verbringt er mit seinen Wahnträumen im Wohnzimmer. Der Kamin ist jeden Tag in Betrieb, im Zimmer herrscht eine für gewöhnliche Sterbliche unerträgliche Hitze. Dann sitzt er oft fast ausgestreckt auf der mit schwarzem Leder überzogenen Couch. Es ist eine Art Autosuggestion, die er unbewusst ausübt. Sie führt ihn in ein gespenstisches Reich aus Feuer und zu den bis in die Ewigkeit brennenden Seelen. Die Wahnträume wirken auch lange in den folgenden wachen Abschnitt hinein, in dieser Zeit steht Frank Torborg seine seherische Gabe zur Verfügung. Der Kontakt zu dem Hausherrn, der in der Zeit zu dem Diener Asmodi mutiert, ist die einzige Begegnung mit den Personen in der »Firma« des Frank Torborg. Den anderen Helfern geht er nach Möglichkeit aus dem Weg, er spricht mit niemanden von ihnen.

So passiert es gelegentlich, dass sie sich während des Mittagessens begegnen. So auch heute, Ludwig Petersen sitzt bereits am großen Küchentisch, er beobachtet argwöhnisch, wie Sascha und Frank Torborg hereinkommen und sich zu ihm setzen.

„Wie ist das Essen?", fragt Sascha gut gelaunt. Sie erhalten ihre Verpflegung von einer Catering Firma aus Drochtersen. Die Suppen sind meist recht gut, das übrige Essen schmeckt so leidlich. Doch der Angesprochene reagiert nicht, stoisch löffelt er seine Suppe. Als er fertig ist, stellt er den Teller und den Löffel in die Spülmaschine und verschwindet, ohne ein Wort zu sagen.

„Da lassen Sie einen komischen Kauz in Ihrem Haus wohnen", bemerkt Sascha an seinen Chef gerichtet. „Der muss wohl eine ganz besondere Bedeutung haben."

„Das hat er auch. Ich möchte, dass Sie ihn weder ärgern oder anders herausfordern, er ist für unser Projekt von allergrößter Wichtigkeit!", betont Frank Torborg nachdrücklich.

„Na, gut. Sie sind der Boss." Gleichmütig füllt Sascha seinen Teller und beginnt zu löffeln. „Ach ja, was ich schon seit Längerem fragen wollte. Bekomme ich Unterstützung für meine Arbeit? Ahmet und Uwe sind nicht richtig ausgelastet."

Frank Torborg nickt zustimmend. „Sie haben recht, wir können noch jemanden gebrauchen, das bemerke ich auch schon seit geraumer Zeit." Er denkt bereits länger darüber nach. Was ihm außerdem Kopfschmerzen bereitet, ist das Waschen des Geldes. Bisher hat er es über haarsträubende Wege in die Schweiz oder nach Luxemburg gebracht, das kann nicht länger so weitergehen. Eines Tages wird er erwischt werden und wegen Devisenschmuggels eingesperrt. Aber er sieht Licht am Ende des Tunnels. In Hamburg gibt es eine Privatbank, Brinkmann & Clasen, die ist vor einem halben Jahr in Konkurs gegangen. Er hat auch schon jemanden gefunden, der bei Bedarf sofort als Teilhaber einsteigen kann. Er heißt Manfred Röpke und ist Bankkaufmann sowie studierter Betriebswirt, der wird das für ihn machen. Bis vor drei Jahren ist er Prokurist bei der Deutschen Bank gewesen, dort hat er manchen Betrag in seine eigene Tasche gewirtschaftet. Das war selbst denen zu viel und er wurde entlassen. Nun steht er auf der Gehaltsliste von Frank Torborg und wartet auf seine Ernennung als Geschäftsführer der Brinkmann & Clasen Bank.

„Ey, Chef! Was halten Sie von einer Sekretärin? So wie ich das sehe, können wir doch beide eine gebrauchen." Sascha Funcke ist fertig mit Essen und klappert nachdenklich mit dem Löffel am Teller.

„Muss das sein?" Sein Chef ist gerade tief in Gedanken versunken, seine Pläne kreisen immer wieder um die Geldwäsche. Ein Spielsalon gehört ihm schon, weitere müssen dazu kommen. Eine andere gute Möglichkeit, das erpresste Geld in den legalen, monetären Kreislauf einzuschleusen, sind Autovermietungen. Da ist sein angehender Geschäftsführer der kleinen Bank bereits am Ball. Die Autovermietung »Autoclick« hat Konkurs angemeldet, da versucht er ebenfalls, ein Bein in die Tür zu bekommen.

„Was ist denn jetzt, Chef? Ich verliere viel Zeit damit, diese Listen für den Petersen auszudrucken und zu heften. Da geht jeden Tag eine Stunde drauf." Er stützt seinen Kopf auf die Hände, dann erhellt sich wieder sein Gesicht. „Ja, so jemand könnte auch der Autogruppe helfen, Hotels buchen, und so."

Frank Torborg nickt wieder. Sein Mitarbeiter hat recht, er braucht unbedingt eine tüchtige Sekretärin. Sein Unternehmen wird demnächst weiter kräftig anwachsen, jemand muss die Koordination herstellen. Es sind die

Bank, die ihm demnächst gehören wird, sowie etliche Autovermietungen und Spielsalons. Bisher ist alles in der Schwebe, das soll aber nicht mehr lange dauern.

Eines Tages betritt Sascha Funcke das Büro seines Chefs. Der telefoniert gerade und hat salopp seine Schuhe auf die Arbeitsplatte gelegt. Als er seinen Mitarbeiter hereinkommen sieht, unterbricht er kurz sein Gespräch. „Warte einen Moment, ich rufe gleich zurück." Er legt das Handy auf den Tisch und blickt Sascha Funcke finster an. „Ich will beim Telefonieren nicht gestört werden, merken Sie sich das!"

„Ja, Chef." Sein Mitarbeiter hat ein dickes Fell, vor einer Stunde hat er sich eine kleine Portion Kokain reingezogen, jetzt hat er eine hyperaktive Phase und will unbedingt seine Information loswerden. „Ich glaube, ich habe eine Sekretärin für uns gefunden." Er sieht seinen Chef triumphierend an.

„So? Was ist denn das für eine? Sie wissen, dass wir nicht jede nehmen können, auch wenn sie sehr gut im Büro ist." Er denkt dabei an die notwendige Verschwiegenheit, schließlich ist ihre Tätigkeit weit davon entfernt, legal zu sein.

„Nö, das geht wohl klar. Ein Freund von mir hat sie mir empfohlen. Sie hat zuletzt zwei Jahre im Sekretariat eines Nachtklubs gearbeitet. Dabei hat sie mit dem Geschäftsführer ein Verhältnis begonnen. Doch der ist jetzt verhaftet worden, sein Nachfolger hat eine eigene Bekannte auf ihren Platz gesetzt, nun ist sie arbeitslos."

„Hm." Frank Torborg kraust skeptisch seine Stirn. „Das klingt ganz brauchbar. Und die hält dicht, sagen Sie?"

„Doch, Chef. In dem Laden liefen auch viele krumme Dinger, sie hat nichts davon weitergegeben."

„Na, gut. Sie soll sich mal bei mir vorstellen, ich werde ihr auf den Zahn fühlen."

„Gut, Chef. Ich sage meinem Freund Bescheid." Er erhebt sich und schlendert zurück zu seinem Büro auf der anderen Seite des Ganges.

Eine Woche später taucht eine Frau in dem bisher nur aus Männern bestehendem Unternehmen auf. Sie ist klein, trägt hohe Absätze und einen kurzen, engen Rock. Ihre rabenschwarzen Haare sind glatt und reichen bis auf ihre Schultern. Eine schwarze Handtasche schwingt beim Gehen hin und her. Laut klackern die Pfennigabsätze auf dem gefliesten Boden, als sie das Nebengebäude betritt. „Hallo!", ruft sie. Und wieder: „Hallo!"

Sascha kommt aus seinem Büro. „Sind Sie Julia Köster?" Sein Freund hat ihr von der Sekretärin lediglich erzählt, er kennt sie nicht persönlich.

„Ja, gut geraten, junger Mann." Sie mustert abschätzend den gut aussehenden Angestellten. „Was ist das hier für eine scheiß-abgelegene Gegend. Zweimal bin ich hier schon vorbeigefahren!" Das stimmt, die Gebäude sind wegen der hohen Bäume von der Straße aus nicht zu erkennen, ein Hinweisschild gibt es nicht, nur eine unscheinbare Hausnummer neben dem Briefkasten vorne an der Straße.

„Das tut mir leid", Sascha mustert sie ausgiebig. Sie ist nicht sonderlich hübsch, aber schlank und gut gebaut. Ihr auffallend kurzer Rock lässt ein paar aufregende Beine erkennen. Sie ist kräftig geschminkt, die roten Lippen kontrastieren gut mit dem schwarzen Haar. Es wirkt ein wenig nuttig, ihm gefällt es. Gerade will er ein Lob loswerden, da öffnen sich ihre roten Lippen.

„Was glotzen Sie mich so an? Wo ist Herr Torborg?"

Sascha schluckt, diese Frau sieht aufregend aus, sie scheint leider ein ziemlicher Besen zu sein. „Äh, der Chef - ja, der telefoniert gerade." Er weist mit der Hand auf die verschlossene Tür hinter der Besucherin. „Möchten Sie einen Kaffee haben? In meinem Büro steht ein Automat." Er versucht, trotz ihrer abweisenden Miene einen Blick in ihren Ausschnitt zu werfen – der ist nicht von schlechten Eltern. „Der Chef braucht sicher nicht mehr lange."

„Na, gut." Sie folgt ihm in sein Büro und nimmt auf dem Besucherstuhl Platz.

Sascha kramt aus dem Schrank eine Tasse hervor. „Möchten Sie einen Espresso oder einen Cappuccino?"

„Kann Ihre Maschine auch einen Latte macchiato herstellen?"

„Äh, ja." Sascha stellt die Tasse wieder fort und nimmt eines der hohen Gläser aus dem Schrank. „Dann muss ich etwas mehr Milch besorgen. Einen Moment, der Kühlschrank steht nebenan."

Schließlich haben sie beide zu trinken, Sascha nippt an einem Cappuccino und sein Gast zieht an einem Plastikhalm, der in einem hohen Glas mit Latte macchiato steckt.

„Was ist das hier für eine Firma? Sie stehen in keinem Verzeichnis, kein Schild an der Straße, das ist schon merkwürdig."

„Ja, wissen Sie, das ist nicht einfach zu erklären." Wie soll er ihr verdeutlichen, dass ihre Tätigkeit illegal ist? Obwohl, als Sekretärin betrifft es sie nicht. Er muss vorsichtig taktieren, das ist besser Sache des Chefs. „Wir sind breit aufgestellt und führen viele Arten von Unternehmungen durch." Das ist nicht verkehrt, sie verschicken Erpresserschreiben und sammeln Geld aus ganz Europa ein. Für eine Sekretärin ist es die typische Arbeit im Büro: Anrufe entgegennehmen, Termine vereinbaren, Hotelzimmer buchen, auch Hilfe beim Erstellen der Ausdrucke für Ludwig Petersen.

Er erfährt, dass sie in Hamburg gearbeitet hat und auch dort wohnt. Das bedeutet, dass sie wohl umziehen muss.

„Ja, damit habe ich schon gerechnet. Dafür habe ich dann eine geregelte Arbeitszeit."

Sascha lacht kurz auf. „Das mit der geregelten Arbeitszeit vergessen Sie man ganz schnell wieder. Dafür ist die Bezahlung mehr als reichlich."

„Hm." Sie zieht ihre Nase kraus. „Gut, damit kann ich leben. Wo wohnt man hier denn so am besten?"

„Tja, wenn Sie in einer Stadt wohnen wollen, dann kommen wohl nur Stade oder Cuxhaven in Frage. Ich hätte bloß keine Lust, so weit zu fahren. Ich wohne in Drochtersen, das sind 17 Kilometer von hier, Wischhafen oder Freiburg ginge auch, aber das sind eben nur kleine Orte."

Auf der anderen Seite des Flures klappt eine Tür, Frank Torborg kommt zu Sascha Funcke und dessen Gast ins Büro. Er lächelt die Besucherin an, sein hässliches Gesicht zeigt ein kurzes Grinsen. Seine Nase ragt wie der Schnabel eines Raubvogels hervor und zieht ihre Blicke auf sich. „Aha, ich habe mich nicht getäuscht, da war doch eine weibliche Stimme." Er reicht eine Hand zur Begrüßung. „Sie müssen Frau Köster sein, ich erinnere mich an das Telefongespräch mit Ihnen."

Sie erhebt sich und erwidert den Händedruck. „Ja, das stimmt. Dann sind Sie Herr Torborg?"

„Ganz recht. Kommen Sie doch zu mir ins Büro."

Sascha Funcke sieht den beiden nach, dreht sich dann wieder zum Bildschirm und versucht den Faden von vorhin wieder aufzunehmen.

„Erzählen Sie doch von sich, was haben Sie bisher gemacht?"

Er erfährt die ganze Geschichte, Teile davon hat ihm sein Mitarbeiter schon angedeutet. Sie ist seit zwei Wochen arbeitslos, weil ihr bisheriger Chef, ein Nachtklubbesitzer aus dem Rotlichtmilieu, im Untersuchungsgefängnis sitzt. Der Nachfolger hat eine eigene Bekannte als Sekretärin mitgebracht und sie kurzerhand vor die Tür gesetzt.

„Erzählen Sie mir doch, was Sie hier machen. Worin wird meine Aufgabe bestehen?" Julia Köster sucht in ihrer Handtasche herum und entnimmt ihr einen kleinen Schminkspiegel. Sie kontrolliert das Rot ihrer Lippen, bessert mit dem Finger etwas nach und sieht ihr Gegenüber wieder an.

„Äh, ja." Frank Torborg hat ihr zugehört und seine Blicke wohlwollend über ihre Figur wandern lassen. Nun rückt er sich in seinem Sessel zurecht. „Ja, die Arbeit. Darüber sollten Sie nur wenig erfahren, das ist vielleicht besser so. Ihre Aufgabe besteht darin, die Kommunikation zwischen den verschiedenen Geschäftsbereichen zu gewährleisten." Er nimmt sich ein Blatt Papier, einen Bleistift und beginnt zu zeichnen. Im Zentrum seiner Skizze befindet sich die Hamburger Privatbank, mehrere Pfeile verbindet er mit drei Autovermietungen und sechs Spielhallen.

„Wir haben in den Autovermietungen - die Firma heißt jetzt »Car-Mobil« - sowie den Spielhallen beträchtliche Bargeldeinnahmen, die von Geldtransportunternehmen zu meiner Bank gebracht werden. Sie sollen die Verbindung zwischen denen und mir herstellen. Die Autovermietungen sollen demnächst erweitert werden, da fällt ebenfalls viel Schriftverkehr an, Anträge für die Behörde sind vorzubereiten. An Arbeit wird es Ihnen nicht mangeln." Er mustert sie eindringlich. „Ich habe gehört, dass Sie verschwiegen sind, können Sie mir ein Beispiel geben?"

Julia Köster nickt, sie zupft etwas nervös an ihrem kurzen Rock, der jetzt im Sitzen fast unanständig hochgerutscht ist, dann zeigt sie wieder Ruhe und Selbstsicherheit. „Ich bin bei meiner täglichen Arbeit immer wieder mit den krummen Geschäften meines Arbeitgebers konfrontiert worden. Der war, wie ich schon erläuterte, ein

Unterweltboss. Meine Aufgabe war es oft, die Polizei hinzuhalten oder abzuwimmeln. Ich habe nie meinen Arbeitgeber denunziert, Sie können sich gerne danach erkundigen."

„Okay." Frank Torborg ist beruhigt, sie könnte tatsächlich für ihn geeignet sein. „Das klingt plausibel. Ich denke, wir werden Sie einstellen. Die Probezeit ist sechs Monate, wegen unserer besonderen Geschäfte werden wir Sie eine Weile beobachten. Das Gehalt beträgt 9500 Euro im Monat, während der Probezeit 4500 Euro. Das ist viel, dafür erwarte ich besonderes Engagement, Sie müssen auch damit rechnen, auch mal über das Wochenende arbeiten zu müssen." Er sieht ihr in die schwarzen Augen, bemüht, den Blick nicht wieder in ihren hübschen Ausschnitt sinken zu lassen. „Können Sie damit leben? Falls ja, betrachten Sie sich als eingestellt."

Jetzt lächelt sie zum ersten Mal. „Danke, das klingt sehr großzügig. Wann kann ich beginnen?"

„So früh Sie können, wir würden es gerne sehen, wenn Sie so bald wie möglich anfangen könnten." Er schmunzelt. „Den Anstellungsvertrag werden Sie sich selbst anfertigen müssen, wir sind nicht damit vertraut. Können Sie das?"

„Natürlich. Ich habe schon einige für das Personal in dem Nachtklub verfasst."

„Sehr gut. Tun Sie so, als wäre es hier auch ein Nachtklub, damit liegen Sie nicht ganz verkehrt." Er erhebt sich. „Wenn Sie sich bitte verabschieden würden, ich erwarte ein wichtiges Telefongespräch."

„Natürlich, vielen Dank, Herr Torborg."

„Frank, bitte. Ich möchte, dass wir uns ab jetzt alle duzen. Die enge Zusammenarbeit macht das Siezen eigentlich überflüssig."

Julia Köster geht zu Sascha Funcke hinüber. Sie denkt über ihren neuen Chef nach. Er scheint nett zu sein, trotz seiner abschreckenden Visage.

Der junge Mann sieht zu der Frau und grinst sie an. „Na? Wie sieht es aus?"

„Ich glaube, ich habe den Job." Sie setzt sich wieder auf den Besucherstuhl. „Sind Sie so nett und bringen Sie mir einen Kaffee? Dieses Mal einen Cappuccino, das wäre nett."

„Klar doch, kein Problem." Wenig später kommt er mit zwei Tassen des aromatischen Getränks zurück. „Hier bitte."

Beide trinken mit Genuss aus ihrer Tasse. „Sagen Sie, wie ist Ihr Chef eigentlich so?", fragt die neue Kollegin. „Ach ja, wollen wir uns nicht duzen? Herr Torborg, oder vielleicht besser Frank, hat gesagt, dass wir uns alle duzen."

Sascha zieht erstaunt die Augenbrauen hoch. „Aber hallo, das ist ja ganz etwas Neues. Sie scheinen einen nachhaltigen Eindruck auf ihn gemacht zu haben. Er ist sonst immer reserviert und zurückhaltend." Er reicht ihr die Hand. „Mein Name ist Sascha. Die beiden anderen Kollegen sind meistens unterwegs, die bekommst du später zu sehen." Er nimmt einen Schluck aus der Kaffeetasse. „Ja, unser Chef. Er ist meistens nett, ich habe ihn aber mal erlebt, wie er einen Lieferanten zusammengestaucht hat, in dessen Haut habe ich nicht stecken mögen." Er nickt langsam bei der Erinnerung an die Situation. „Dafür stimmt das Geld, da nimmt man so manches in Kauf."

Julia Köster stellt die Tasse ab. „So, ich muss jetzt los, ich habe eine Weile zu fahren. Überhaupt – kannst du mir bei der Suche nach einer Wohnung behilflich sein? Du bist doch hier zu Hause."

„Keine Sache. Wie hoch darf denn die Miete sein?"

„Das spielt bei dem Gehalt fast keine Rolle. Suche etwas, das normal ist, nicht zu billig und nicht zu teuer."

Sie steht auf, geht zur Tür hinaus und lässt eine Wolke teuren Parfüms zurück.

Mannomann, was für ein heißer Käfer, denkt Sascha. Er dreht sich zum Bildschirm und sucht im Internet herum. Wie hieß doch gleich ihr voriger Arbeitgeber? Doll-House? Er ruft die Webseite auf und sieht sich mit Behagen die vielen Bilder an. Da! Er ist im Archiv gelandet, die Bilder des Nachtlokals mögen ein paar Jahre alt sein. Das Mädchen, das dort an der Stange turnt, das kennt er doch? Leider geht es nicht schärfer einzustellen, es ist auch etwas klein, aber er muss sich schon sehr täuschen, wenn das nicht Julia Köster ist. Sieh an, das hat sie natürlich nicht erzählt. Vor ihrer Arbeit als Sekretärin war sie Tänzerin in dem Nachtklub gewesen. Seine Kollegen werden staunen, wenn er es ihnen erzählt.

Einen Monat später wird ein weiterer Mitarbeiter eingestellt, er wird vorläufig der letzte sein. Er heißt Francois Lefévre, er ist belgischer Abstammung, Sascha schätzt ihn auf Ende zwanzig. Er ist wie er ebenfalls ein Genie auf seinem Gebiet, in diesem Fall ist es die Buchhaltung, seine Aufgabe wird es sein, die seltsamen Geldströme so zu manipulieren, dass dem Finanzamt nichts auffällt. Eine weitere besondere Fähigkeit ist sein Talent bei der Herstellung von falschen Dokumenten, Zahlungsbelägen, Rechnungen. Mit verblüffendem Geschick erzeugt er täuschend echte Bescheinigungen jeder Art.

Der Belgier ist klein und untersetzt, ganz anders als Sascha, der gut aussieht und es auch weiß. Er macht jedem Mädchen schöne Augen. Bei Julia versagen allerdings seine Verführungsversuche, sie scheint immun dagegen zu sein.

„Wie heißt du noch mal?", fragt Sascha seinen neuen Kollegen, dessen fremd klingender Name bisher keinen Eingang in sein Gedächtnis gefunden hat.

„Francois Lefévre", wiederholt er, langsam und deutlich, mit dem dazu gehörenden Nasallaut. „Ich bin in Belgien geboren, wohne aber seit über zwanzig Jahren in der Nähe von Aachen.

Sascha nickt langsam, dann grinst er. „Gut. Ich werde dich Franz nennen." Er lacht über Francois' dummes Gesicht und klopft ihm auf die Schulter. „Du wirst sehen, das können wir uns leichter merken."

Eines Nachmittags gibt es Kaffee und Kuchen im Büro. Francois, Franz, ist 30 geworden und hat etwas Gebäck aus dem Nachbarort mitgebracht. Sie sitzen in Saschas Büro, es ist das größte von allen, dafür stehen ein Kopiergerät und ein großer Drucker darin, sowie der

Tisch, an dem sie jetzt sitzen. Der Chef ist nicht dabei, er hat an diesem Tag eine lange Besprechung in seiner Hamburger Bank Am Großen Burstah.

Sascha sticht heute der Hafer, das liegt sicher an der Portion Koks, die er sich am späten Vormittag reingepfiffen hat. Er ist bester Laune, etwas überdreht und redet ohne Unterlass. Mit süffisantem Grinsen wendet er sich zu ihrer neuen Sekretärin. Sie trägt heute zu einem kurzen, schwarzen Rock eine weiße Bluse. Die kontrastiert sehr schön mit ihrem schwarzen Haar und dem grellroten Lippenstift. Sie wirkt fast wie eine Comic-Zeichnung: klare Linien, nur Schwarz und Weiß mit einem Klecks Rot.

„Habe ich dir schon erzählt, dass ich ein Bild von dir im Internet gefunden habe?"

Julia gibt sich desinteressiert. „Es gibt viele, die so aussehen wie ich."

Sascha bohrt weiter. „Mag sein, aber ich bin gut im Erkennen von Bildern im Internet, deswegen sitze ich hier. Es war ein altes Foto vom Doll-House, da hast du doch später als Sekretärin gearbeitet, oder?"

Auf Julias Stirn erscheint eine steile Falte des Zorns. „Das ist eine ganz alte Geschichte."

Sascha kann sich nicht bremsen. „Lass mich raten: Du warst jung und brauchtest das Geld." Er lacht gackernd über seine Bemerkung.

„Sehr originell. Ich war damals 18 oder 19 und habe das Geld gebraucht, um mir die Sekretärinnen-Schule leisten zu können." Sie zieht ihre Augenbrauen zusammen und blickt Sascha an. „Das ist zehn Jahre her, lass mich damit gefälligst in Ruhe!"

„Gut, gut", wiegelt der ab und hebt die Hände, „Ich wollte nur witzig sein."

„Spar dir diese Art Witze in Zukunft, sonst lernst du mich kennen."

Sascha ist wenig beeindruckt von ihrem Zorn, in seinem jetzigen Zustand prallt alles an ihm ab, er mustert sie gut gelaunt. Ihre unsolide Vergangenheit hat sie offenbar hinter sich gelassen, schade. Er muss sich wohl oder übel damit beschränken, die Kleine zu beobachten. So aufreizend, wie sich Julia oft kleidet, ist das auch ein Vergnügen. Vielleicht ergibt sich ja später mal die Gelegenheit für mehr.

Franz sitzt still auf seinem Stuhl und kaut an einem Mandelhörnchen. Neugierig folgt er dem Disput zwischen Julia und Sascha.

„Jetzt ist Franz mal dran, erzähl doch mal", fordert ihn sein Kollege auf. „Was hast du gemacht, bevor du hierher gekommen bist?"

Francois nickt, er schluckt den letzten Bissen hinunter. „Ich bin in Aachen aufgewachsen, an die ersten Jahre in Lüttich kann ich mich nicht mehr erinnern. Ich habe zunächst Einzelhandelskaufmann gelernt und habe mich später zum Bilanzbuchhalter weiterbilden wollen. Bevor es so weit war, sind meine Eltern nach Hamburg gezogen –ich musste mit - damit hatte sich das. Bis vor Kurzem habe ich als Buchhalter in einer Steuerberatungsfirma gearbeitet."

„Und was ist jetzt mit Mädchen, das interessiert uns viel mehr", Sascha interessiert heute offenbar kein anderes Thema.

Francois druckst etwas herum, er will nicht so recht damit herausrücken.

„Was ist, wie viele Frauen hast du schon gehabt?", insistiert sein Kollege.

„Nun lass ihn doch. Du siehst doch, dass er nicht darüber sprechen möchte", mischt sich Julia ein und legt beruhigend eine Hand auf Francois' Arm.

Der lächelt ihr dankbar zu, er ist froh, dass er zu dem Thema nichts mehr beisteuern muss. Es gibt auch nichts zu erwähnen, es sei denn, er würde zugeben, dass er homosexuell veranlagt ist. Julia hat das mit ihrem weiblichen Instinkt schon lange gemerkt.

Francois ist erleichtert, dass sie ihn vor Saschas Inquisition beschützt hat.

Julia hat sich als guter Griff erwiesen, sie ist tüchtig in ihrem Job. Alle Fäden laufen bei ihr zusammen. Dafür hat sie »Haare auf den Zähnen«, wie Sascha bei jeder Gelegenheit feststellen muss. Sie lässt ihn immer wieder abblitzen, kühl ignoriert sie seine Schmeicheleien. Dafür zeigt sie ein zunehmendes Interesse an ihrem Chef. Zuerst hat sie sein abstoßendes Gesicht erschreckt, seine Nähe war ihr anfangs nicht ganz geheuer. Doch Frank Torborg kann, wenn es sein muss, charmant sein. Er hält dann seinen oft beißenden Spott zurück und spricht, ganz gegen seine Gewohnheit, auch Mal ein Lob aus.

Jetzt ist Julia bei ihm, um die nächste Route für die Geldeinsammler Ahmet und Uwe zu planen. Sie sitzen beide an seinem Schreibtisch über einen großen Plan von Europa gebeugt. Frank hat eine kleine Liste mit Terminen vor sich liegen. Es sind die Übergabetermine für die nächsten sieben Lösegelder. Dieses Mal ist Nordeuropa dran, mit Orten in Schweden und Dänemark. Morgen werden Uwe und sein Fahrer Ahmet zu ihnen stoßen, dann soll Julia mit ihnen die Route festlegen, die Hotels müssen gebucht werden.

Frank hat eine Menge Arbeit für sie. Die Koordination mit den Autovermietungen und den Spielhallen ist inzwischen sehr umfangreich geworden.

„Meine Liebe, das machst du richtig gut. Was mir etwas Sorge bereitet, ist, dass du immer mehr Einblick in meine Geschäfte bekommst, dabei fühle ich mich nicht besonders wohl."

„Mein lieber Frank, du kannst froh sein, dass ich es bin, der deine krummen Geschäfte verwaltet. Dafür ist das Gehalt überaus großzügig. Obwohl, seitdem ich weiß, um welche Summen es hier geht, könnte es gerne hier und da ein besonderer Bonus sein." Sie lächelt ihn herausfordernd an. Es ist ihr nicht entgangen, wie er sie beobachtet, sie hat einen siebten Sinn für seine Gelüste. Sie spürt seine unterschwellig perversen sexuellen Neigungen, die oft der Grund für das Ende vieler seiner gelegentlichen Liebschaften waren.

Ein gruseliger Schauer läuft ihren Rücken hinunter, als sie ihren Busen gegen seine Schulter drückt. Sie kann sich seiner männlichen Ausstrahlung nicht entziehen. Sie will es auch nicht, sie hat schon lange gemerkt, dass sie auf der gleichen Wellenlänge funkt, wie er.

Frank spürt ihre Nähe an seinem Rücken, er löst seine Augen von der Karte und blickt sie an. Er legt eine Hand auf ihre und spricht leise, fast flüstert er. „Hast du heute Abend schon etwas vor?"

„Frank! Endlich!", schreit sie plötzlich auf, sie löst sich von seinem Rücken, lehnt sich vor ihn an den Schreibtisch und neigt ihm ihren roten Mund entgegen. Er nimmt ihr Gesicht in seine Hände und küsst sie immer wieder leidenschaftlich. Eine Hand wandert nach unten und presst sich auf ihren Busen.

Hart fühlt sie seine Hand, es ist fast schmerzhaft. Sie braucht das, sie will das. Lange schon hat sie nach so einem Mann Ausschau gehalten. Die meisten Männer empfindet sie wegen deren Vorsicht und zärtlichen Berührungen als verweichlicht und unmännlich. Frank ist anders, das merkt sie schon seit einer Weile. Sie will Schmerz spüren in der Vereinigung, Schmerz, der ihre Lust in schwindelnde Höhen treiben wird.

Keuchend lösen sie sich voneinander. Das Rot ihres Lippenstiftes hat sich mit einer Spur Blut gemischt, Frank hat ihr in seiner Erregung auf die Lippe gebissen. Mit glühenden Augen wischt sie es mit dem Handrücken fort.

Er räuspert sich. „Lass uns nicht mehr länger warten. Ich kenne in Cuxhaven ein verschwiegenes Hotel, unsere Angestellten müssen das nicht mitbekommen. Wir treffen uns dort in einer Stunde." Er schreibt die Adresse auf einen Zettel und schiebt ihn ihr zu.

„Ja, Frank, ich werde kommen", antwortet sie mit heiserer Stimme. Sie zupft ihre Bluse zurecht und verlässt sein Büro.

Das Verhältnis von Frank und Julia wird zu einer fast morbiden Manie. Häufig treffen sie sich zu Schäferstündchen, die oft mit blauen Flecken und Bisswunden auf beiden Seiten enden. Ihre gemeinsame Arbeit wird ebenfalls intensiviert, viele Ideen, wie sich die Effektivität der Erpressung steigern ließe, kommen inzwischen auch von Julia. Hier haben sich zwei Seelen gefunden, die beide kriminelle Energie freisetzen und sich körperlich ebenfalls eins sind. Sie ergänzen sich in ihren abnormen Neigungen und abwegigen Spielen perfekt.

Im Juni 2016 findet wieder einmal ein Treffen der Geschäftsführer statt. Fast jede Filiale sendet einen Vertreter zu der mit viel Pomp ausgestatteten Konferenz. Geld spielt keine Rolle, so hat Julia einen Konferenzraum und diverse Zimmer in einem Hotel am südlichen Stadtrand von Hamburg gebucht. Es ist eine fünf Sterne Residenz, mit Bar, Schwimmbad und Bowling Bahn. Es sind etwa zwanzig Teilnehmer gekommen - ohne Begleitung, denn weibliche Betreuung ist für den Abend bestellt.

Einer der wichtigsten Teilnehmer ist neben Manfred Röpke, dem Geschäftsführer der Brinkmann & Clasen Bank, der Geschäftsführer der Hamburger Filiale der »Car-Mobil« in der Spalding Straße, der außerdem für die Koordination der übrigen Filialen verantwortlich ist. Es ist Sebastian Staffeldt, ein unverschämt gut aussehender Mann Mitte vierzig. Er ist schlank, sportlich und immer teuer gekleidet.

„Was hast du denn heute Abend für uns vorbereitet?", fragt er mit einem Lächeln Frank Torborg, zu dem er sich gesellt hat.

Der lächelt und flüstert seinem Mitarbeiter zu. „Du wirst schon sehen, meine Sekretärin hat ihre Kontakte spielen lassen, du wirst nicht enttäuscht werden."

„Das hört sich vielversprechend an. Übrigens – deine Sekretärin - ich kenne sie gar nicht. Ich habe sie bisher nur am Telefon erlebt. Sie ist nicht auf den Mund gefallen, die möchte ich gern mal in natura erleben."

„Sie wird wohl gleich kommen, dann wirst du sie sehen." Seine Stimme ist spröde geworden, Frank ist etwas zugeknöpft, sein smarter Geschäftskollege ist ihm etwas zu gut aussehend. Ein vages Gefühl der Eifersucht regt sich in ihm.

Julia kommt eben von einem letzten Gespräch mit dem Empfangschef des Hotels zurück, es war einiges vorzubereiten. Ihr Blick fällt auf den Mann, der neben Frank steht und ebenfalls ein Glas Champagner in der Hand hält. Was für ein Mann! Er ist so groß wie Frank, sieht aber ungleich besser aus. Das ist auch nicht schwer, Frank ist - realistisch gesehen - ein hässlicher Vogel. Aber immerhin jemand, der es versteht, ihre dunklen Neigungen zu wecken und zu befriedigen. Trotzdem – ihre Augen folgen dem Begleiter. Jetzt lächelt er jemanden an, es ist, als täte sich das Paradies auf, er versprüht Charme im Überfluss. Wie hypnotisiert geht sie auf den Adonis zu, sie nickt Frank kurz zu. „Würdest du mich bitte deinem Begleiter vorstellen?"

Der zuckt kurz mit einer Augenbraue und schickt einen dunklen Blick zu ihr, dann erfüllt er ihr mit einem unguten Bauchgefühl ihren Wunsch. „Meine Liebe, das ist Sebastian Staffeldt, du kennst ihn sicher schon vom Telefon."

Julia nickt, so jemand steckt also hinter der sympathischen Stimme, was für eine Überraschung. Ihre eigene Vorstellung bekommt sie kaum mit, sie genießt den Anblick des Hamburger Filialleiters wie einen Blick in die Sonne.

Der mustert die junge Frau ebenfalls sorgfältig. Er stellt fest, dass ihr Gesicht nicht ganz ebenmäßig ist, der rote Lippenstift und geschickt aufgetragene Schminke lenken von einigen Fehlern ab. Dafür ist die Figur tadellos. Wer sieht schon in das Gesicht, wenn die Frau so einen atemberaubenden Körper hat? Sebastian Staffeldt schenkt ihr sein bezauberndstes Lächeln. „Mein liebe Julia. Was für einen Edelstein verbirgt unser Chef auf seinem abgelegenen Gut?" Sie lachen alle drei, wobei Franks Lachen etwas gequält und nicht so entspannt ist, wie das von Sebastian und Julia.

Den Rest des Abends versucht der Gastgeber, seine Julia durch immer neue Aufgaben daran zu hindern, den Kontakt mit Sebastian Staffeldt zu vertiefen. Eifersucht wächst in ihm, es gefällt ihm gar nicht, dass seine Geliebte die Nähe von diesem Schönling zu suchen scheint. Nun hat er nach langer Zeit endlich eine Frau gefunden, die seine ausgefallenen Wünsche erfüllt und sogar Gefallen daran findet. So eine gibt er nicht freiwillig wieder her.

Wenn es sein muss, wird sein Geschäftsführer daran glauben müssen. Einen Filialleiter findet er leicht, der ist zu ersetzen - aber jemand wie Julia?

Am nächsten Tag spricht er im Büro mit ihr, um ihre Meinung über den Leiter der Autovermietung zu erfahren. „Dieser Sebastian Staffeldt hat dir gefallen, nicht wahr?" Er versucht, seine Frage beiläufig klingen zu lassen. Am liebsten hätte er sie an den Armen gepackt, geschüttelt und angeschrien. Doch das hätte bei ihr nicht verfangen, sie hätte sich komplett verweigert und lieber die Schmerzen ertragen. Das hat er schon mal erlebt, wütend hat sie ihn dann aus ihren dunklen Augen angeblickt. Wenn sie dazu fähig gewesen wäre, hätte sie ihn auf der Stelle zu einem Häufchen Asche zusammenfallen lassen. Aber das bringt nicht einmal Ludwig Petersen fertig, und niemand ist dem Teufel so nah wie er.

Julia durchschaut das Manöver, schließlich kennt ihn keiner so gut wie sie. „Sicher, er sieht gut aus. Das hat er dir voraus." Sie lehnt sich an ihn und legt besänftigend eine Hand auf seinen Arm. „Aussehen ist nicht alles. Ich weiß, was ich bei dir bekomme, wer weiß, ob andere Männer das auch so verstehen."

Das Treffen, das sie in der nächsten Woche mit Sebastian vereinbart hat, erwähnt sie natürlich nicht. Sie ist doch nicht bescheuert, sie kennt Franks Neigung zu Gewalttaten. Sie sehnt sie zwar herbei, fürchtet sich vorher sogar ein wenig davor. Wenn es dann wie eine Flutwelle über sie hinweg rollt, genießt sie jeden Funken Schmerz. Aber genau diese Gewalt würde er auf Sebastian loslassen, mit möglicherweise verheerenden Folgen. Es drängt sie je-doch, diesen gut aussehenden und charmanten Mann kennenzulernen, der, ebenso wie Frank, eine gewisse Bru-talität ausstrahlt.

Zwei Wochen später ist Frank mehrere Tage verreist, er will zu einer Messe für Fluggeräte. Es ist wegen der Drohne, die sie verwenden. Er plant, eine Nachtsichtka-mera zu installieren, um die Geldübergaben auch - oder gerade - in der Nacht durchzuführen. Genau während sei-ner Abwesenheit will sie sich mit Sebastian treffen. Es soll ein Edelrestaurant am westlichen Hamburger Stadtrand sein, sie hat schon eine Idee, wie sie sich anziehen wird …

Juli 2016, Dienstagabend. Das Lokal ist in einem reet-gedeckten Haus untergebracht, es liegt an einem kleinen See in den Harburger Bergen. Milde Luft, die den Som-mer in sich trägt, weht ihr entgegen, mit würzigem Tan-nenduft angereichert.

Sie parkt ihren kleinen Sportwagen und steigt aus, da kommt ihr Sebastian bereits entgegen. Er hat auf dem Parkplatz bereits auf ihre Ankunft gewartet.

„Meine liebe Julia, welch eine Freude, dich wiederse-hen zu dürfen." Er lächelt sie an, ein Lächeln, bei dem ihr ein warmer Schauer durch den Körper jagt. Er nimmt sie bei der Hand und führt sie an einen Tisch auf der Ter-rasse. Die Schiebetüren sind weit geöffnet, man kann den schönen Abend genießen. Auf dem Rasen vor der Terrasse befindet sich ein Brunnen, der beinahe kitschig mit einer kleinen Statue gekrönt ist, ein Springbrunnen erzeugt eine plätschernde Melodie.

Sebastian lässt genüsslich seine Augen über ihren Körper gleiten. Sie trägt ein weißes Kleid, es reicht bis zu den Knien, das Oberteil schmiegt sich millimetergenau um ihre netten Rundungen, ein tiefer Ausschnitt zieht immer wieder seinen Blick an. „Meine Liebe, du wusstest, was mir gefällt, oder?"

Sie erwidert sein Lächeln. „Das ist nicht schwer zu erraten, ihr Männer seid alle gleich."

Sebastian ist in maßgeschneidertem Jackett und Hose gekleidet, er muss sich auch nicht verstecken.

Der Abend wird nett, er beginnt mit einem Aperitif und endet mit einem guten Tropfen Rotwein. Es wird spät, Julia lässt sich zu einer Nacht in seiner Wohnung ‚überreden'. Sie hat natürlich gehofft, dass er sie einladen würde.

Ihre Vereinigung wird ein Erlebnis für beide. Sebastian hat durchaus eine Neigung zu Brutalität, ist dabei aber zärtlicher als Frank. Die Mischung von beidem ist genau das, was Julia mag. Was für ein Liebhaber! Was soll sie jetzt mit Frank machen? Sie kann ihm unmöglich die Wahrheit sagen. Franks Gewaltbereitschaft kann in dieser Situation zu einem Problem werden. Wenn er dahinterkäme, was sie treibt, würde er mit Sicherheit nicht lange fackeln und sie vielleicht sogar töten. Sie wird sich auf beide Männer einlassen müssen, denn auf Sebastian will sie jetzt auch nicht mehr verzichten. Mit Frank wird sie weiterhin ihre perversen Neigungen ausleben, sie braucht das, wie die Luft zum Atmen. Mit Sebastian ist das anders, jeder von beiden Männern hat seine speziellen Vorzüge.

Sie hat die Zeit mit Frank durchaus genossen, Sebastian aber spielt in einer ganz anderen Liga. Die Frage ist nur: Wie lange wird sie beide Beziehungen voreinander geheim halten können?

***

Frank Torborg hat gerade sein Handy beiseitegelegt, als Julia sein Büro betritt. Er lächelt sie an, sein hässliches Gesicht verwandelt sich in eine grinsende Fratze. „Was führt dich zu mir, Julia?"

Sie schließt die Tür, setzt sich ihm gegenüber auf den Besucherstuhl und schlägt ihre Beine übereinander. Sie weiß, dass er bei diesen Gelegenheiten immer versucht, im Schatten unter dem Rock die Linie ihrer Oberschenkel zu verfolgen. „Mir geht etwas durch den Kopf und ich wollte mal deine Meinung dazu hören."

„Nur zu, ich bin immer gespannt auf deine Ideen", ermuntert er sie.

„Wie präzise erkennt dein Luzifer eigentlich die künftigen Todesfälle?"

Frank sieht sie verblüfft an, was führt sie im Schilde? „Tja, das ist mal etwas besser, mal etwas schlechter. Wenn es gut läuft, erkennt er etwa 90 Prozent der Todesfälle im Voraus, oft sind es aber nur gerade 80 Prozent."

„Was passiert denn mit denen, bei denen er den Tod voraussagt, die daraufhin unseren Erpresserbrief erhalten und bei denen dann der Angehörige *nicht* stirbt?"

Frank nickt bedächtig. „Das ist ein Punkt, der mich auch stört. Bis jetzt ist es so, dass wir die Erpressung dann abblasen. Die Empfänger halten die E-Mail mit der Todesnachricht lediglich für einen schlechten Scherz. Warum fragst du das?"

Julias schwarze Augen funkeln böse. „Das ist doch verschenktes Geld. Was ist, wenn wir bei denen, die nicht wie vorhergesehen sterben, etwas nachhelfen?"

Frank starrt sie überrascht an. Was für eine boshafte Gesinnung steckt in diesem schönen Körper! Das ist es, warum sie sich so abgöttisch verfallen sind, sie sind vom selben Holz, so wie Hitler und Himmler, oder Erich Honecker und dessen Frau. Er schüttelt den Kopf. „Nein, ich habe mir schon oft die gleiche Frage gestellt. Aber sieh mal, was wir jetzt machen, ist ‚nur‘", er malt mit den Fingern Gänsefüßchen in die Luft, „Erpressung. Die Toten sind nicht durch unsere Hand umgekommen, sondern eines natürlichen Todes gestorben und wir begnügen uns mit relativ moderaten Lösegeldsummen. Sobald Mord ins Spiel kommt, ist die Ruhe vorbei. Die Polizei würde nicht locker lassen, bis sie die Fälle aufgeklärt hat. Nein, ohne mich."

„Okay, das sehe ich ein." Sie lächelt ihm verführerisch zu. „Du hast einen glasklaren, kriminellen Verstand, einer der Gründe, warum ich gerne bei dir bin."

Er nickt zufrieden, doch dann kommt ihm dieser Staffeldt in den Sinn, er hat den Gedanken an seinen Nebenbuhler nur für kurze Zeit verdrängt. „Sag mal, siehst du Sebastian gelegentlich?", fragt er scheinbar beiläufig, obwohl ihm der Gedanke an ein mögliches Verhältnis auf seiner schwarzen Seele brennt.

Julia hat erwartet, dass Frank auf Sebastian zu sprechen kommen würde, sie weiß, dass er mit Argusaugen einer möglichen Affäre auf die Spur zu kommen versucht. „Nein, es ergab sich nicht" sagt sie genauso gleichmütig, wie zuvor schon Frank, „ich habe lediglich gestern kurz mit ihm telefoniert." Das ist gelogen, sie treffen sich mindestens einmal in der Woche. Ihr Chef ist oft unterwegs, das viele Geld in seinem kleinen Imperium weckt bei vielen Begehrlichkeiten, Frank Torborg muss Präsenz zeigen, um klar zu machen, wem der ganze Segen zu verdanken ist. Sebastian ist so ganz anders, er ist einfühlsamer und eine Spur zärtlicher. Bei Frank glaubt sie mitunter, den Geschlechtsakt nicht heil zu überstehen. Sebastian ist dagegen eine Augenweide, es tut gut, ihn nur anzusehen und sich an seinen perfekten Linien zu erfreuen. Frank erzeugt eher ein gruseliges Erschauern in ihr.

„Hrrm", Frank gibt ein kurzes Knurren von sich. Er glaubt ihr nicht. Die Frage an Julia war ein Versuch, irgendeine Reaktion von ihr zu erhalten, ein Zucken, Erröten, ein Flackern im Blick, irgendwas. Aber sie ist clever, sie hat sich immer im Griff. Wenn er etwas von einer möglichen Affäre zwischen ihr und Sebastian herausbekommen will, muss er es selbst herausfinden.

Eine Leiche im Keller

Mitte Juli ergibt sich unerwartet eine Gelegenheit, sich Gewissheit zu verschaffen. Er hat sich für zwei Tage nach Hamburg verabschiedet. Er muss bei seiner Bank nach dem Rechten sehen. Sein Geschäftsführer Manfred

Röpke ist ein Schlitzohr, nicht von ungefähr hat man ihm bei der Deutschen Bank nahegelegt, sich einen neuen Job zu suchen. Jetzt will er seinem Kompagnon auf die Finger schauen. Außerdem will er sich mit ihm als seinem Banker über Anlagemöglichkeiten unterhalten.

„Von den Panama Papers würde ich die Finger lassen", bestätigt ihm dieser. „Die sind vor einem Vierteljahr mit Pauken und Trompeten aufgeflogen." Er steht auf, geht zum Fenster und sieht einen Moment nachdenklich auf den Nicolaifleet hinaus. Er schließt es wieder und setzt sich zu seinem Geschäftspartner. „Nein, an deiner Stelle würde ich mir Immobilien kaufen. Hast du schon mal überlegt, dich mit dem Gelände um den Altonaer Bahnhof zu befassen? Dort befindet sich ein stadtnahes, riesiges Areal. Die Renditen schätze ich vorzüglich ein."

„Gut, du bist der Fachmann. Was hältst du von zehn - na, ich sag mal, zwanzig Millionen?"

Der Bankfachmann grinst. „Ab dieser Größenordnung wird es interessant, ich werde mich mal umhören."

„Ja, tu das bitte. Du hast die besseren Kontakte."

Manfred Röpke nickt zufrieden. Er wird das für seinen Chef regeln, aber natürlich wird er sich eine reichliche Provision genehmigen.

Frank Torborg steigt in sein Auto im Parkhaus in der Großen Reichenstraße. Er denkt einen Moment über das Gespräch mit seinem Bankbetriebswirt nach. Im Moment ist ein großer Teil seines Kapitals in der Schweiz und auf den Bahamas festgelegt, aber die Idee mit den Immobilien ist gut, so könnte sich sein Vermögen sogar legal vergrößern. Seine Gedanken gleiten von dem netten Thema ab und kreisen wieder um Sebastian Staffeldt und Julia. Jetzt ist die Gelegenheit, seinem Verdacht nachzugehen, er hat ihr hinterlassen, dass er sowohl heute als auch morgen geschäftlich unterwegs sein würde. Wenn Julia sich mit Sebastian hätte treffen wollen, wäre jetzt eine perfekte Gelegenheit. Sebastian hat sein Büro für Autovermietungen in einem Geschäftshaus an der Spaldingstraße. Vor einem halben Jahr hat er sich für viel Geld eine Penthouse-Wohnung in der Hafen-City gekauft.

Frank startet den Wagen und fädelt sich in den Verkehr Richtung Speicherstadt ein. Nach einigem Herumkurven findet er an der Oberbaumbrücke einen Parkplatz. Er steigt aus und geht, sich sorgsam umsehend, zur Shanghai-Allee hinüber, nicht, dass er von seiner Geliebten oder ihrem vermeintlichen Liebhaber bemerkt wird. Von ihrem Auto ist nichts zu sehen, es ist vielleicht im nahegelegenen Parkhaus abgestellt. Die Tür zum Haus Nummer 16 ist nicht abgesperrt, er öffnet sie und steigt vorsichtig die Treppen hinauf. Den Lift benutzt er nicht, die Gefahr einer Begegnung ist ihm zu groß. Schließlich erreicht er die Wohnung im fünften Stock. Das Haus ist vor ein paar Jahren erbaut worden, Glas und unauffällige Stahlstreben verschmelzen zu einer licht- und luftvollen Architektur. Wie ein Dieb horcht er an der Tür – Stille. Vielleicht sind sie ausgegangen – dann kann er hier lange warten, es war wohl doch eine blöde Idee.

Er will sich gerade zur Treppe wenden, da ertönt hinter ihm ein Brummen, vom Fahrstuhl dringt ein klapperndes Geräusch zu ihm herüber. Rasch läuft er ein paar Stufen in das Treppenhaus hinunter und drückt sich an die Wand.

Die Tür des Lifts öffnet sich beinahe lautlos. Das Licht des Fahrkorbs leuchtet blass auf den Boden des Flures, den Frank erblickt, wenn er sich vorbeugt. Er hört jemanden kichern, er beugt sich weiter vor und sieht ein Paar den Lift verlassen.

Er meint, sein Herz müsse stehen bleiben - es sind tatsächlich Sebastian und Julia. Beide scheinen angeheitert zu sein, Sebastian trägt einen Karton unter dem Arm, die andere Hand hält die von Julia. Sie gehen ein Stück den Flur entlang und verschwinden in einer Wohnung.

Frank Torborg ist wie betäubt. Er hat damit gerechnet, dass seine Sekretärin und Geliebte dem Charme seines Geschäftsführers verfallen würde, aber es zu sehen, ist sehr viel verstörender, als es lediglich zu vermuten. Er atmet schwer, seine Gedanken fahren Achterbahn. Was kann er jetzt tun? Einer der beiden muss dran glauben, das ist klar. Aber wer? Die Entscheidung ist leicht zu fällen. Bringt er Julia um, verliert er nicht nur die Frau, die ihn in ihren Bann gezogen hat, sondern wahrscheinlich auch seinen Geschäftsführer, denn Sebastian würde nichts mehr mit ihm und seinen Geschäften zu tun haben wollen, wenn er ihm seine Gespielin nehmen würde. Außerdem könnte der Staffeldt ihm eine Menge Unannehmlichkeiten bereiten. Eine anonyme Denunzierung bei der Polizei, und es wäre vorbei mit seiner Organisation, deren Aufbau ihn so viel Zeit und Mühe gekostet hat. Nein, Sebastian Staffeldt muss dran glauben. Dann hat er seine Julia wieder für sich, denn ohne sie könnte er nur schwer zurechtkommen. Er braucht sie, mehr noch als Essen und Trinken. Allein ihre Nähe stachelt ihn zu immer neuen, perversen Ideen an. Nein, der Mann muss sterben, und zwar so, dass Julia nicht auf die Idee kommen kann, dass er dahinter stecken könnte.

Ein Plan nimmt Gestalt an …

In den nächsten zwei Wochen gibt es viel Arbeit für ihn, immer wieder fällt ihm etwas ein, das er besorgen muss. Es sind im Wesentlichen ein paar Quadratmeter Plastikfolie, einige Eimer weiße Farbe, Handschuhe, ein papierner Overall, ein zweites Handy mit anonymer Prepaid Karte. Heikel ist die Beschaffung einer Pistole mit Munition, aber auch das ist für einen finsteren Kopf wie Frank eine lösbare Aufgabe. Ein weiteres Utensil ist eine große Gefriertruhe, die nun in einem der Kellerräume der alten Villa steht. Nur widerstrebend haben die Lieferanten das schwere Gerät in den dunklen, feuchten Keller transportiert.

Es ist ein Freitag, als er Sebastian Staffeldt mit dem Prepaid-Handy in der Autovermietung anruft. Zuerst hat er die Sekretärin in der Leitung, die ihn zum Chef weiterschaltet.

„Hallo, Sebastian! Hier ist Frank. Ich habe etwas Besonderes für dich."

„Lass hören, ich bin schon gespannt. Kommt eine weitere Filiale hinzu?"

Frank versucht, seine angespannte Verfassung nicht in seiner Stimme mitschwingen zu lassen. Ausgesucht freundlich antwortet er: „Kannst du morgen Nachmittag zu mir nach Freiburg kommen? Ich habe mich entschlossen, die erheblichen Leistungen, gerade in der Sparte der Autovermietung, mit einem extra Bonus zu vergüten. Den möchte ich gerne persönlich übergeben, meine Mitarbeiter werden alle anwesend sein."

„Mensch, Frank! Das ist wirklich großzügig von dir! Ich komme gerne. Ich muss zwar einen anderen Termin verschieben, aber dein Bonus hat klar Vorrang!" Staffeldt lacht zufrieden.

Die beiden Männer machen einen Zeitpunkt ab, dann verabschieden sie sich.

Frank atmet ein paar Mal ein und aus. Zu diesem Schönling freundlich zu sein, hat ihm allerhand abverlangt - aber er weiß, wofür.

Sonnabendnachmittag. Frank sitzt am Schreibtisch in seinem Büro. Bis zu diesem Moment gab es Einiges vorzubereiten, aber nun ist alles fertig, genauso, wie er es geplant hat. Die Pistole liegt entsichert und durchgeladen in der Schublade seines Schreibtisches. Hat er etwas vergessen? Er zermartert sein Hirn. Nein, es ist alles bereit. Er geht die einzelnen Punkte und den Ablauf ein letztes Mal sorgfältig durch.

Frank hört das Geräusch eines vorfahrenden Autos, das muss er sein. Er geht zum Fenster und späht durch die Gardine. Richtig, da kommt er. Beißender Neid steigt in ihm auf, als der attraktive, gut gekleidete Mann mit federnden Schritten auf die Tür zugeht. Er verzieht sein Gesicht – das wird gleich ein Ende haben, für alle Zeiten! Er geht zum Schreibtisch und setzt sich. Wenige Sekunden später erscheint sein Geschäftspartner in der offenen Tür.

„Komm rein, Sebastian. Entschuldige bitte die Unordnung, ich habe gerade die Maler im Haus." Vor der einen Wand steht eine Trittleiter, zwei Eimer Farbe stehen daneben. Unter allem liegt eine Plastikfolie, die an einigen Stellen mit weißer Farbe bekleckert ist. Über dem Konferenztisch und den Stühlen liegt eine weitere Abdeckplane. „Wo sind denn deine Mitarbeiter?"

„Das dauert wohl einen Moment. Die wollten etwas besorgen und haben sich wohl in der Zeit vertan."

„Dass du hier arbeiten magst!" Sebastian Staffeldt sieht sich mit krauser Stirn um.

„Ach, das vergeht, in zwei Tagen wollen die Maler fertig sein." Er blickt zu seinem Besucher. „Bleib da mal stehen, ich habe etwas vorbereitet, das möchte ich dir zeigen." Sebastian hält in der Mitte der Plane inne. Frank öffnet die Schublade seines Schreibtisches und zieht die Pistole hervor. Er zielt kurz, dann kracht der Schuss.

Sebastian konnte nicht schnell genug darauf reagieren, nun presst er mit schmerzverzerrtem Gesicht die Hand auf die Brust. Zwischen seinen Fingern quillt dunkelrot das Blut hervor. Mit weit aufgerissenen Augen sieht er seinen Geschäftspartner an. Sein Mund verformt sich zu einem lautlosen ‚warum'? Er sackt zur Seite und fällt schließlich zu Boden.

Der Filialleiter und Koordinator für seine Autovermietungen ist tot, er wird sich einen neuen Partner suchen
müssen. Mitleidlos sieht er auf den Toten hinunter. Warum hat er sich auch an seiner Liebsten vergriffen? Ein
Mann wie Sebastian kann doch jede Frau haben, und sicher viel Schönere, als ausgerechnet Julia. Aber das spielt
jetzt keine Rolle mehr, mechanisch spult er den immer
wieder in Gedanken durchgespielten Ablauf ab. Zuerst
zieht er sich dünne Latexhandschuhe und den papiernen
Schutzanzug an, stellt die Leiter beiseite, und durchsucht
die Taschen von Sebastian. Er findet dessen Papiere und
– ebenso wichtig – die Autoschlüssel. Er legt beides auf
seinen Schreibtisch, schließlich faltet er die Folie über den
Toten und wickelt ihn darin ein. Heute Abend, wenn es
dunkel ist, wird er ihn fortschaffen. Die Leiter und die
Farbe lädt er in sein Auto und bringt sie zu dem Bekannten zurück, der ihm beides geliehen hat. Sebastians Auto,
ein rotes Mercedes Cabriolet, fährt Frank in die Remise
und bedeckt es mit einer Plane. Dort muss der Wagen ein
paar Tage bleiben, bis er nach Osteuropa verkauft wird.

Die Dämmerung beginnt, die Schatten werden länger
und überziehen schließlich alles mit einem dunkelgrauen
Schleier. Frank blickt zum Turmzimmer hinauf, blau-
graue Lichter reflektieren sich in der Scheibe, Luzifer sieht
fern. Er hat ihm einen Fernseher, einen DVD-Rekorder
und eine DVD-Sammlung Horrorfilme spendiert. Die
sieht der sich nun in jeder freien Minute an. Damit ist er
bis zum Schlafengehen abgelenkt und bekommt von den

Vorgängen hier unten nichts mit. Ob er weiß - beziehungsweise ahnt, was hier mit Sebastian Staffeldt passiert ist? Er sieht doch den Tod im Voraus kommen. Es ist wohl eher so, dass er nur einen kommenden Tod fühlt, und nicht, wie und wo es passiert - und vor allem - wer der Täter ist.

Frank legt sich die Rolle mit dem Toten über die Schulter, das gestaltet sich schwieriger, als er erwartet hat. Der Mann wiegt etwa so viel wie er selbst, vielleicht 85 Kilogramm. Mühsam erhebt er sich und muss einen Moment zögern, bis er das Gleichgewicht wiedergefunden hat. Langsam, mit kleinen, schwerfälligen Schritten geht er zu der Jugendstilvilla hinüber, die Eingangstür hat er bereits geöffnet. Er stapft schwankend und stolpernd durch den Eingang, dann wendet er sich mit seiner Last zur Treppe. Der Schweiß rinnt ihm von der Stirn, er keucht. Die Leiche scheint jede Minute schwerer zu werden. Schwer atmend lässt er das Bündel fallen, das Hinuntersteigen der Treppe geht fast über seine Kräfte. Er zieht das Paket Stufe für Stufe nach unten, dann schleift er es über den Boden in das dunkle Gewölbe hinein.

Der Keller ist niedrig, vielleicht 1,8 Meter hoch, er muss den Kopf neigen. Die Räume sind fast leer, in jedem Raum ist eine kleine Glühbirne installiert, die mit ihrem blassen Licht etwas Orientierung ermöglicht. Dreck und herabgefallener Putz liegt am Boden, Spinnweben hängen von den niedrigen Decken herab, spannen sich von den Leuchten als staubbedeckte Fäden zu den wenigen, kleinen Fenstern. Endlich hat er die Gefriertruhe erreicht, er legt den Toten ab und pausiert einen Moment, schwer atmend lehnt er an der Wand. Mit einer letzten Kraftanstrengung hebt er das Plastikbündel hoch und lässt es in die Truhe fallen. Deckel zu, endlich hat er den anstrengendsten Teil der Aktion hinter sich gebracht. Leise brummt der Kompressor der Truhe, als er sich zum Kellerausgang wendet. Mit einem dumpfen Laut fällt die schwere Kellertür ins Schloss, dann ist es vollbracht. Den Toten wird vorerst niemand finden, wer sollte auch ausgerechnet hier suchen? Er hat ohnehin vor, demnächst - vielleicht in einem Jahr? – das Anwesen zu verkaufen und zu verschwinden. Auf den Bahamas hat er sich bereits vor einiger Zeit nach einer geeigneten Bleibe umgesehen. Was dann die neuen Besitzer des Anwesens und die hiesige Polizei hier finden, ist ihm egal. Mit einer neuen Identität und weit in der Ferne kann ihm niemand mehr gefährlich werden.

Am Montagmorgen betritt er das Büro von seinem Mitarbeiter Francois Lefévre. „Guten Morgen, Franz." Er hat wie seine Mitarbeiter die saloppe Anrede verwendet, die Sascha erfunden hat. „Sag mal, kannst du auch Kraftfahrzeugbriefe fälschen?"

„Hallo, Chef!" Er nickt, nach dem Grund dafür zu fragen, spürt er keine Veranlassung. „Ja, das sollte gehen. Ich kenne zwei Typen, die haben letztes Jahr einen ganzen Schwung leere Kraftfahrzeugbriefe in der Hamburger Zulassung gestohlen. Von denen kann ich sicher einen erhalten." Er sieht seinen Chef an. „Bis wann soll es passieren?"

„So schnell wie möglich. Das Auto ist hier in der Nähe, ich gebe dir die Fahrgestellnummer. Wenn du alles fertig hast, erwarte ich, dass du das Auto verkaufst. Den Erlös kannst du behalten."

„Das klingt großzügig. Ist es ein teures Auto?"

„Das kommt auf die Erwartung an. Es ist ein zwei Jahre altes Mercedes-Cabriolet."

„Gut, abgemacht." Er grinst. „Ich werde es in Hamburg Billstedt auf dem privaten Automarkt am Sonntag verkaufen. Das verschwindet unauffindbar." Er sieht seinen Chef mit einem Schmunzeln an. „Darum geht es doch, oder?"

Doch Frank Torborg möchte das nicht weiter kommentieren, sein Mitarbeiter soll so wenig wie möglich darüber wissen.

Am späten Vormittag führt er den letzten Teil seines Planes aus. Julia könnte eventuell vermuten, dass er mit dem Verschwinden ihres Geliebten zu tun hat, diesen Gedanken will er versuchen, zu zerstreuen. Er betritt ihr Büro, das seinem benachbart ist.

Sie sitzt vor ihrem Bildschirm, blickt darauf und telefoniert mit dem Handy. Als sie ihn bemerkt, beendet sie das Gespräch. „Ich rufe gleich wieder an, mein Chef kommt gerade." Sie blickt zu Frank hoch, der jetzt neben ihr steht. „Hallo, mein Schatz! Was gibt's?"

Er blickt sie nicht ungerührt an, sie sieht wieder sehr aufreizend aus, was sie weiß. Ihr Mund ist knallrot geschminkt und lädt zum Küssen ein. Er räuspert sich. „Sag mal, weißt du, wo Sebastian steckt? Ich habe versucht, ihn in seinem Büro in der Spaldingstraße zu erreichen, da weiß man nicht, wo er sich aufhält."

Sie blickt zu ihm hoch, ihm erscheint ihr Gesichtsausdruck arglos – aber kann er ihr glauben? Sie verbirgt ihre wahren Gedanken vor ihm, seitdem er sie kennt. Selbst während ihrer leidenschaftlichen Begegnungen, wenn sie alles zu vergessen scheint, erschließt sie ihm nie ihr Innerstes. Jetzt öffnet sie ihren roten Mund. „Nein, ich habe es auch schon versucht. Seine Sekretärin versucht bereits, ihn zu finden."

„Das ist schön." Er versucht, sich beunruhigt zu geben. „Lass mich bitte wissen, wenn ihr etwas erfahrt. Zur Not müssen wir die Polizei einschalten." Bevor er sich abwendet, lässt er einen kurzen Blick in ihren großzügigen Ausschnitt fallen. Ja, jetzt gehört sie ihm wieder ganz allein.

Das Wiedersehen

Es ist Mittwoch, der 7. September 2016, Alexander Finkel steuert sein Wohnmobil in Richtung Süden. Gerade hat er die Elbe durch den Elbtunnel unterquert, in einer weiteren Stunde wird er Stade erreichen. Sein Wohnmobil brummt monoton auf dem kurzen Stück Autobahn – die A 26. Auf beiden Seiten ziehen Wiesen und Obstplantagen vorbei. Er pfeift leise eine Melodie vor sich hin. Er fühlt sich wohl wie schon lange nicht mehr. Vor ein paar Wochen sah es ganz anders aus. Der vor drei Jahren diagnostizierte Lymphdrüsenkrebs hat ihn Tag und

Nacht beschäftigt. Immerzu malte er sich neue, schreckliche Szenarien aus, die unweigerlich mit seinem Tod endeten. Aber – es kommt ihm immer wieder wie ein Wunder vor - der Krebs hat sich zurückgezogen. Alexander Finkel konnte es kaum glauben, er hat den Arzt mehrmals bedrängt, ob er sich denn auch sicher sei. Der Befund am Klinikum Kiel war negativ, obwohl der Arzt ihm unmissverständlich klargemacht hat, dass der Krebs jederzeit wieder ausbrechen könne, eine wirkliche Heilung kann es bei dieser Form der Erkrankung nicht geben. Finkel ist dennoch zufrieden. Jeder Tag erscheint ihm nun wie ein Geschenk.

Ein Geschenk war auch seine Begleiterin in den vergangenen zwei Wochen gewesen. Laura, die er quasi auf der Straße aufgelesen hat, um ihr zu helfen auf den richtigen Weg zu bringen. Obwohl er zu Anfang nicht glaubte, dass sein Vorhaben gelingen würde, hat das Mädchen fast eine Metamorphose durchgemacht. Die Fürsorge Finkels, die Sicherheit an seiner Seite, haben die junge Frau aufleben lassen. Und gerade, als alles wirklich gut lief, und beide anfingen, ihre Ausbildung zu planen, war sie grausam ermordet worden, ebenso ein langjähriger Freund und Nachbar in Hamburg. Seine Fähigkeiten als ehemaliger Mitarbeiter der GSG 9, vereint mit einem kaum zu stillenden Durst nach Vergeltung, haben ihn dazu veranlasst, den Mörder selbst zu richten. Er hat es wie einen Verkehrsunfall aussehen lassen, die Polizei hat es geschluckt. Er ist zwar schuld am Tod eines mehrfachen Mörders, das bereitet ihm jedoch keine Gewissensbisse. Immer wieder sieht er vor seinem inneren Auge den Mann in den Tod rasen, aber auch diese Bilder werden eines Tages verschwinden.

Im Rahmen der Ermittlungen nach dem Verbrecher ist ihm eine Kommissarin aus Stade über den Weg gelaufen, die Suche nach einem Serienmörder hat sie zusammengeführt. Sie waren sich sofort sympathisch gewesen, die Erinnerung an ihre Begegnung helfen ihm nun, die schrecklichen Bilder der Vergangenheit, sowie die Gedanken an die Krankheit, die in ihm schlummert, zu vergessen. Heute Morgen hat er sie angerufen und sich bei ihr angemeldet, um sie auf dem Weg nach Süddeutschland zu seinen Kindern zu besuchen.

Sie war ehrlich erfreut, ihr Lachen am Telefon hat er noch im Ohr. Ja, Christine, sie ist schon eine bemerkenswerte Frau. Als Tochter des Stader Kriminalkommissars Werner Hansen war sie später selbst zur Polizei gegangen. Viele Jahre hat sie beim Landeskriminalamt in Hannover gearbeitet, bis sie ein günstiger Umstand zur Nachfolgerin des scheidenden Leiters der Mordkommission in Stade hat werden lassen.

Nun sinnt er über das Wiedersehen nach. Wie lange wird er bleiben können? Wird Christine ihn zum Übernachten einladen, oder sollte er lieber im Wohnmobil schlafen? Die Begegnung in Rendsburg war kurz gewesen. Ein Tag mit einer gemeinsamen Besprechung bei der Polizei, später dann ein langer, lustiger und feuchter Abend an der Hotelbar. Beinahe wäre die Nacht dazu gekommen, ein verschütteter Gentleman-Komplex und die Befürchtung, dass seine sexuellen Fähigkeiten durch die beiden Chemotherapien doch zu sehr in Mitleidenschaft gezogen sein könnten, haben ihn das sich anbahnende Abenteuer abbrechen lassen, bevor sich beide später Vorwürfe hätten machen müssen. Und wenn sich jetzt wieder so eine Gelegenheit bieten würde? Nein! – energisch weist er den Gedanken zurück, bevor er sich manifestieren kann. Er besucht Christine, weil er sie mag und weil sie viele Gemeinsamkeiten haben. Es schmeichelt ihm natürlich, dass eine attraktive Frau, wie die 44-jährige Kommissarin, Gefallen an ihm findet, einen immerhin sportlichen 68er.

Christine Hansen sieht in den Spiegel und streicht mit der Bürste durch ihr blondes Haar, bis es wieder glatt und hübsch auf ihren Schultern liegt. Sie hat sich heute Nachmittag freigenommen, es gibt keinen aktuellen Mordfall, die anderen Fälle können warten. So hat sie den ganzen Nachmittag und den Abend Zeit für Alexander Finkel. Ihre Mutter hat heute Vormittag einen Kuchen gebacken, den werden sie nachher mit einer guten Tasse Kaffee zu sich nehmen.

Ein letzter prüfender Blick in den Spiegel –sie kann sich durchaus sehen lassen. Erste Fältchen sind bei genauem Hinsehen zu erkennen, etwas Make-up lässt sie fast verschwinden. Sie schließt den obersten Knopf ihrer weißen Bluse, jetzt sieht es so brav aus, wie sie es – jedenfalls für heute – haben möchte. Fast hätte sie sich vor ein paar Tagen in dem teuren Hotel in Rendsburg vergessen, doch Alexander hat rechtzeitig die Reißleine gezogen. So war ihnen beiden ein peinliches Erwachen erspart geblieben.

Ja, sie freut sich auf ihn. Er ist ein echter Mann, integer, sportlich und attraktiv, trotz des fortgeschrittenen Alters. Sie haben sich sofort verstanden, es kommt ihr vor, als kenne sie Alexander seit Langem, dabei sind es, genau genommen, nur ein paar Stunden. Nun wird ab heute Nachmittag endlich Gelegenheit sein, die Zuneigung zu vertiefen und sich besser kennenzulernen.

Sie geht in die Küche, ihre Mutter ist gerade dabei, den Apfelkuchen auf eine Platte zu legen. „Nimmt dein Freund Schlagsahne dazu?", fragt sie, ganz die Mutter und fürsorgliche Gastgeberin.

„Keine Ahnung, stell sie ruhig auf den Tisch. Außerdem ist es nicht mein Freund, sondern bloß ein Bekannter, ein früherer Polizist."

„Du bist schon so lange allein, außerdem waren deine bisherigen Freunde alle bei der Polizei."

„Ja, Mama." Was soll sie sagen, ihre Mutter möchte doch nur ihr Bestes. Bis zu ihrer Scheidung vor acht Jahren, war Christine mit einem Polizisten verheiratet gewesen, Günter Bergau. Nach der Scheidung, die sie einige Nerven gekostet hat, hat sie ihren Mädchennamen wieder angenommen. Ihre Mutter ist ebenfalls mit einem Polizisten verheiratet - Werner Hansen, ihrem Vater, der nunmehr seit fast 13 Jahren in Pension ist. Sein Hauptaugenmerk gilt seitdem dem penibel gepflegten Garten, auch wenn ihm manche Arthrose wohl irgendwann dazu zwingen wird, für einige Arbeiten einen Gärtner einzustellen. Außerdem gibt er gerne den jungen Kollegen Tipps aus seiner Erfahrung als Ermittler, wenn sie ihn darum bitten. Jetzt kommt er zu den Frauen in die Küche, an den Füßen trägt er seine Gartenschuhe, darüber eine schmutzige Hose.

„Werner, wie siehst du wieder aus? Wir bekommen gleich Besuch und du läufst rum wie der letzte Schlunz", tadelt ihn seine Gattin und blickt auf die Fußspuren, die seine Gartenschuhe auf dem sauberen Boden hinterlassen haben. „Ach Werner!"

Er beugt sich zu ihr und gibt ihr ein Küsschen auf die Wange. „Entschuldige, mein Herz, ich ziehe mich gleich um. Ich will euch doch nicht blamieren." Er beugt sich zum Kuchen hinunter. „Das sieht ja vorzüglich aus, ich freue mich auf den Kaffee." Er lächelt und geht ins Schlafzimmer hinüber, um sich zu waschen und umzuziehen.

„Wann will dein Freund – äh, dein Bekannter, denn kommen?", fragt ihre Mutter. Sie ist eine schlanke Frau Mitte siebzig, der man noch ansieht, dass sich in jungen Jahren die Männer nach ihr umgedreht haben.

„Das weiß ich nicht genau" antwortet Christine, sie holt einen Besen aus einer Kammer in der Küche, um die Hinterlassenschaft ihres Vaters aus dem Garten aufzufegen. „Er hat mich vor zwei Stunden aus Kiel angerufen, das war kurz nach Mittag."

Frau Hansen sieht auf ihre Uhr. „Du meine Güte, dann kommt er gleich. Setz du bitte Kaffee auf, ich decke den Tisch auf der Veranda."

Eine Viertelstunde später fährt brummend, mit dem typischen Motorgeräusch des Diesels, das Wohnmobil von Alexander Finkel auf die Auffahrt des Hauses in der

Horststraße. Üppig wachsende Sträucher kratzen mit ihren Zweigen an der weißen Außenhaut des großen Fahrzeuges entlang. Jetzt steht das Mobil richtig, Alexander stellt den Motor ab, nimmt den Strauß Blumen vom Beifahrersitz und steigt aus.

Christine steht am Rand der Auffahrt und geht freudestrahlend auf ihn zu. Sie ergreift die angebotene Hand, zieht ihn zu sich heran und schlingt beide Arme um ihn. „Mein lieber Alexander, ich freue mich so, dass du hier bist."

Glücklich genießt er die Umarmung, dann trennen sie sich und blicken sich an. Er reicht ihr den Strauß. „Meine liebe Christine. Ich bin sehr gerne gekommen. Hier bitte, ich hoffe, dass dir die Blumen gefallen." Es ist ein üppiger Strauß mit Rosen, Ranunkeln und Margeriten.

Christine steckt ihre Nase tief in die Blüten. „Sie sind wunderschön - Alex, danke!"

Er geht hinter ihr her durch das Haus und hinaus zur Terrasse. Dort sitzen ihre Eltern und warten bereits gespannt auf den Besuch. Christine stellt ihren Bekannten und ihre Eltern gegenseitig vor, „So Alex, das sind meine Eltern Gabi und Werner Hansen. Das ist Alexander Finkel." Neugierig mustern sie sich gegenseitig. Eine kleine Pause entsteht, die von der Mutter unterbrochen wird. „Mögen Sie Apfelkuchen, Herr Finkel?"

„Meine Mutter hat ihn extra für dich gebacken", ergänzt ihre Tochter.

Alexander lächelt die alte Dame an. „Ich freue mich über diese Aufmerksamkeit."

Das Eis ist gebrochen, die Unterhaltung kommt in Fahrt.

„Sie waren auch bei der Polizei, hat uns Christine erzählt?", fragt Werner Hansen ihren Gast.

„Ja, ich war bei der Bundespolizei, bei der Sondergruppe zur Terrorbekämpfung, das war bis 2008, dann habe ich meinen vorzeitigen Abschied genommen und mich seitdem mit Schreiben über Wasser gehalten."

„Ach, Sie schreiben? Und davon kann man leben? Diese Sondergruppe ist doch die GSG 9, oder?" Der Vater zeigt offenkundig Interesse an dem Besucher, so manche Gemeinsamkeiten werden offenkundig.

Alexander Finkel beantwortet gerne die Fragen von Christines Vater. „Ja, ich habe offenbar mit meinen Romanen ins Schwarze getroffen, ich kann sehr gut davon leben. Und ja, ich war bei der GSG 9, die Abenteuer, die ich dort erlebte, habe ich in den Büchern verarbeitet."

„Wie lange bleiben Sie bei uns?", fragt Christines Mutter.

„Ja, das möchte ich auch wissen", fügt die Tochter hinzu.

„Das hängt davon ab, wie lange ihr mich ertragen mögt. Mein Wohnmobil steht auf der Auffahrt, vielleicht ist es etwas im Weg. Mein Plan ist, meine Kinder - die Tochter lebt in Köln, der Sohn ist in Freiburg im Breisgau verheiratet – zu besuchen. Ich habe mich bei ihnen angekündigt, der genaue Termin ist offen. Mit dem Wohnmobil bin ich völlig ungebunden, ich kann meine Zeit planen, wie ich möchte."

„Haben Sie denn keine Wohnung?", fragt der alte Kommissar überrascht.

„Doch, ich besitze in Blankenese die Hälfte eines Doppelhauses, die habe ich allerdings vermietet und fahre jetzt nur mit dem Mobil umher."

„Sind Sie verheiratet?", fragt Christines Mutter und erntet einen finsteren Blick von der Tochter.

Alexander Finkel lächelt sie an. „Die Frage ist doch nicht abwegig. Ich war mal verheiratet, meine Frau hat sich vor sieben Jahren von mir getrennt, seitdem lebe ich allein." Er zögert einen Moment. „Ich bin oft kein einfacher Mensch gewesen, meine Frau hat es nicht leicht mit mir gehabt. Als ich dann ständig wegen der Schreiberei zu Hause war, hat sie es nicht mehr mit mir ausgehalten."

Gabriele Hansen räuspert sich und wirft ihrer Tochter einen kurzen Blick zu.

Alexander hat es bemerkt, er nickt und setzt seine Erzählung fort. „Aus Gründen, die ich im Moment nicht näher erläutern möchte, habe ich vor ein paar Monaten mein Leben umgekrempelt. Zum einen bin ich aus meiner Wohnung ausgezogen und habe mir das Wohnmobil gekauft, in dem ich seitdem lebe. Außerdem arbeite ich am Verhalten gegenüber meinen Mitmenschen und frage mich seitdem, warum ich mir und anderen das Leben früher so schwer gemacht habe."

Nach diesem Vortrag herrscht erst mal Stille. Dann: „Wissen Sie, Herr Finkel," sagt Gabi Hansen leise, „es ist selten, dass sich ein Mensch total ändern will, und sein Verhalten in der Vergangenheit hinterfragt." Sie lächelt ihn an.

„Das mag sein. Es musste jedoch sein, ich habe es seitdem nicht bereut", antwortet er.

Der Kuchen ist fast aufgegessen und die vier lassen sich den Kaffee schmecken. „Ihr Wohnmobil interessiert mich, darf ich es besichtigen?", fragt der alte Kommissar seinen Gast.

„Natürlich, Herr Hansen, jetzt gleich? Ich bin inzwischen so etwas wie ein Fachmann auf dem Gebiet."

Es stellt sich heraus, dass auch Christine und ihre Mutter einen Blick in das Mobil werfen mögen. „Ich habe in Rendsburg davon gehört, aber habe es nie gesehen", erklärt Christine.

Sie stehen alle vier im Wohnmobil, der ohnehin nicht üppige Platz wird schon etwas knapp. Interessiert lauschen sie den Erklärungen des Besitzers, der nicht müde wird, die vielen Fragen zu beantworten. Als er die Tür zum Waschraum öffnet, der eine Toilette und eine Dusche beherbergt, bekommt er ein überraschtes „Oh" zu hören.

„Ist das Bett für zwei Personen nicht etwas schmal?", wundert sich der alte Kommissar.

„Nun ja, es kommt darauf an, wie dick die Schläfer sind. Bei 1,40 Meter Breite muss man schon etwas zusammenrücken." Alexander drückt auf einen Schalter in der Nähe des Tisches, mit einem leisen Summen beginnt sich das Hubbett abzusenken. „Falls man sich gestritten hat, wäre hier ein weiteres Bett." Er erntet ein Lachen als Antwort und lässt das Bett wieder nach oben surren.

„Die Einzige, die zurzeit jeden Tag ihr Auto braucht, ist Christine. Sie müssten es ihr ermöglichen, ihren PKW vor Ihr Mobil zu stellen, dann können Sie ein paar Tage bleiben. Sollte es länger dauern, müssen wir wieder rangieren, denn auch wir müssen gelegentlich mit unserem Auto fort. Wir haben sonst auch einen schönen Stellplatz für Wohnmobile in Stade, das ginge auf jeden Fall", erklärt Werner Hansen ihrem Gast.

Christine sieht ihren Besucher auch an. „Ja, ich brauche das Auto nur morgen, am Freitag habe ich mir freigenommen, danach ist ohnehin Wochenende."

Alexander nickt zufrieden. „Na, prima. Dann werde ich erst mal hierbleiben, am Sonntag sehen wir dann weiter." Er verzieht schelmisch sein Gesicht. „Was soll ich denn morgen den ganzen Tag machen, wenn du im Büro bist?"

Der alte Kommissar knufft ihn in die Seite. „Wir machen uns mit meiner Frau einen schönen Tag. Kennen Sie eigentlich Stade?"

„Nein, ich war noch nie hier."

„Sehen Sie, das kriegen wir hin. Der kleine Ort ist ganz sehenswert, außerdem glaube ich, dass wir uns eine Menge zu erzählen haben."

So geschieht es, Christine fährt Donnerstagmorgen in ihr Büro in der Teichstraße, Alexander wird von den alten Herrschaften durch die Stadt geführt. Es wird ein netter Tag, kurzweilig, mit Kaffee-Hopping durch die Fußgängerzone. Trotz der interessanten Gespräche kann Alexander die Rückkehr der Kommissarin kaum erwarten, ihre blauen Augen ziehen ihn immer wieder in ihren Bann. Ein schalkhaftes Lächeln irritiert ihn mitunter, bedeutet das etwas? Etwas, das die smarte Kommissarin wohl nur wenigen zukommen lässt?

Im Laufe des Tages erzählt Alexander seinen Begleitern manche Begebenheit aus seinem bewegten Leben und lernt, dass auch in der Polizeiinspektion der kleinen Stadt, zu der ein Landkreis gehört, manch interessanter Fall den alten Kommissar gefordert hat.

Am frühen Abend ist Christine zurück. Ihren silbernen Ford Focus hat sie in der kleinen Zufahrt zum Haus ihrer Eltern vor Alexanders Mobil abgestellt. Sie gibt ihm ein Küsschen auf die Wange. „Habt ihr auch keine Langeweile gehabt?"

Er lächelt sie gut gelaunt an. „Nein, überhaupt nicht, ich habe lediglich einen Kaffee-Bauch."

Sie lacht zur Antwort. „Warum soll es dir besser gehen als mir? Meine Eltern gehen nicht mehr gerne so weit, und kehren daher bei jeder Gelegenheit auf eine Tasse Kaffee ein."

„Wie war dein Tag?", fragt er sie. „Hast du keine Langeweile gehabt?

Sie streckt ihm die Zunge raus. „Ich habe auf jeden Fall etwas Sinnvolles getan, im Gegensatz zu euch!" Sie kramt aus ihrer Handtasche einen Ausdruck hervor. „Hier sieh mal, das kam vorige Woche vom Bundeskriminalamt, es ist an alle Polizeiinspektionen in Deutschland gerichtet. Es geht nicht um Tötungsdelikte, deshalb habe ich es zuerst nur überflogen. Es ist aber sehr merkwürdig, deshalb habe ich es mitgebracht, ich wollte gerne mit dir und meinem Vater darüber diskutieren."

„Das klingt interessant, zeig doch mal."

Sie reicht ihm die fünf Seiten DIN A 4, mit dem Absender des BKA in Wiesbaden. Alexander beginnt zu lesen, am Ende legt er es nachdenklich beiseite. „Es ist auf jeden Fall seltsam, es wirkt auf mich wie eine Fantasy-Story."

„Ja, skurril, nicht? Es werden Leute erpresst, damit sie nicht sterben. Und zwar, wie es scheint, eines natürlichen Todes."

„Ja, die bekannten Toten sind offenbar alle eines natürlichen Todes gestorben, ein Unfall, Krankheit, oder so etwas. Der Todesfall als solcher wäre nie ein Grund für eine Ermittlung gewesen." Alexander kratzt sich nachdenklich am Kopf. Die Haare sind seit der letzten Chemotherapie wieder gut nachgewachsen und bilden wieder einen tüchtigen, fast völlig grauen Schopf – wenn man von den Geheimratsecken absieht. „Was ist denn mit den Leuten passiert, die erpresst worden sind, aber nicht bezahlt haben?"

„Gar nichts. Wir wissen natürlich nicht, wer bezahlt hat und wer nicht, da unserer Einschätzung nach nur wenige die Polizei kontaktiert haben."

Alexander nickt. „Offenbar haben die Erpresser ihre Opfer geschickt ausgesucht und auch die Höhe des Lösegeldes so gewählt, dass die Summe oft ohne Zögern gezahlt worden ist."

„Ja", stimmt ihm Christine zu. „Die Erpressten waren immer sehr wohlhabend, sogenannte Vermögensmillionäre, das heißt, sie hatten mindestens eine Million als Guthaben auf einem Konto und konnten problemlos darauf zurückgreifen."

Alexander blättert in dem eng bedruckten Schreiben der Polizei des Bundes. „Den Erpressungen ist immer ein angekündigter Todesfall aus dem Kreis der später Erpressten vorangegangen. Die Frage ist, woher die Erpresser das wissen konnten."

„Ja, das ist genau der Punkt. Mir fällt keine einzige Erklärung dazu ein. Wie kann jemand so etwas vorher wissen, das ist ja wie schwarze Magie oder Okkultismus."

„Das ging mir auch durch den Kopf. Ich halte es für völligen Unfug und wissenschaftlich nicht haltbar." Alexander zögert, ihm fällt etwas ein. „Was hältst du von folgender Geschichte: Ein Bekannter von mir erhielt von seinem Onkel dessen Auto geschenkt. Der Onkel war schon älter und wollte nicht mehr fahren, den Führerschein hatte er auch abgegeben. Mein Bekannter also fuhr seit über einem Jahr mit diesem Wagen." Er sieht Christine an. „Pass auf, jetzt kommt es - dieser Onkel starb eines Tages, und genau am Tag seines Todes sprang das Auto nicht mehr an."

„Du willst mich verkohlen!"

„Nein, ganz im Ernst. Mein Bekannter ließ das Auto zur Werkstatt bringen. Die haben es mit viel Mühe und Rücksprache mit dem Werk wieder zum Laufen bekommen. Der eigentliche Grund für den Aussetzer ist nie gefunden worden." Er sieht Christine an. „Was ich damit sagen will, ist, dass es vielleicht doch jenseits unserer Vorstellung und der Kenntnis der Wissenschaften etwas gibt, das wir nicht verstehen und das trotzdem existiert."

„Hm." Christine blickt skeptisch auf die Zettel auf dem Tisch. „Vielleicht hast du recht. Wie auch immer, mit den Methoden der Kriminalpolizei komme ich da nicht weiter."

Alexander lacht. „Du wirst einen Hellseher oder einen Geisterbeschwörer konsultieren müssen."

„Du-u! Jetzt willst du mich wirklich auf den Arm nehmen." Sie lacht und steht auf. „Ich möchte meiner Mutter beim Abendbrot helfen, du kannst ja mit in die Küche kommen, wenn du magst."

Nach dem Abendessen sitzen die vier am Tisch und unterhalten sich. Sie sind gesättigt und gut gelaunt. Christine wendet sich an ihren Vater. „Papa, glaubst du, dass jemand den Tod voraussagen kann?"

Der überlegt einen Moment. „Ich würde jemanden, der mir sagt, dass er so was könnte, zum Teufel schicken – oder zu einem Psychiater". Er schüttelt den Kopf und sieht ihr in die Augen. „Hast du was geraucht? Ich muss doch nicht an deinem Verstand zweifeln?"

„Nein, das ist ihr Ernst", kommt ihr Alexander zu Hilfe. „Es gibt ein Schreiben vom BKA, darin werden Erpressungsfälle beschrieben, die genau auf dieser Möglichkeit basieren."

„Nein, nein", Werner Hansen schüttelt nachdrücklich den Kopf. „Ich glaube nur an Fakten, DNA, Fingerabdrücke, Faserspuren. Da passt so ein Unsinn nicht hinein."

Gabriele Hansen räumt das saubere Geschirr in den Schrank und folgt dem Gespräch aufmerksam und ohne etwas beizusteuern, doch dann meldet sie sich zu Wort. „Ich habe mal eine Kundin gehabt, die hat allen Ernstes behauptet, ihre Mutter könne den Tod vorhersagen. Angeblich hat sie von dem Tod ihrer Freundin und einer fernen Verwandten vorher gewusst."

Ihr Mann blickt sie skeptisch an. „Von jemandem, der sehr alt ist, ist es leicht, einen Tod vorherzusagen. Denn der wird eintreten, früher oder später."

„Nein, wirklich. Die ferne Verwandte war nicht so alt, wie sie mir erzählt hat, so um die fünfzig."

„Na, ich weiß nicht." Werner Hansen ist nicht überzeugt, auch der Rest der Runde grübelt über die Aussage nach, erste Zweifel entstehen.

„Kommt, das ist jetzt genug Unsinn, lasst uns ins Wohnzimmer gehen." Der alte Kommissar steht auf. „Ich werde mir einen Rotwein genehmigen. Wie ich meine Frau und meine Tochter kenne, werden sie sich anschließen. Wie sieht es mit Ihnen aus, Alexander?"

„Ich trinke selten Bier, ich bevorzuge Whisky oder Rotwein. Sie machen also keinen Fehler, wenn Sie mich teilhaben lassen."

Die Frau des Hausherrn deckt verschiedene Snacks auf, geröstete Erdnüsse und Salzstangen. Alexander sitzt neben Christine auf dem Sofa, während es sich Werner und Gabriele Hansen in den beiden Sesseln bequem gemacht haben.

Alexander erfreut sich an der Nähe Christines, mitunter legt sie ihre Hand auf seinen Arm und er genießt die vertrauliche Geste. Er wird gebeten, doch mal von einem seiner Abenteuer zu berichten. Er nippt ein wenig an seinem Rotwein und beginnt zu erzählen. „Eine Geschichte, an die ich mich sehr gut erinnere, war eine Aktion auf der

Ostsee. Ich habe später auch ein Buch darüber geschrieben, es heißt »Piraten der Ostsee«." Seine Zuhörer lauschen gespannt, gelegentlich gibt es eine Frage oder eine ergänzende Anekdote. Zur Befreiung einer deutschen Fregatte, die von Terroristen gekapert worden waren, wurde der GSG 9 ein speziell vorbereitetes Unterseeboot von einer Kieler Werft zur Verfügung gestellt.

„Aber denkt nicht, dass alle meine Aufgaben so glücklich geendet haben", schließt Alexander seine Erzählung. „Wir haben nicht alle Fälle so unblutig abschließen können. Denkt an die Entführung des Flugzeuges Landshut, es war mein erster großer Einsatz. Die Passagiere konnten gerettet werden, aber zum Beispiel der Flugkapitän wurde von den Terroristen getötet."

Christine sieht auf die Uhr. „Es ist schon spät, geht lieber schlafen. Ich werde mich mit Alexander in sein Wohnmobil zurückziehen, damit wir euch mit unserem Gerede nicht stören."

Sie gehen vor das Haus und steigen in sein weißes Gefährt. Alexander schaltet das Licht im Gläserschrank an, eine gemütliche Atmosphäre entsteht.

„Was wolltest du denn mit mir besprechen?", fragt er sie. „Möchtest du etwas zu trinken? Whisky, oder wieder Rotwein?"

„Hast du irgendeinen Saft? Mir ist im Moment nicht nach Alkohol."

„Wie du möchtest." Gluckernd füllt er Orangensaft in ein Trinkglas. „So, nun erzähle mal."

„Weißt du eigentlich, was aus dem Verbrecher geworden ist, der deine Begleiterin vor einer Woche ermordet hat?"

Alexander fühlt sich etwas unbehaglich. Niemand weiß besser als er, was mit dem Verbrecher passiert ist, ihm ist jedoch lieber, dass die Kommissarin das nicht erfährt. „Nein, keine Ahnung. Habt ihr ihn denn nicht gefasst?" Er gibt sich ahnungslos.

Christine schüttelt den Kopf. „Nein. Er ist bei einem Unfall ums Leben gekommen. Du staunst du, was?"

„Ja, allerdings. Irgendwie hat er auf die Weise auch eine gerechte Strafe erhalten, oder?"

„Na, weißt du. Man hätte ihm den Prozess machen müssen, mit Richter und Staatsanwalt, nur das wäre wirklich gerecht gewesen. Wenigstens so gut es möglich ist, wirkliche Gerechtigkeit gibt es nie. Wir versuchen nur, dem so nahe wie möglich zu kommen." Sie mustert ihn mit ihren blauen Augen. „Was hast du eigentlich in Kiel gemacht? Nur Urlaub?"

Alexander zögert kurz, wie fängt er am besten an? Sollte er es jetzt erzählen? Er ringt sich dazu durch, ihr von seiner Erkrankung zu berichten, irgendwann muss sie es ohnehin erfahren. Langsam beginnt er. „Vor drei Jahren hat man bei mir Lymphdrüsenkrebs diagnostiziert – die Ärzte nennen es Hodgkin-Lymphom im Stadium 2B, das bedeutet mit Nebenwirkungen. Zweimal habe ich eine Chemotherapie über mich ergehen lassen müssen, die Nebenwirkungen waren nicht ohne, ein drittes Mal würde ich dem vielleicht nicht zustimmen."

„Ja, das hört man von vielen Krebspatienten." Ihre Stimme ist leise, zärtlich.

Alexander fährt fort. „Ich nahm an, dass ich nicht mehr lange leben würde. Erst bei der Untersuchung im Krebsforschungszentrum Kiel –vor zwei Tagen – habe ich erfahren, dass sich der Krebs zurückgezogen hat." Er sieht auf und lächelt sie zaghaft an. „Damit ist die Erkrankung nicht geheilt, ein Rezidiv kann immer wieder auftreten, das ist nie auszuschließen." Er ist fertig, psychisch erschöpft von der Beichte legt er die Unterarme auf den Tisch, hebt langsam den Kopf und sieht die Kommissarin an. „Nun weißt du Bescheid, darum bin ich in Kiel gewesen."

Sie zeigt auf sein Glas. „Jetzt kannst du mir auch einen kleinen Schluck einfüllen."

Der Dalwhinnie plätschert in den Whiskystumpen, Christine lächelt jetzt wieder. „Setz dich doch zu mir, dann können wir ein wenig kuscheln."

Das lässt sich Alexander nicht zweimal bitten, er rückt zu ihr auf die Sitzbank. Christine legt einen Arm um ihn und zieht ihn an sich. „Du hast die letzten Wochen viel durchgemacht, nicht wahr? Du hast einen Freund und gute Bekannte verloren, alles in der ständigen Vermutung, selbst bald sterben zu müssen. Aber jetzt bist du sicher froh, oder?" Sie hebt das Glas und nimmt einen kleinen Schluck. „Ich freue mich mit dir, ganz ehrlich." Sie drückt sich fest an ihn. Sie hebt ihren Kopf und grinst Alexander an. „Kann es sein, dass diese Chemotherapie die Libido verkümmern lässt?" Sie knabbert an seinem Ohr. „War das vielleicht der Grund, warum du mein eindeutiges Angebot in diesem Hotel in Rendsburg nicht angenommen hast?" Sie knufft ihn mit der Faust in die Rippen. „Und ich dachte, du bist weiß Wunder was für ein Gentleman!"

Alexander muss jetzt auch grinsen. „Es war – so oder so - sehr nett mit dir, ich habe mich für diese Vermutung einer vielleicht fehlenden Leistungsfähigkeit meinerseits verflucht."

Christine trinkt ihr Glas leer und setzt es ab. „Gut, dass wir darüber gesprochen haben." Sie beugt sich vor und drückt ihm einen Kuss auf, er wird lang und innig. „Damit du ahnst, was vielleicht mal passieren könnte. Heute bin ich zu müde, lass mich jetzt bitte durch, ich möchte schlafen."

Alexander steht auf, geht vor und öffnet die Tür an der Seite. „Schlaf schön und träum von mir."

Christine verschwindet in Richtung Haustür, der Bewegungsmelder spricht an, ein gelbes Licht beleuchtet ihren Weg. Bevor sie hinter dem Busch am Ende der Auffahrt verschwindet, winkt sie ihm zu.

Alexander sieht ihr nach, lange blickt er auf die Stelle, an der sie verschwunden ist. Plopp – das Licht geht aus, es ist stockfinster, die Straßenlaternen sind schon eine Weile abgeschaltet. Er steigt die eine Stufe in das Wohnmobil zurück und bereitet sich für die Nacht vor, dabei denkt er unablässig an Christine.

Am nächsten Morgen sitzen die vier – Christine Hansen und Alexander Finkel, sowie Werner und Gabriele Hansen gemeinsam beim Frühstück. Die Kommissarin hat Brötchen von der Bäckerei in der Harsefelder Straße geholt, die sie nun genießen. Frau Hansen hat ihren Kühlschrank geplündert, Marmelade, Honig, Käse und Wurst ergeben ein reichhaltiges Angebot auf dem Frühstückstisch.

„Was machen wir denn heute?", erkundigt sich Alexander. Er nimmt einen Schluck von dem Kaffee und sieht sich unternehmungslustig in der Runde um.

„Ich schlage vor, ihr zwei unternehmt etwas alleine, ihr wollt sicher auch mal unter euch sein", wirft die alte Dame ein.

„Mama, du brauchst uns nicht verkuppeln, wir sind alt genug, solche Entscheidungen selbst zu fällen", erwidert Christine.

„Ich mein' doch bloß. Wir alten Leute sind euch mitunter im Weg. Macht ihr nur, wozu ihr Lust habt."

Alexander verfolgt den Disput zwischen Mutter und Tochter, er glaubt, etwas dazu sagen zu müssen. „Christine, deine Mutter meint es doch nur gut." Er wendet sich an die Eltern. „Ich schlage vor, ich unterhalte mich mit eurer Tochter, wobei ich auf Vorschläge hoffe. Ab morgen haben wir das ganze Wochenende vor uns, an einem der beiden Tage könnten wir doch alle etwas gemeinsam unternehmen."

Der alte Kommissar nickt, dann gibt er einen Vorschlag ab. „Wir könnten am Wochenende zu dem Miniaturwunderland in der Speicherstadt in Hamburg fahren, da wollte ich schon immer mal hin." Er sieht Alexander an. „Ich kann mir vorstellen, dass unseren Gast das auch interessieren wird. Und heute", er legt eine Pause ein, die anderen am Tisch sehen ihn aufmerksam an, „heute könntet ihr zwei mit einem der Börteboote von Freiburg zur Stör rüber schippern. Das Wetter ist super, das sollte man ausnutzen. Oder was meint ihr?" Er sieht seine Tochter forschend an.

„Oh, das ist gut. Ich wollte selbst schon oft diese Bootsfahrt machen, aber es kam immer etwas dazwischen, stimmt doch Werner, oder?", sagt Christines Mutter.

Die Sache ist also beschlossen, Christine erkundigt sich nach den Abfahrtzeiten für die Boote.

„Viel Spaß ihr zwei", wünscht die Mutter. Der alte Kommissar freut sich, dass sein Vorschlag sofort Anklang gefunden hat.

Der Weg nach Freiburg ist nicht lang, es mag eine dreiviertel Stunde dauern. Christine fährt ihren silbernen Ford Focus, flott und routiniert. Alexander ist glücklich, er blickt zu der hübschen Fahrerin hinüber und erfreut sich an ihrem Anblick. In Freiburg sind sie zu früh, das war so vorgesehen, jetzt sitzen sie auf der Terrasse des Cafés »Hafenhaus« und lassen sich das Eis schmecken. Er bemerkt mit viel Freude, dass Christine ihm immer mal wieder kleine Gesten der Vertrautheit zukommen lässt: Sie berührt gelegentlich seine Hand, ergreift seinen Arm oder schmiegt sich etwas an ihn. Sie mag ihn, darüber freut er sich und genießt schweigend ihre Zuneigung.

Die Bootswerft Hatecke ist ganz in der Nähe, ohne Hast gehen sie hinüber und schließen sich der Gruppe der Touristen an, die mit ihnen auch das Vergnügen der Bootsfahrt erleben wollen. Gut, dass Christine sie beide angemeldet hat. Die Boote sind nicht groß, aus Holz und dienten früher dem Ausbooten der Touristen vor der Insel Helgoland. Das ist inzwischen nicht mehr notwendig, die Ausflugsschiffe können direkt an der Mole anlegen. Nun werden die kräftigen, stabilen Boote für die Touristen an der Elbe eingesetzt. Bereits das Einsteigen ist eine lustige Angelegenheit. Der Steuermann ist ein kräftiger Seebär, der normalerweise mit dem Fischen nach Krabben seinen Unterhalt verdient. Er greift mit seinen Klodeckel-großen Händen zu und hilft, wo es erforderlich ist.

Gentlemanlike hilft Alexander Christine beim Einsteigen. Sie nimmt es gerne an, obwohl es nicht nötig ist, sie ist fit und sportlich.

Wer möchte, kann ein kleines Kissen bekommen, die Fahrt dauert etwa zwanzig Minuten, da kann das Hinterteil auf den harten Holzbänken schon mal schmerzen. Alexander lacht seine Gefährtin an. „Soll ich dir ein Kissen besorgen, oder ist dein Hintern gut genug gepolstert?"

„Sei nicht so frech!" Doch sie lässt sich ein Kissen geben, ebenso für Alexander. „Damit dein alter Po keine blauen Flecken bekommt!" Die Retourkutsche musste sein, Alexander grinst zufrieden vor sich hin, obwohl der Hieb auf sein Alter ihn einen Moment irritiert hat.

Inzwischen sind die Fahrten mit den Touristen zu der Haupteinnahmequelle des Fischers geworden. Alle Passagiere haben Platz genommen, mit ihren roten Schwimmwesten auf den Holzbänken sehen sie aus, als wären sie gerade aus Seenot gerettet worden. Nachdem alle Platz genommen haben, bugsiert der erfahrene Seemann sein hochseetüchtiges Boot den Freiburger Hafenpriel hinaus auf die Elbe. Als die ersten Wellen das Boot zum Schaukeln bringen, gibt es ein paar erschrockene Ausrufe.

„Keen Bange, min Deerns, dat is völlig ungefährlich. Ich könnte euch bis Helgoland schippern, dabei kreuzen wir bloß die Elbe."

Die Fahrt bis zur Stör hinüber dauert etwa 20 Minuten, schon nach kurzer Zeit haben sich die Gäste an das Schaukeln gewöhnt, einige Damen kreischen gelegentlich auf, wenn etwas Wasser in das Boot spritzt.

Alexander und Christine sitzen nebeneinander auf der Holzbank, es ist wie eine kleine, abenteuerlich erscheinende Seereise.

Zuletzt muss das Stör-Sperrwerk durchfahren werden, dann haben sie ihr Ziel erreicht. Am Ende der Fahrt befindet sich hinter dem Deich ein Gasthof. Die Passagiere steigen aus und gehen das kleine Stück zu Fuß.

Das Essen ist ausgezeichnet, Christine und Alexander nehmen beide ein Fischgericht, dem Thema des heutigen Tages angepasst. Als sie am späten Nachmittag in Freiburg das Boot verlassen, spüren sie den Wind im Gesicht noch nachwirken, die Sonne hat sie verwöhnt, beide wirken ein klein wenig brauner als vor der Fahrt.

Ihre Eltern sind schon sehr gespannt auf ihren Bericht. Nun sitzen sie um den Abendbrottisch und erzählen von ihrem kleinen Abenteuer.

„Seid ihr nicht seekrank geworden?", fragt die Mutter.

Christine lacht. „Das war nur eine kurze Überfahrt, und außerdem ist auf der Elbe kaum Seegang."

„Morgen wollen wir zum Miniaturwunderland, oder?", fragt Alexander. „Was genau ist das, und wo ist das?"

Der alte Kommissar holt aus: „Das ist die größte Modelleisenbahnanlage der Welt und nicht nur das! Dort sind alle möglichen Szenarien in Modellgröße gebaut: der Flughafen Fuhlsbüttel, das Volksparkstadion, die Alpen, einfach alles. Und es wird Tag und Nacht! Die Anlage ist in der Speicherstadt in Hamburg untergebracht. Ich war zuletzt kurz nach meinem Eintritt in den Ruhestand da. Das war vor 13 Jahren, ich möchte es noch einmal sehen, bevor ich sterbe."

Christine sieht ihren Vater erschrocken an. „Papa, nun sag doch nicht so was!"

Der tätschelt die Hand seiner Tochter. „Das ist nett, dass du dir Sorgen machst, wir müssen jedoch der Realität ins Auge sehen, das Leben ist nun mal begrenzt." Er sieht in die Runde. „Wie organisieren wir die Fahrt? Ich schlage vor, wir fahren zur Anlegebrücke der Hafendampfer in Finkenwerder und fahren mit dem Schiff bis Landungsbrücken – ihr zwei seid ja nun geprüfte Teerjacken - den Rest gehen wir zu Fuß."

„Ist das nicht ein bisschen weit?", fragt Christine. „Ich denke auch an Mama, kann sie soweit laufen?"

„Nein, das geht schon. Ich lege sonst mit deinem Vater eine kleine Pause ein."

„Hm, na gut." Sie blickt Alexander an, der dem Gespräch aufmerksam gefolgt ist. „Was sagst du dazu? Glaubst du, dass das was für Dich ist?"

„Ich bin ganz sicher, ich habe als Kind eine Modelleisenbahn besessen. Obwohl die Anlage, von der Werner erzählt hat, in einer ganz anderen Liga spielt."

So geschieht es. Christine fährt wieder, Alexander sitzt vorne, das Ehepaar Hansen hinten auf der Rückbank. Nach einer guten halben Stunde ist die Anlegebrücke der Hafenfähre erreicht. Sie fährt wie ein Bus, viermal die Stunde. Nach kurzer Wartezeit legt das bunte Schiff an, der Führer bugsiert virtuos das große Boot in kürzester Zeit dicht an den Anleger. Viele Passagiere verlassen das Schiff und werden durch neu zusteigende Fahrgäste ersetzt. Unsere vier Touristen müssen eine Weile suchen, bis sie einen Sitzplatz finden, die Fähre ist sehr voll. Alexander und Christine erkunden den Kahn, der sich schon wieder in Fahrt befindet. Er wendet und fährt zum Hauptstrom der Elbe zurück. Nach vier Mal halten und einer halben Stunde Fahrt haben sie die Landungsbrücken erreicht. Alexander ist überrascht, er hat schon viele Häfen gesehen, doch der Hamburger Hafen ist sehr beeindruckend. Eine schier unübersehbare Anzahl kleiner Schiffe und Barkassen wuselt durch das aufgewühlte Wasser, die Landungsbrücken sind bevölkert mit Scharen von Touristen.

Der alte Kommissar kennt sich ganz gut aus, er hält seine Frau an der Hand und geht zielstrebig in Richtung Osten. Das Gebäude der Elbphilharmonie ist unübersehbar, er zeigt mit dem Finger dorthin. „Das ist Hamburgs neues Wahrzeichen, in der Nähe ist die alte Speicherstadt, dort finden wir auch die Modelleisenbahn."

Eine gute Viertelstunde später stehen sie vor dem Gebäude aus dunkelroten Klinkern. Viele Besucher warten dort auf Einlass, die Schlange reicht bis auf den Bürgersteig. Doch es gibt ein Wartezeitenrestaurant, von dem sie Gebrauch machen, so lange stehen ist für die alten Herrschaften nicht angenehm. Auch Alexander freut sich über einen Sitzplatz. Die fatale Erkrankung und die Folgen der Chemotherapie haben seinen Körper sehr geschwächt. Das ist inzwischen sehr viel besser geworden, zum Bäume ausreißen langt es jedoch nicht.

Doch dann ist es endlich soweit, sie können nach einer halben Stunde die Ausstellung betreten. Die Vier sind von dem Übermaß an Eindrücken überwältigt, sie wissen nicht, wohin sie zuerst schauen sollen. Sie stellen sich an die Geländer, die die Eisenbahnanlage von den Zuschauern trennen und betrachten fasziniert die unglaublich detailgetreue Modellanlage. Jedes kleine Teil lohnt eine eingehende Betrachtung. Es fahren nicht nur die Bahnen, es gibt auch viele automatisierte Autos, die wie von Geisterhand gesteuert über einige Straßen rollen. An einer Stelle brennt ein künstliches Feuer, die Feuerwehr ist mit ihren Fahrzeugen und vielen kleinen Modell-Feuerwehrleuten bereits zum Löschen vor Ort. Mit einem Mal beginnt es zu dämmern, die Lichter der Modellwelt werden wie von Geisterhand eingeschaltet. Die kleinen Autos fahren mit Licht, die Straßenlaternen glimmen, das Volksparkstadion ist erleuchtet. Allmählich wird es wieder hell und es ist wieder Tag in der Welt des Miniaturwunderlandes.

Nach einer guten Stunde haben sie lange nicht alles gesehen. Sie sind jedoch erschöpft, sodass sie schweren Herzens beschließen, die Besichtigung abzubrechen.

„Was machen wir jetzt?", fragt die Mutter. „Wir sollten etwas essen."

Christine schmunzelt. „Mama, du machst dir immerzu Gedanken, genieß' doch den schönen Tag."

„Dafür tun mir die Füße zu weh" bemerkt Gabi Hansen trocken, „außerdem liegt mir immer euer Wohl am Herzen."

Der alte Kommissar meldet sich. „Ich habe vorhin mit einem der Besucher gesprochen, der hat mir die Kaffeerösterei hier nebenan empfohlen."

„Kaffeerösterei?", Christine ist erstaunt.

„So hat man mir erzählt. Es soll dort angeblich den besten Kaffee Hamburgs geben, außerdem gibt es Kuchen. Wie ich euch kenne, wird es euch gefallen."

Der Tipp wird angenommen, nur wenige Minuten später betreten sie die alten Räume der Kaffeerösterei. Außer ihnen wissen leider viele andere Leute von der Rösterei und dem besten Kaffee Hamburgs, es wimmelt von Menschen, der Geräuschpegel ist entsprechend hoch. Man kann merken, dass Wochenende ist. Das Ehepaar nimmt Platz, Alexander und Christine stellen sich an die Kuchen- und Kaffeeausgabe. Er bemerkt wieder einmal, dass sich zahlreiche Männer nach ihr umsehen. Mit ihren langen, blonden Haaren zieht sie so manchen Blick auf sich.

Später, auf dem Weg zurück zur Anlegestelle der Hafenfähre, kommen sie an einem Kiosk vorbei. Neben anderen Zeitungen liegt dort auch das Hamburger Abendblatt aus. Neben Hinweisen auf Berichte im Innenteil fällt ihnen besonders eine Titelzeile auf:

Weitere Erpressung wegen angekündigtem Todesfall!

Christine kauft sich ein Exemplar. „Das scheint genau zu dem Bericht des BKA zu passen, der vorige Woche an uns verteilt wurde." Sie sieht ihn an. „Hättest du Lust, den Zeitungsartikel heute Abend mit mir durchzugehen?"

Wie kann er ihr etwas abschlagen? Sein Verstand droht in ihren unendlich blauen Augen zu versinken. Er räuspert sich. „Natürlich, sehr gerne!"

Am Abend gibt es für alle wieder ein überaus reichliches Essen. Alexander beklagt sich, dass er gemästet wird, doch sein Verdacht wird mit dem Interesse an seiner Gesundheit widerlegt.

Gemütlich und in bester Laune genießen sie ein harmonisches Beisammensein. Es ist bereits nach 20 Uhr, Christine steht auf und holt die heute gekaufte Zeitung aus dem Flur, sie wendet sich an Alexander. „Lass uns den Bericht vom LKA und den Artikel im Hamburger Abendblatt durcharbeiten. Vielleicht fällt uns ein, wie man dem Erpresser beikommen könnte." Sie blickt ihren Vater an. „Morgen nach dem Frühstück könnten wir unsere Ideen mit dir diskutieren. Was hältst du davon?"

Der Vater nickt. „Klar. Es freut mich, dass ich euch von Nutzen sein kann."

Christine und Alexander gehen zu seinem Wohnmobil hinüber, das unverändert auf der Auffahrt steht. Christines silberfarbenes Auto parkt davor.

„So, lass uns mal sehen, was die Zeitung berichtet." Christine setzt sich neben Alexander auf die Sitzbank und schlägt die Zeitung auf. Auf Seite zwei, unter der Rubrik »Hamburg«, werden sie fündig. Der Bericht füllt etwa eine Viertelseite. Danach ist der Hamburger Unternehmer Hermann K., Inhaber einer norddeutschen Drogeriemarktkette, erpresst worden. Vor fünf Wochen war sein 19-jähriger Sohn mit dem Motorrad tödlich verunglückt. Aus bisher ungeklärten Gründen ist dessen Tod zwei Wochen vorher von einem Unbekannten angekündigt worden. Nach dem Tod folgte die Erpressung mit den Worten:

Wenn Sie nicht auch sterben wollen, zahlen Sie eine Summe von 300.000 Euro.

Details der Geldübergabe sollten später folgen. Der Unternehmer ist nach eigenen Angaben kerngesund und treibt keine gefährliche Sportart - so wie sein Sohn - und hat sich daher entschlossen, die Zahlungsaufforderung zu ignorieren. Die Polizei war eingeschaltet worden, auch um zu prüfen, ob der Unfalltod mit dem Motorrad auf eine eventuelle Manipulation an der Maschine herbeigeführt sein könnte. Es konnte kein Fehler am Zweirad gefunden worden, der Unfall geschah durch Auffahren auf einen linksabbiegenden PKW. Dessen Fahrer hat die offensichtlich überhöhte Geschwindigkeit des entgegenkommenden Motorradfahrers nicht erkannt. Wieso dieser Tod vorhergesehen werden konnte, bleibt für alle Beteiligten ein Rätsel.

Der angekündigte Tod für Hermann K. ist nicht eingetreten, es ist auch kein weiteres Erpresserschreiben mehr an ihn gerichtet worden.

Die Polizei bittet in dem Zusammenhang, dass sich alle auf die Art erpressten Personen melden mögen, weil die vermutete Dunkelziffer hoch sein könnte.

„Das ist doch genau das, wovon das Bundeskriminalamt berichtet hat." Sie zieht deren Bericht zu sich und blättert ihn auf. Alexander sitzt neben ihr und folgt den Bewegungen ihrer Hände. Ein leichtes Parfüm steigt ihm in die Nase und lähmt seinen Verstand. Nur mit strenger Kontrolle bringt er seinen Grips zum Arbeiten. „Die Geldübergaben sind immer mit einer Drohne erfolgt, nicht wahr?"

„Genau, es ist mehrfach versucht worden, den Abflug mit Fernglas oder Kamera zu verfolgen, das ist jedes Mal gescheitert, da sich die Drohne sehr schnell bewegte, in Wolken verschwand oder es überhaupt im Dunkeln passierte. Die Übergabe fand zum Beispiel an Flüssen statt und die Drohne verschwand zum anderen Ufer, auch von hohen Gebäuden wurde das Lösegeld schon abgeholt." Sie sieht Alexander mit einem Lächeln in den Augen an. „Jetzt könnte ich einen Whisky vertragen. Magst du mir etwas einschenken?"

Was für eine Frage! Sekunden später stehen zwei Gläser und die Flasche mit der bernsteinfarbenen Flüssigkeit auf dem Tisch. Alexander schenkt zwei Finger breit in beide Gläser.

„Danke Alex. Hast du schon eine Idee?", fragt sie ihn.

Alexander weiß eine Sekunde nicht, was sie meint. „Äh, Idee - wozu?"

„Zu den Erpressungsfällen. Ich hoffe doch sehr, dass dir etwas Hilfreiches einfällt."

Alexander grübelt und versucht, sich den vermuteten Ablauf vorzustellen. „Die Drohne könnte ein möglicher Schwachpunkt sein. So wie ich das sehe, handelt es sich um ein ausgesprochenes Profi-Gerät. Die dafür benötigten Ersatzteile sind nur bei wenigen Händlern zu erhalten. Ich denke an die Akkus, oder an Ersatz-Propeller."

„Das stimmt, den Punkt werde ich an das BKA weiterleiten." Sie greift nach ihrem Glas und nimmt einen langen Schluck, sanft brennend fließt das Getränk die Kehle hinunter. Sie fühlt sich wohl und schmiegt sich an Alexander, der sich an der Nähe ihres nachgiebigen und warmen Körpers labt. Nur mühsam kann er aus seinem Gehirn ein paar Bröckchen Sinnvolles herausquetschen.

„Hat man schon mal versucht, den Urheber der Erpresserschreiben zu ermitteln?"

„Na klar, was denkst du denn? Das war das erste, woran mit Hochdruck gearbeitet wurde. Da war nichts zu machen, die liegen als E-Mail vor und kamen verschlüsselt aus dem Darknet." Ihre Stimme ist leise geworden, sie flüstert nur noch, eine wohlige Wärme bemächtigt sich beider.

Am nächsten Morgen erwacht Alexander, seine Gedanken kreisen sofort nur um das Eine. Was für eine Frau! Ganz langsam, mit viel Einfühlungsvermögen hat sie ihn zu Dingen gebracht, die er nicht mehr für möglich gehalten hat. Spät in der Nacht ist sie in das Haus ihrer Eltern geschlichen und hat einen veränderten Mann zurückgelassen. Jetzt fühlt er sich zum ersten Mal seit Jahren wieder richtig gesund, alle Ängste und Zweifel sind verschwunden. Noch nie hat er sich so als Mann verstanden und anerkannt gefühlt.

Ein Blick auf die Uhr: Es ist halb sieben. Wohlig dreht er sich auf die andere Seite, mit einem Lächeln schläft er wieder ein.

Er erwacht durch ein Klopfen an der Tür, die öffnet sich ein paar Sekunden später, bevor sein völlig weggetretener Verstand das Klopfen realisiert hat. Herein kommt Christine, mit einem Lächeln auf den Lippen. „Guten Morgen, meine Schlafmütze!" Sie setzt sich zu ihm auf das Bett, beugt sich zu ihm hinunter und gibt ihm einen langen Kuss, einen Kuss, in dem noch das Feuer der vergangenen Nacht zu spüren ist. „Wie hast du geschlafen?", fragt sie mit einem schelmischen Lächeln.

Alexander hält sie fest und drückt sie an sich. „So gut wie schon seit Jahren nicht mehr."

Sie windet sich aus seinen Armen. „Lass mich los, du unersättlicher Kerl. Es gibt gleich Frühstück, meine Eltern sind schon lange auf." Sie geht zur Tür und schickt ihm eine Kusshand hinüber. „Beeil dich. Ich freue mich schon auf alles, was wir gemeinsam unternehmen werden."

Heute ist Montag, Christine muss am Vormittag für ein paar Stunden ins Büro, für den Nachmittag hat sie sich freigenommen. Ab morgen wird sie wieder richtig arbeiten müssen, sie kann nicht ewig Urlaub nehmen. Gott sei Dank gibt es keinen aktuellen Mordfall, denn dann hätte sie für Alexander gar keine Zeit gehabt. Er will in den nächsten Tagen ohnehin seine Kinder besuchen, er hat mit dem Handy schon Kontakt mit ihnen aufgenommen.

Der Tag geht ohne festen Plan vorbei, am Vormittag hat Frau Hansen Kuchen gebacken, der am Nachmittag mit viel Lob verzehrt wird. „Zu Hause ist es auch ganz schön, nicht?", stellt der alte Kommissar fest, mit Kuchen im Mund.

„Vor allem günstiger, aber nur, weil ich eine Stunde in der Küche gestanden habe", stellt seine Frau richtig.

Christine streicht ihr über die Hand. „Ich kenne dich, Mama, du machst es doch gerne." Ihre Mutter lächelt, ihre Tochter hat recht. Wenn es allen schmeckt – so wie jetzt – entschädigt sie das für die Mühe.

Es geht auf Mitternacht zu, das betagte Ehepaar lässt durchblicken, dass jetzt für sie Schlafenszeit ist. Christine sieht Alexander an, jetzt blickt sie etwas ernst. „Da ist etwas, was ich mit Alexander besprechen muss. Ich denke, wir ziehen uns dazu ins Wohnmobil zurück." Zu ihren Eltern gewandt: „Schlaft schön, wir sehen uns morgen zum Frühstück."

Alexander mustert sie unauffällig. Was mag sie vorhaben? Sie wirkt nachdenklich, gar nicht mehr so gut gelaunt wie den ganzen Nachmittag. Er steigt ins Wohnmobil, Christine folgt ihm. Alexander schaltet die Lampe im Schränkchen über der Spüle an, es taucht den Innenraum in ein gemütliches Licht. „Möchtest du etwas trinken? Ich habe neben Whisky auch Johannisbeerlikör und eine Flasche Sekt im Kühlschrank." Mit dem Gemisch daraus, dem Kir-Royal, haben sie sich in dem Rendsburger Hotel einen Schwips angetrunken.

„Nein, lass man, mir ist im Moment nicht nach trinken." Sie rutscht auf die Sitzbank, Alexander nimmt auf dem umgedrehten Fahrersitz Platz. „Was gibt es, was du mit mir besprechen möchtest?"

Sie zögert einen Moment, blickt auf ihre akkurat lackierten Fingernägel. „Dein Autorenpseudonym ist doch Frank Marschall, oder?"

„Das ist richtig, den Namen habe ich mir schon für mein erstes Buch ausgedacht und bin dabei geblieben. Das weißt du doch, warum fragst du?"

„Ich habe heute eine Nachricht von der Polizei aus Kiel erhalten, von Hauptkommissar Harald Heinßen. Du kannst dich vielleicht an ihn erinnern, er war auch bei dem Treffen der Polizei in Rendsburg dabei."

„Ja, ich erinnere mich, was hat er dir mitgeteilt?"

„Ja, das ist so" – „ein Frank Marschall hat für den Mörder im Hotel »Zur Waffenschmiede« für die Nacht vor dessen tödlichem Unfall per Telefon ein Zimmer bestellt." Sie sieht ihn jetzt sehr ernst an, ihre sonst strahlend blauen Augen schimmern finster. „Das ist doch kein Zufall mit der Namensgleichheit, oder? Ich habe den Verdacht, als wenn du bei dem Unfall des Serienmörders die Finger drin gehabt hast. Ich kann dir nichts beweisen, aber ich würde mich freuen, wenn du mir den Zusammenhang erklären würdest."

Alexander sieht betreten auf den Tisch. Niemand hat eine Verbindung zu ihm hergestellt, nur Christine. Sie ist eben doch tüchtiger, als ihm jetzt lieb ist. „Ach Christine, was soll ich sagen?", druckst er herum.

„Versuchs doch einfach mit der Wahrheit!" Knapp und klar, mit dieser Tonlage führt sie sicher auch ihre Verhöre durch.

„Gut. Ich habe ihn getötet."

Christine starrt ihn fassungslos an. Dann sagt sie tonlos: „Ich habe also recht mit meinem Verdacht gehabt, dass du ihn umgebracht hast."

„Ja. Ich habe sein Auto manipuliert, das hat keiner erkennen können." Er sieht Christine flehentlich an. „Du weißt, was der Mann getan hat. Er hat mindestens fünf Tote auf dem Gewissen. Davon alleine drei, die mir sehr nahestanden."

Christine nickt. „Das stimmt, man hätte ihm wahrscheinlich fast ein Dutzend weitere Morde zuordnen können, nur hätten wir ihm die nicht nachweisen können." Sie zögert und streckt ihre Hand nach seiner aus. „Ich kann deine Tat nachvollziehen, nur verträgt sie sich nicht mit meiner – und hoffentlich auch deiner – Einstellung zum Recht."

„Ja, ich kaue immer noch daran, einen Menschen getötet zu haben, wenngleich es mich immer weniger belastet. Der Mann war ein Scheusal und musste sterben. Ich hätte nicht mit dem Gedanken leben können, dass er vielleicht aus Mangel an Beweisen freigesprochen würde, oder nach 15 Jahren wegen guter Führung entlassen worden wäre."

„Das verstehe ich - trotzdem, es bleibt Mord."

146

Alexander lässt den Kopf hängen und dreht das Whiskyglas zwischen den Fingern. „Du hast vielleicht nicht bedacht, dass ich zu dem Zeitpunkt des Mordes angenommen habe, dass ich nicht mehr lange zu leben hätte."

„Was hat das damit zu tun?"

„Na, ja. Ich denke doch eine ganze Menge. Ich bin davon ausgegangen, dass ich gestorben wäre, bevor der Prozess begonnen hätte. Ich hätte nie erfahren, ob der Mann nun seine gerechte Strafe erhalten hätte oder aus Mangel an Beweisen sogar freigesprochen wäre. Den Gedanken hätte ich nie ertragen können! Unter dem Gesichtspunkt habe ich den Mord für vertretbar gehalten. Vergiss nicht – ich habe ihn kennengelernt, habe ihm den Mord an meiner Begleiterin auf den Kopf zugesagt und er hat es nicht abgestritten." Er sieht die Kommissarin an. „Nun weißt du Bescheid. Hätte ich geglaubt, noch lange zu leben haben, hätte ich den Mord sicher nicht begangen."

Christine sieht ihm direkt in die Augen. „Es bleibt ein Mord, ob du nun todkrank warst, oder nicht. Du hast damit alle unsere Vorstellungen über Recht und Gerechtigkeit ignoriert. Gerade du als ehemaliger Polizist!" Sie ist laut geworden, mit zusammengezogenen Augenbrauen sieht sie Alexander an. „Ich habe den Eindruck, als wenn du leichtfertig gemordet hast, unter dem Deckmäntelchen deiner – zugegebenermaßen – schweren Erkrankung. Damit werde ich mich nie abfinden können."

„Christine, bitte. Versteh mich doch!"

„Du verlangst, dass ich das verstehe? Du bist wohl nicht ganz gescheit! Bedenke, dass ich seit 20 Jahren Polizistin bin und aus einem Polizistenhaushalt stamme!"

Alexander sieht betrübt auch den Tisch. Schade, es hat alles so schön angefangen mit ihnen beiden. Ob er sie wohl jemals wird umstimmen können? „Vielleicht sollten wir uns eine Weile aus dem Weg gehen, aus der Ferne und nach etwas Zeit sieht das hoffentlich ganz anders aus."

Am nächsten Morgen verlässt Alexander Stade in Richtung Süden. Er sieht vorerst keinen Grund mehr zum Bleiben, mit Christine hat er im Moment heftige Differenzen, die sich nicht einfach aus der Welt schaffen lassen. Dementsprechend wird der Abschied von ihr knapp.

„Tschüss, lass von dir hören", er drückt ihr die Hand.

Christine spitzt den Mund zum Kuss. „Mach es gut. Vielleicht sehen wir uns mal."

Beide sind traurig, sie können beide nicht über ihren Schatten springen. Alexander wendet sich ab und geht traurig auf sein Wohnmobil zu. Christine geht ohne zu winken ins Haus zurück.

Er befindet sich wieder mit dem Wohnmobil auf der Autobahn. Seine Gedanken kreisen um den Besuch bei den Hansens - was für ein nettes, ausgeglichenes Paar. Leider hat er sich mit Christine am Schluss nicht mehr verstanden. Schade, sie wäre ein Glücksgriff für ihn gewesen. Er sieht keine Möglichkeit, dass zu ändern. Ihre Differenzen hinsichtlich des von ihm ermordeten Verbrechers sind unüberbrückbar. Dabei ist sie so eine tolle Frau! Unnachgiebig und zielstrebig im Beruf ist sie eine geniale Kommissarin, die mit ihrem Charisma ihre zumeist männlichen Kollegen hinter sich zu scharen weiß. Nur wenige mögen ahnen, dass die energische Frau auch leidenschaftlich und sehr sinnlich sein kann. Das ist jetzt vorbei, genauso schnell, wie es angefangen hat. Er wird die Hoffnung nicht aufgeben, später - viel später - wird er einen neuen Anlauf wagen.

Dafür kommt er mit seinem neuen Buch gut voran. Er verarbeitet sein letztes Abenteuer entlang der deutschen Fährstraße mit dem Showdown in Kiel. So weit ist er noch nicht, es beginnt mit einem Banküberfall ... Vielleicht wird es Christine eines Tages lesen, dann versteht sie ihn vielleicht besser.

Sein erstes Ziel ist Köln. Seine Tochter lebt dort und arbeitet als Redakteurin bei einer lokalen Tageszeitung. Vor vier Jahren hat er sie zum letzten Mal gesehen. Bei seinem Anruf vorige Woche klang ihre Stimme zuerst nicht sonderlich begeistert, sie verließ das Elternhaus vor sechs Jahren im Streit. Es war im Wesentlichen seine Schuld, er war damals sehr unnachgiebig und rechthaberisch gewesen, das hat sie nicht vergessen. Jetzt kommt er sich vor, wie ein völlig anderer Mensch, eine ernste Krankheit und die Liebe zu einer fantastischen Frau haben ihn vollständig umgekrempelt.

Mit seinem Sohn Martin hat er auch Kontakt aufgenommen, der wohnt seit Jahren im Breisgau, ist dort mit einer Französin verheiratet und arbeitet wie sein Vater bei der Polizei.

Und wenn er das alles hinter sich gebracht hat, wird er versuchen, wieder Kontakt zu Christine aufzunehmen. Vielleicht kann er sie doch bekehren. Aber zuerst ist die Aussprache mit den Kindern dran, das ist ihm wichtig, ganz besonders, seitdem er sein Leben auf den Kopf gestellt hat und er im Einklang mit seinen Mitmenschen leben will. Seine Kinder sind ihm wichtig, er hofft, endlich Frieden mit ihnen schließen zu können.

Engel und Teufel

Das Hamburger Abendblatt vom 10. September liegt vor Frank Torborg auf dem Schreibtisch. Heute ist Montag, zwei Tage nach dem Erscheinungstermin, die Zeitung hat ihm Julia aus Hamburg mitgebracht.

„Hier, sieh mal. Unsere Erpressungen beginnen aufzufallen."

Frank Torborg sieht gleichgültig auf die aufgeschlagene Seite. „Der Weg zu uns ist praktisch nicht zu finden, das macht mir keine Sorgen."

„Was ist, wenn die Drohne mal abstürzen sollte? Oder der Van mit dem Geld mal in eine Verkehrskontrolle gerät?" Julias Augen blitzen, sie hat Gefallen an dem Verbrechen gefunden und verwendet viele Gedanken, um Verbesserungen einfließen zu lassen.

„Auszuschließen ist so etwas nie. Weißt du, was wir aber machen könnten? Wir werden bis auf Weiteres die

Erpressungen im europäischen Ausland durchführen, also vielleicht Frankreich, Belgien, die Ecke dort."

Sie sieht ihn lächelnd an, seine Entschlusskraft und die schnellen, oft genialen Entschlüsse, faszinieren sie immer wieder. Kurz streifen ihre Gedanken Sebastian Staffeldt. Bisher ist er nicht wieder aufgetaucht, vielleicht hat er sich mit seinem Millionen-Verdienst lediglich aus dem Staub gemacht, zuzutrauen wäre es ihm. Aber so ist ihr Frank geblieben, inzwischen findet sie an seinem abstoßenden Gesicht ein gruseliges Entzücken.

***

Christine Hansen sitzt in ihrem Büro in der Teichstraße. Vor ihr liegen ein paar Unterlagen, es ist nichts Wichtiges dabei. Unter anderem eine Anfrage wegen einer vermissten Person. Möglicherweise verbirgt sich ein Tötungsdelikt dahinter, deswegen kommen diese Anfragen auch immer zur Mordkommission. Es gibt im Moment keinen aktuellen Fall, deshalb herrscht so etwas wie Ruhe in der Mordkommission. Zeit, Akten aufzuarbeiten und sich um Dinge zu kümmern, die während eines Mordfalles liegen bleiben. Vor ihr steht ein Becher Kaffee. Er stammt aus der Kantine, er schmeckt so gerade. Sie schiebt die Anfrage beiseite, lehnt sich zurück, und streckt beide Arme in Richtung Zimmerdecke. Ach, das tut gut. Seit zwei Tagen ist Alexander unterwegs, und sie hat ihn nicht vergessen, trotz des Streites am letzten Tag.

Bis zuletzt hat sie sich gut mit ihm verstanden. Mitunter kam eine gewisse Rechthaberei bei ihm zu Tage, dann genügte es meist, dass sie ihn mit gekrauster Stirn ansah. Er merkte dann sofort, dass er in alte Verhaltensweisen zurückzufallen drohte – und vorbei war die kurze Störung. Aber das ist jetzt vorbei, sie hat sich zuletzt furchtbar über ihn geärgert. Er kann doch nicht allen Ernstes davon ausgehen, dass sie ihn als Mörder akzeptiert. Denn er ist einer, auch wenn sie seine Beweggründe nachvollziehen kann.

Sie denkt an die vielen Streitigkeiten mit ihrem Ex, das war zuletzt nicht mehr auszuhalten gewesen, immer Streit und Zank, um jede Kleinigkeit gab es Diskussionen. Deshalb scheint es ihr im Moment besser, wenn Alexander und sie sich nicht mehr sehen. Sie leert die Tasse Kaffee und zieht das Schreiben wieder heran.

Ein Sebastian Staffeldt wird seit Mitte Juli vermisst. Seine Ehefrau hat das Fehlen bemerkt und nach einer Woche die Polizei eingeschaltet. Der Mann hat seinen Wohnsitz in Hamburg, es gibt aber den Nachforschungen zufolge einen Geschäftspartner in Freiburg. Ihr erster Impuls ist es, die örtliche Polizei zu informieren, damit sie diesen Partner aufsuchen und befragen. Auf der anderen Seite kann es nicht schaden, wenn sie es selbst durchführen würde. Bei der Gelegenheit kann sie sich im dortigen Polizeikommissariat einmal vorstellen. Die Kollegen kennt sie nur vom Telefon, persönliche Kontakte sind immer wertvoll.

Im Telefonverzeichnis findet sie unter Torborg in Freiburg einen Eintrag, es ist eine Firma mit allgemeinen, nicht näher angegebenen Aktivitäten. Sie wählt die angegebene Nummer, eine Frauenstimme meldet sich. „Torborg Enterprises, Sie sprechen mit Frau Köster."

„Mein Name ist Hansen, ich bin von der Polizei aus Stade. Im Zuge einer Nachforschung haben wir ein paar Fragen an den Geschäftsführer. Können Sie mir sagen, ob er heute Nachmittag im Büro ist?"

„Ja, das sollte klappen. Im Moment ist der Chef unterwegs, ich erwarte ihn zum Mittag wieder zurück. Soll ich ihm etwas ausrichten?"

„Nein danke, wenn Sie nur meinen Besuch ankündigen würden."

Es ist nach dem Mittagessen. Christine Hansen startet ihren silberfarbenen Wagen und fährt in Richtung Freiburg. Die Straße führt sie ohne Umwege direkt nach Drochtersen, dort parkt sie vor dem mit roten Schindeln gedeckten Dach des Kommissariats. Sie betrit den Flur durch die verglaste Tür, laut hallt das Klackern ihrer hohen Absätze durch den kahlen Raum, sie stellt sich vor den Tresen und erkundigt sich nach Polizeihauptmeister Schneider, mit dem hat sie gesprochen.

Ihr Gesprächspartner stellt sich als Endvierziger heraus, groß und kräftig. Durch eine Brille mit verchromtem Gestell mustert er den Gast. „Was kann ich für Sie tun?" Sein Blick gleitet abschätzend über die schlanke Frau mit den langen, blonden Haaren. Aus dem Hintergrund des Büros erklingt ein leiser Pfiff.

Christine Hansen zieht ihren Dienstausweis. „Ich bin Kriminalhauptkommissarin Hansen, wir haben miteinander telefoniert." Sie zeigt mit dem Kopf zu dem Polizisten im Hintergrund. „Sagen Sie Ihrem Partner, dass wir hier nicht auf dem Schulhof sind, ich schätze so ein unreifes Verhalten nicht."

Polizeihauptmeister Schneider nickt betroffen. „Entschuldigen Sie meinen Kollegen, er ist wohl noch nass hinter den Ohren." Er schickt einen strafenden Blick zu Polizeimeister Heinzmann, der diesem signalisiert, dass über sein Verhalten zu sprechen sein wird. „Sie wollen zu Herrn Torborg in Freiburg, habe ich das richtig verstanden?"

„Ja, das stimmt. Ich hätte Sie mit der Befragung beauftragen können, aber ich dachte mir, dass ich es besser selbst durchführe. Das hat gleich drei Vorteile: Ich lerne Sie kennen, ich werde mit den örtlichen Gegebenheiten vertraut und kann mir später ein eigenes Bild von dem Herrn Torborg bilden." Sie blickt ihr Gegenüber an. „Ist Ihnen irgendetwas über diesen Mann bekannt?"

Der Polizeihauptmeister zuckt mit den Schultern. „Nein, der ist bisher immer unauffällig gewesen. Er betreibt da eine kleine Firma, es gibt ein paar Angestellte." Er schüttelt den Kopf. „Ich sage Ihnen, wenn wir mehr Anwohner wie ihn hätten, hätten wir weniger Arbeit."

Polizeimeister Heinzmann steht auf und stellt sich auch an den Tresen. Er blickt schuldbewusst, wie ein begossener Pudel. „Sorry wegen eben, Frau Kommissarin." Er lächelt wieder. „Mögen Sie vielleicht einen Kaffee?"

154

Christine Hansen nickt begütigend. „Vielen Dank, jetzt nicht." Sie blickt auf ihre Uhr. „Ich muss weiter, vielleicht ein anderes Mal." Sie greift nach ihrer Handtasche. „Auf Wiedersehen, meine Herren, vielen Dank." Die beiden Kollegen blicken ihr hinterher, bis die Tür hinter ihr zufällt.

Sie startet ihren Wagen und hält am Obstmarschenweg, um sich in den Verkehr einfädeln zu können. Plötzlich ertönt ein lautes Knacken aus dem Motor, er bleibt sofort stehen. Sie dreht am Zündschlüssel und startet wieder. Es kommt kein Ton, der Motor dreht durch, jedoch ohne ein Anzeichen von Leben.

Mist, denkt sie, steigt aus und eilt in das Kommissariat zurück. Verblüfft sehen die beiden Polizisten auf, weil sie so unerwartet wieder zurück ist.

„Mein Wagen springt nicht mehr an. Ich fürchte, ich muss eine Werkstatt benachrichtigen."

„Sollen wir das nicht mal versuchen?", erkundigt sich Polizeimeister Heinzmann höflich.

„Sie meinen auch, weil ich eine Frau bin, verstehe ich nichts von Autos?", zischt sie verärgert. Ihre Laune ist am Tiefpunkt angekommen.

Der junge Polizist hebt entschuldigend die Hände. „Nein, nein! So habe ich das nicht gemeint. Vielleicht haben Sie nur etwas übersehen."

„Mag sein, aber so viel verstehe ich von Autos, um zu erkennen, dass etwas Ernsthaftes dahintersteckt."

„Gut." Er zieht das Telefon zu sich heran. „Sie haben aber Glück im Unglück, wir haben eine Ford-Werkstatt ganz in der Nähe. Soll ich da mal anrufen, damit die jemanden schicken?"

„Das wäre sehr nett, tun Sie das bitte."

Es gibt einen kurzen Wortwechsel am Telefon, dann legt er auf. „Die kommen mit dem Abschleppwagen, das wird nur wenige Minuten dauern."

„Na, gut. Das ist wenigstens etwas." Sie mustert den jungen Mann, der immer wieder verstohlen zu ihr herübersieht. „Wenn Sie mir jetzt einen Kaffee anbieten würden, würde ich nicht Nein sagen."

Polizeimeister Heinzmann springt auf und erscheint wenige Minuten später mit einer Tasse. „Nehmen Sie Milch und Zucker?"

„Danke, etwas Milch, bitte."

Polizeihauptmeister Schneider steht vorm Fenster und sieht nach draußen. „Da, sie kommen!" Alle drei betreten den Bürgersteig. Der Abschleppwagen parkt auf der Straße direkt vor ihrem Auto. Der Fahrer stellt ein paar Pylone auf die Fahrbahn und kommt zu ihr. „Guten Tag, ich komme von der Ford-Werkstatt, mein Name ist Dräger. Erzählen Sie doch mal kurz, was passiert ist."

Christine Hansen schildert den Vorfall so detailliert wie möglich. Der Monteur öffnet die Haube und sieht in den Motor, nach ein paar Minuten kommt er wieder hervor. „Zu sehen ist nichts, ich vermute, dass der Riemen für den Nockenwellenantrieb gerissen ist. Dann geht gar nichts mehr." Er befestigt ein Stahlseil an der Abschleppöse und zieht ihren Wagen langsam auf die Ladefläche.

Auf dem Obstmarschenweg staut sich der Verkehr. Ohne Engpass ist die Straße gerade ausreichend, jetzt bricht der Verkehr fast zusammen.

„Wollen Sie nicht mitkommen? Dann können Sie mit dem Meister sprechen und vielleicht einen Ersatzwagen erhalten, je nachdem, was vorliegt."

Die Kommissarin steigt auf den Beifahrersitz, dann geht die Fahrt los. Nach nur wenigen Minuten haben sie die Werkstatt erreicht, der Fahrer betritt das Bürogebäude, gefolgt von der Kommissarin.

Der Meister der Werkstatt mustert sie kurz, auch ihm muss sie den Vorfall genau beschreiben.

„Ja, die Vermutung mit dem gerissenen Zahnriemen könnte hinkommen. Ich werde mir das gleich genau ansehen. Wollen Sie warten, oder möchten Sie gleich weiter? Für den Fall können wir Ihnen einen Leihwagen überlassen."

Die Kommissarin sieht auf die Uhr. Für einen Besuch bei Herrn Torborg ist es zu spät, das wird sie erst wieder versuchen, wenn ihr Wagen repariert ist. „Danke, wenn Sie mir einen Wagen mitgeben würden, das wäre sehr nett." Anschließend ruft sie in der Firma des Herrn Torborg an, um denen mitzuteilen, dass es heute nichts mehr mit dem Besuch wird. Sie hat den Chef persönlich in der Leitung.

„Können Sie mir sagen, warum Sie kommen wollten?" Er ist beunruhigt, ist man ihm irgendwie auf die Schliche gekommen?

„Es ist nur eine Routine-Befragung, wie wir sie bei allen verschwundenen Personen durchführen."

„Wer ist denn die verschwundene Person?", fragt er, er gibt sich so harmlos wie möglich. Er ahnt natürlich, um wen es sich handelt, er fühlt, wie sich seine Nackenhaare aufrichten.

„Es handelt sich um Sebastian Staffeldt, Sie hatten doch Kontakt zu ihm?"

„Äh, ja. Er war mein Geschäftsführer für die Autovermietung in Hamburg."

„Sehen Sie, in dem Zusammenhang ergeben sich immer Fragen, die wir stellen müssen. Es ist die übliche Routine, ich möchte in diesem Fall selbst kommen, um Sie und die Gegend um Freiburg kennenzulernen, da bin ich noch nie gewesen."

„Gut, ich werde Ihnen gerne zur Verfügung stehen. Vereinbaren Sie doch einen Termin mit meiner Sekretärin." Er zermartert sich den Kopf, hat er an alles gedacht? Hat er irgendwas übersehen? Sein »Geschäft« läuft schon so lange, vielleicht haben sich Fehler eingeschlichen? Und Staffeldt? Es war klar, dass die Kripo auf ihn zukommen würde, schließlich hat er mit Sebastian zusammengearbeitet. Eine Weile sitzt er zurückgelehnt auf seinem Schreibtischstuhl, er geht in Gedanken alle Punkte durch und überlegt sich Erklärungen für mögliche verfängliche Fragen der Kommissarin. Hat er ein Alibi für die Zeit? Könnte jemand den Staffeldt gesehen haben? Ist dessen Auto gefunden worden? Die Liste an Schwachstellen ist lang, beunruhigend lang. Die Wahrscheinlichkeit ist Gott sei Dank verschwindend klein, dass eine Spur zu ihm führt.

Es ist praktisch Feierabend, als die Kommissarin spät in ihrem Büro eintrifft. Sie ist etwas enttäuscht über den heutigen Verlauf des Tages, der ganze Nachmittag war verloren.

Am nächsten Vormittag erhält sie einen Anruf von dem netten Meister der Werkstatt. „Guten Tag, Frau Hansen. Es war, wie wir schon vermutet haben, ein gerissener Zahnriemen. Wir werden ihn erneuern, zuerst müssen wir den Zylinderkopf überholen, zwei Ventilschäfte sind krumm. Das passiert beim Reißen des Steuerriemens schon mal. Weil die Steuerzeiten nicht mehr stimmen, können die Kolben an ein Ventil stoßen."

Das war etwas mehr Technik, als die Kommissarin wissen wollte. „Gut, äh, sehr interessant. Wann wird mein Auto denn fertig sein?"

„Wir müssen die zwei Ventile bestellen, die haben wir nicht im Lager. Die sollten wir morgen erhalten, das Auto würde dann Freitagmorgen fertig werden. Dann können Sie kommen und es abholen."

„Danke, wir sehen uns dann übermorgen im Laufe des Vormittags."

***

Nur einen Tag später ist es in der Mordkommission vorbei mit der Ruhe. In Buxtehude ist ein Mann tot aufgefunden worden, es sieht nach Selbstmord aus, da muss sie gleich mit ihren Mitarbeitern hin. Jeder Selbstmord erfordert eine sorgfältige Untersuchung, solange, bis man sicher ist, ob es sich wirklich um einen Suizid handelt. Morde werden zu fast 100 % aufgeklärt – wenn man denn erkennt, dass ein Mord vorliegt.

Die Kommissarin sitzt am Steuer des Leihwagens, der ihren defekten Dienstwagen für zwei Tage ersetzt. Ihre beiden Mitarbeiter begleiten sie auf der Fahrt zu der Wohnung des Toten.

Der Pathologe kommt ihnen am Tatort entgegen. „Guten Morgen, die Dame! Guten Morgen, meine Herren!" Doktor Koch nickt zu den beiden Begleitern und reicht der Chefin der Mordkommission die Hand. „Ein männlicher Toter, er heißt Gerhard Gerstenkamp, etwa Mitte vierzig, im Moment sieht es nach Selbstmord aus." Er nickt, als müsse er seine Worte bestätigen. „Ob es wirklich Selbstmord ist, kann ich Ihnen erst nach der Obduktion sagen, also frühestens morgen." Er wendet sich zur Tür. „Auf Wiedersehen. Entschuldigen Sie die knappe Information, ich bin ein bisschen unter Zeitdruck." Die Tür klappt, dann ist er verschwunden.

Der Leiter der Kriminaltechnik kommt ihnen als Nächster entgegen, es ist Christian Brinkmann, er trägt weiße Handschuhe, einen weißen Papieranzug und blaue Überzüge auf den Haaren und über den Schuhen. „Guten Morgen! Sie kommen genau rechtzeitig, wir sind mit unseren Untersuchungen fertig, Sie können also ohne Verkleidung hinein und nach Belieben alles begrabbeln."

Oberkommissar Hölting grinst den Kollegen von der Spurensicherung an. „Wenn du mir auf der Straße ohne deinen weißen Overall über den Weg läufst, könnte ich dich nicht erkennen!" Er lacht, der Techniker klopft ihm auf die Schulter. „Ohne dein dummes Gesicht würde ich dich auch nicht erkennen, Klaus. Ich denke, es ist Selbstmord, aber seht selbst." Er geht voraus, in das Badezimmer des Toten. Die Wanne scheint bis zum Überlauf mit Blut gefüllt zu sein. Bei näherem Hinsehen erkennt man, dass es Wasser ist, gemischt mit dunkelrotem Blut. In der Wanne liegt der Tote, er ist unbekleidet. Am Boden neben der Wanne liegt ein blutverschmiertes Rasiermesser, ein Schildchen der Kriminaltechnik mit einer Nummer steht daneben. Der Tote hat sich mit dem Messer die Pulsadern aufgetrennt. Wenn man dabei in dem warmen Wasser der Badewanne liegt, ist es eine beinahe angenehme Todesart. Das Blut strömt in das Wasser, der Tote verliert zuerst das Bewusstsein, bis er schließlich stirbt. Die Kommissarin schüttelt sich. Brr, jeder Todesfall ist tragisch, es sind die Schicksale, die dahinterstehen und in die man sich besser nicht zu tief hineinversetzen sollte.

„Haben Sie einen Abschiedsbrief gefunden?", fragt Christine Hansen den Techniker.

Der nickt. „Im Arbeitszimmer des Toten liegt ein Schreiben, das könnte so etwas sein."

„Könnte sein – was meinen Sie damit?", fragt sie überrascht.

„Na ja. Es fängt so an wie ein Abschiedsbrief, ist aber nicht beendet worden."

„Gut, wir werden uns das gleich ansehen."

Neben der Wanne stehen ihre beiden Mitarbeiter. Der ältere der beiden ist Kriminaloberkommissar Hölting. Er ist bereits einige Jahre bei der Mordkommission in Stade und hat sich, als sein damaliger Chef krank wurde und abzusehen war, dass er nicht wiederkommen würde, berechtigte Hoffnungen gemacht, den Posten des Leiters zu übernehmen. Er ist der Dienstälteste und hat angenommen, dass es lediglich eine Formsache wäre. Zu seinem Verdruss wurde die Hauptkommissarin Christine Hansen vom Landeskriminalamt Hannover ausgewählt. Am Anfang musste sie ihm das ein oder andere Mal Kontra geben, auch weil er versuchte, sie bei den Kollegen in einem schlechten Licht erscheinen zu lassen. Als etwa zehn Jahre jüngere Frau hat sie es nicht leicht, auch weil vermutet wurde, dass sie die Position der Leiterin der Stader Mordkommission nur erhalten haben sollte, weil sie angeblich die Freundin des Kriminalrates in Hannover gewesen war. Das ist natürlich ausgemachter Quatsch, aber nichts ist so unausrottbar wie ein Gerücht. Es hält sich besonders hartnäckig, wenn es den Kollegen so nachvollziehbar erscheint, wie in ihrem Fall. Für eine Frau - die zudem ganz ansehnlich ist -ist es keine Kleinigkeit in einer männerdominierten Umgebung Fuß zu fassen. Dieses ist der zweite Kriminalfall seit ihrem Antritt in Stade, jetzt muss sie wieder zeigen, was sie kann.

Mit ihrem zweiten Mitarbeiter, Lukas Kramer, hat sie dagegen leichtes Spiel. Er ist ein junger Mann von 35 Jahren und scheint sie zu vergöttern. Das ist zwar ganz nett, aber nicht das, was Christine sich vorstellt. Sie möchte einen netten Umgang pflegen, sie will jedoch nicht hofiert, sondern wie ein männlicher Kollege behandelt werden. Sie seufzt. Sie liebt ihren Beruf und möchte arbeiten, wie jeder andere Kriminalbeamte. Mit Überlegung und intensiver Spurensuche kann man am Ende jeden zur Strecke bringen, egal, ob man ein Kommissar oder eine Kommissarin ist.

Ihr Blick fällt auf das Rasiermesser am Boden und auf das verschmierte Blut am Griff. „Hat man Fingerabdrücke gefunden?", fragt sie den Kriminaltechniker, der neben ihr steht.

„Nein, keinen einzigen."

Sie wendet sich an ihre Mitarbeiter. „Hat man Rasierzeug bei dem Mann gefunden?

Der junge Herr Kramer drehte sich zur Seite und öffnet das Schränkchen über dem Waschbecken. „Hier liegt ein Rasierapparat mit Klinge, Frau Hansen."

Das ist merkwürdig. „Warum verwendet er zum Öffnen der Pulsadern ein Rasiermesser, das er sich offenbar extra besorgt hat und nicht einfach eine von seinen Rasierklingen oder ein Messer aus der Küche?"

Ihre Mitarbeiter sehen sich an. „Ein Rasiermesser ist eben besonders scharf, damit ist es weniger schmerzhaft", vermutet Oberkommissar Hölting.

„Gut, das ist ein Argument." Sie legt eine bedeutsame Pause ein. „Aber warum finden sich keine Fingerabdrücke auf dem Griff? Es müssten doch die des Toten darauf sein, oder haben Sie gesehen, dass er Handschuhe trägt?" Etwas Spott klingt in ihrer Stimme.

„Äh, nein." Ihre Mitarbeiter sehen sich unwohl an, im selben Moment wird ihnen die Konsequenz daraus klar.

„Das bedeutet, dass wir es mit großer Wahrscheinlichkeit mit einem Mord zu tun haben. Also ab jetzt höchste Konzentration." Sie wendet sich an Herrn Brinkmann. „Zeigen Sie uns doch bitte den Abschiedsbrief."

„Natürlich, folgen Sie mir ins Büro."

Im Arbeitszimmer liegt ein weißes Blatt Papier auf dem Schreibtisch, einige Zeilen sind mit einem Füller mit blauer Tinte darauf geschrieben.

Ich habe auf ganzer Linie versagt, jedes neue Problem ist größer als das vorhergehende. Ich sehe keine Möglichkeit, das lösen zu können.

Gerhard Gerstenkamp

„Herr Hölting, lassen Sie bitte prüfen, ob die Schrift von Herrn Gerstenkamp stammt. Lassen Sie es ebenfalls auf Fingerabdrücke untersuchen." Sie sieht ihren jüngeren Mitarbeiter an. „Sie und Herr Hölting werden das Umfeld dieses Mannes durchleuchten. Was hat er gearbeitet, wer waren seine Kontakte, hat er Feinde gehabt? Vor allem, könnte es um Geld gegangen sein, gab es eventuell irgendwo Beziehungsprobleme?" Die Kriminalkommissarin startet das große Programm.

„Sollten wir nicht das Ergebnis der Obduktion abwarten?", schlägt Herr Hölting vor.

Eine Sekunde zu spät erkennt der Kollege, dass er etwas Falsches gesagt hat. Auf der makellosen Stirn der Kommissarin entsteht eine steile Falte. „Wir haben deutliche Hinweise, dass der Selbstmord zumindest fraglich ist. Mir genügt das, oder wollen sie dem Mörder einen zeitlichen Vorsprung verschaffen? Sie wissen doch, wie wichtig die ersten 48 Stunden sind, oder gibt es einen eindeutigen Hinweis auf Selbstmord, von dem ich nichts weiß?"

Kriminaloberkommissar Hölting sieht betreten zu Boden. Seine Chefin hat recht, auch wenn sie nicht recht hätte, müsste er ihre Anordnungen befolgen.

„Bleiben Sie bei dem Pathologen am Ball, ich möchte so schnell wie möglich das Ergebnis der Obduktion auf dem Tisch haben."

„Ja, Chefin - äh, Frau Hansen." Wegen der »Chefin« hat er schon mal einen reingewürgt bekommen, das mag seine neue Vorgesetzte nicht hören.

„So", sie blickt ihren jungen Kollegen an. „Sie gehen mit Herrn Hölting in die Personalabteilung und lassen sich erklären, mit wem er zusammengearbeitet hat. Was hat er gemacht, gab es Reibereien mit anderen? Ich werde zu dem Geschäftsführer gehen und lasse mir die Organisation erklären."

Der Weg zu der Firma, in der Herr Gerstenkamp tätig war, ist nicht weit entfernt, sie liegt am Wohnort des Toten, am Marktplatz. Es ist ein großes Kaufhaus, das Schwergewicht liegt auf Bekleidung und Möbel.

Christine Hansen folgt den Schildern in Richtung Geschäftsführung. Die Suche endet in einem Büro im obersten Stock, große Fenster lassen einen weiten Blick über die kleine Stadt zu. Eine nach der neuesten Mode gekleidete Sekretärin um die fünfzig mit einigen grauen Strähnen in ihrem dunkelbraunen Haar empfängt sie.

„Sie wollen zu Herrn Ebert? Sie haben Glück, die Besprechung wird jeden Moment zu Ende sein." Sie mustert ihren Besuch. „Setzen Sie sich doch, ich höre schon Stühle schurren, nun dauert es nicht mehr lange." Sie mustert Christine Hansen mit Kennerblick. „Verzeihung, können

Sie mir sagen, wo Sie Ihr Kostüm gekauft haben? Entschuldigen Sie meine Neugier, ich war früher Einkäuferin für Damenoberbekleidung, deshalb fallen mir die besonders guten Stücke auf."

Frau Hansen will ihr gerade ihre Einkaufsquelle nennen, die aus ihrer Zeit in Hannover stammt, da öffnet sich die zweiflügelige Tür zu dem Besprechungsraum, heraus strömen sechs Männer und zwei Frauen. Als Letzter folgt offenbar der Inhaber und Geschäftsführer, er wendet sich an seine Sekretärin. „Können Sie wegen ein paar Notizen bitte gleich zu mir kommen, Frau Bartels?" Sein Blick fällt auf die Besucherin. „Eine neue Bewerberin als Model? Wir haben leider im Moment keinen weiteren Bedarf." Er reicht der Kommissarin charmant die Hand.

„Es tut mir leid, Sie enttäuschen zu müssen. Mein Name ist Christine Hansen, ich bin von der Kriminalpolizei aus Stade. Ich komme leider aus einem traurigen Anlass zu Ihnen."

„Oh, entschuldigen Sie bitte, ich nahm an, dass…" Er nickt galant mit dem Kopf. „Kommen Sie bitte in mein Büro. Mögen Sie einen Kaffee?"

Die Kommissarin bejaht, die Sekretärin wird daraufhin gebeten, sie mit Kaffee zu versorgen. Nun sitzt sie vor dem riesigen, mit Palisander furniertem Schreibtisch. Ihr Gegenüber ist ein Endfünfziger, ein offenbar maßgeschneiderter Anzug kaschiert geschickt einen kleinen Bauch. Er mustert sie durch eine große Brille.

„Sie sind Herr Ebert, der Geschäftsführer dieser Firma?"

„Ja, das stimmt. Ich bin auch der Eigentümer, die Firma befindet sich seit drei Generationen im Besitz meiner Familie. Was ist der Anlass für Ihren Besuch?"

„Sie haben einen Mitarbeiter mit Namen Gerhard Gerstenkamp? Mich interessiert seine Rolle in der Firma."

„Oh, das ist unser Personalchef. Ist er tot?"

„Allerdings, wie kommen Sie darauf? Wir haben noch niemanden davon informiert."

Ohne zu antworten, greift der Firmeninhaber in seine Ablage und legt einen Ausdruck auf den Schreibtisch.

```
Innerhalb der nächsten vier Wochen wird
ihr Personalchef Gerhard Gerstenkamp
sterben. Wenn Sie nicht auch sterben wol-
len, zahlen Sie eine Summe von 150.000
Euro. Details folgen, sobald Sie ihr Ein-
verständnis signalisiert haben. Geben Sie
zu diesem Zweck eine Anzeige im Buxtehuder
Tageblatt auf, Rubrik Traueranzeigen.
Text: „Keine Trauerfeier am Mittwoch, S.
E."
```

Verblüfft blickt die Kommissarin auf das Schreiben, es scheint eines der Erpresserschreiben zu sein, von denen sie das Bundeskriminalamt informiert hat. Es gibt demnach einen weiteren potenziellen Täter für den Mord in der Wanne, nämlich den Verfasser dieses Schreibens. Vielleicht war es auch nur Zufall, dass der vorhergesagte Todesfall sich als Mord entpuppte, deshalb müssen sie in alle Richtungen weitersuchen. „Wann haben Sie das Schreiben erhalten?"

„Das kam vor drei Wochen über so eine merkwürdige E-Mail-Adresse. Ich habe es zunächst für Quatsch gehalten, nun denke ich natürlich ganz anders darüber."

„Wollen Sie denn die Lösegeldsumme bezahlen?"

Der alte Herr nickt. „Ich denke, ich werde es tun. Der Betrag ist nicht so hoch, das kann ich verschmerzen, wenngleich es mich natürlich furchtbar ärgert. Ich werde gleich zu meiner Sekretärin gehen, die soll sich um die Anzeige kümmern."

„Zurück zu dem Toten. Wissen Sie etwas über sein Umfeld, hat er Feinde gehabt?"

Der Geschäftsmann schüttelt den Kopf. „Nein, tut mir leid. Er war mein Personalchef, für die Firma war er ein Gewinn, wenngleich er oft mit hartem Besen zu kehr ging. Aber das weiß ich nur vom Hörensagen, sprechen Sie doch mit seinen Mitarbeitern aus der Abteilung. Meine Sekretärin kann Ihnen sicher auch etwas sagen, sie bekommt in der Regel jeden Klatsch in der Firma mit."

Die Kommissarin steckt ihr Notebook wieder ein. „Das werde ich. Können Sie mich auf dem Laufenden halten, was den weiteren Ablauf der Erpressung angeht? Wann und wo soll die Geldübergabe stattfinden? Werden Sie die Polizei einbeziehen? Sie sehen sicher ein, dass wir diese Verbrecher unbedingt fassen müssen."

„Natürlich. Wir werden Sie umgehend benachrichtigen."

Frau Bartels, die Sekretärin, beendet gerade ein Gespräch, als die Kriminalkommissarin den Geschäftsführer verlässt. „Haben Sie einen Moment Zeit für mich, ich interessiere mich für den Menschen Gerhard Gerstenkamp". Die Kommissarin setzt sich auf den angebotenen Stuhl. „Herr Gerstenkamp hat sich anscheinend gestern Abend selbst getötet, wir glauben allerdings nicht so recht an einen Suizid."

„Du liebe Güte! Ich habe gerade einen Anruf aus der Personalabteilung erhalten, ich habe dort eine Kollegin, die hat es mir eben erzählt."

„Was ist dieser Gerstenkamp für ein Mensch gewesen? Erzählen Sie mir doch bitte, was Sie wissen."

Frau Bartels lächelt. „Klar, mache ich. Aber nur, wenn Sie mir verraten, wo Sie das tolle Kostüm gekauft haben."

Jetzt muss auch Christine Hansen lächeln. Sie gibt es gerne weiter, so eine private Information kann den Gesprächspartner viel mitteilsamer werden lassen. „Kennen Sie den »Mode Salon« in Hannover?"

Die Sekretärin hat bereits einen Zettel und einen Stift in der Hand und schreibt jetzt mit. Schließlich blickt sie auf. „Vielen Dank. So, nun zu unserem Personalchef. Er hat ein Händchen beim Einstellen geeigneter Personen gehabt, dagegen war er gnadenlos beim Entlassen. Er war eiskalt, als Personalchef hätte ich mir jemanden mit mehr Feingefühl gewünscht."

„Fällt Ihnen jemand ein, dem Sie einen Mord an ihm zutrauen würden?"

Frau Bartels zuckt die Schultern. „Das ist schwer zu sagen. Der mit der großen Klappe ist es meistens nicht, wohl eher jemand, der seinen Zorn unterdrückt und im Stillen plant."

„Ja, gibt es so jemanden?" Christine Hansen sieht die Sekretärin aufmerksam an.

„Na, ja." Die Frau windet sich. „So einen Verdacht auszusprechen ist natürlich immer heikel. Man könnte jemanden beschuldigen, der am Ende unschuldig ist."

„Na, sagen Sie schon." Sie lächelt ihr Gegenüber verschwörerisch an. „Sie können sich auf meine Diskretion verlassen." Freundlich nickt sie der Sekretärin zu.

„Wir mussten vor einem halben Jahr den Leiter der Abteilung für Herrenbekleidung entlassen. Es gab da Unregelmäßigkeiten in der Abrechnung, wir nahmen auch an, dass er manchen teuren Anzug unter der Hand verkauft hat."

„Wie heißt der Mann? Kennen Sie seine Adresse?" Die Kommissarin spürt sofort, dass diese Person durchaus als Täter in Frage kommen könnte.

„Lassen Sie mich einen Moment nachdenken." Sie blickt aus dem Fenster und spielt mit einem Bleistift. „Ja, jetzt weiß ich es wieder. Er heißt Konstantin Graumann. Seine Adresse kenne ich nicht, die müssen Sie in der Personalabteilung erfragen."

Christine Hansen nickt. „Das werden wir machen. Fällt Ihnen etwas dazu ein?"

„Ja, ich habe gehört, dass er noch keine neue Anstellung haben soll, außerdem soll sich seine Frau von ihm getrennt haben. Außer ihm fällt mir niemand ein, es gab mal hier und da Streit, harmlos meist, nur der Graumann ist mir im Gedächtnis geblieben."

„Danke, Sie waren mir eine große Hilfe. Ich wünsche Ihnen den nächsten Personalchef ein wenig umgänglicher!"

Sie lässt sich den Weg zur Personalabteilung beschreiben, dann verschwindet sie im Fahrstuhl.

Ihre beiden Mitarbeiter sind fast fertig, als sie dazukommt.

Herr Hölting hebt die Hand mit einem Ausdruck. „Das sind alle Entlassungen des letzten Jahres. Darüber hinaus haben wir erfahren, dass der Gerstenkamp als Personalchef nicht besonders beliebt war."

„Zeigen Sie doch mal die Liste".

Rasch überfliegt die Kommissarin die kurze Liste mit Namen. Einer von ihnen ist Konstantin Graumann, Entlassungstermin war Ende vergangenen Jahres. Die Adressen und Telefonnummern sind ebenfalls mit ausgedruckt worden.

Sie nickt. „Vielen Dank, Sie sind mir eine große Hilfe. Können Sie bitte prüfen, ob die Adresse von diesem Graumann noch stimmt? Falls nicht, finden Sie bitte seinen aktuellen Wohnsitz heraus."

Der Kriminaloberkommissar sieht Sie mit großen Augen an. „Warum denn gerade den? Es stehen doch noch mehr Namen auf der Liste."

„Machen Sie es einfach. Vertrauen Sie meiner weiblichen Intuition." Das Wort »weiblich« betont sie auffällig im Scherz. „Binden Sie doch unseren jungen Kollegen mit ein, dann wissen wir morgen mehr."

Der Kommissar nickt, ihm liegt eine pampige Antwort auf der Zunge, doch er will sich nicht schon wieder mit seiner Chefin anlegen. Das letzte Mal hat er hinterher wie ein dummer Junge dagestanden.

„Lassen Sie uns nach Stade zurückkehren, vielleicht weiß unser Doktor schon mehr." Die Kommissarin geht voraus.

Später in Stade kann der Rechtsmediziner nur wenig ergänzen. „Ich habe sein Blut und den Mageninhalt ins Labor gegeben, vor morgen früh können wir da nichts erwarten. Ansonsten sieht alles wie Suizid aus, es gibt keine Abwehrverletzungen, keine Blutergüsse durch Gewalt, gar nichts."

„Gut, Doktor. Ich werde morgen früh eine Besprechung ansetzen, wenn Sie mit den Laborergebnissen dazu kommen würden?"

Er lächelt sie an. „Ich lasse mir doch keine Einladung von Ihnen entgehen, Frau Kommissarin!"

Sie schüttelt noch den Kopf, als sie die Pathologie verlässt.

Der nächste Morgen im Besprechungsraum der Polizeiinspektion. Der Rechtsmediziner, ihre beiden Mitarbeiter und der Kriminaltechniker sind anwesend. Der sechste Anwesende ist ein Gesandter des Polizeikommissariats Buxtehude, in dessen Bereich der Tote gefunden wurde.

Der Pathologe hat etwas Wichtiges auf dem Herzen, er hebt einen Ausdruck hoch, um so auf sich aufmerksam zu machen.

„Reden Sie schon Doktor, haben Sie etwas Neues?"

„Vor ein paar Minuten habe ich die Blutanalyse erhalten. Es gibt einen Wert, der den Suizid praktisch ausschließt."

„Lassen Sie hören und spannen Sie uns nicht auf die Folter."

„Die Jungs vom Labor haben einen Azepanabkömmling nachweisen können, das ist ein starkes Beruhigungsmittel. Der Mann hat eine ganze Menge davon im Blut gehabt. Wenn der Tote diese Menge eingenommen hat, wäre er anschließend nicht mehr in der Lage gewesen, sich die Pulsadern aufzuschneiden."

„Vielen Dank, Doktor Koch." Sie wendet sich an den Kriminaltechniker. „Gibt es bei Ihnen auch etwas Neues, Herr Brinkmann?"

„Allerdings. Wir haben den Abschiedsbrief grafologisch untersuchen lassen. Es ist demnach die Handschrift von Herrn Gerstenkamp, es gibt aber einen Umstand, der den Brief in einem etwas fragwürdigen Licht erscheinen lässt." Er sonnt sich in dem Interesse der Kollegen und an dem erstaunten Blick der Kommissarin. „Wir haben auch die Tinte untersuchen lassen, die ist demnach mindestens eine Woche alt. Normalerweise werden Abschiedsbriefe unmittelbar vor dem Selbstmord geschrieben."

„Alle Achtung, das hilft uns weiter." Sie blickt sich in der Runde um. „Ich möchte jetzt gerne meine Theorie zu dem Fall abgeben, lassen Sie uns anschließend darüber diskutieren."

Ihre Mitarbeiter sehen sie aufmerksam an, Christine Hansen konzentriert sich und beginnt. „Ich denke, der

Tote hat von seinem Mörder das Schlafmittel verpasst bekommen. Der hat ihn dann entkleidet, in die Wanne gelegt und ihm danach mit dem Rasiermesser die Pulsadern aufgeschnitten. Offenbar hat er die ganze Zeit Handschuhe getragen, sodass wir keinen einzigen Fingerabdruck gefunden haben." Sie sieht den Kriminaltechniker an. „Das stimmt doch, Herr Brinkmann? Haben Sie sonst etwas finden können, DNA-fähige Proben oder Faserspuren?"

„Leider nein. Wir haben allerdings noch nicht alle Fingerabdrücke zuordnen können, die meisten stammen vom Toten selbst. Das Einzige, was wir haben, sind ein paar Fasern, die nicht aus der Wohnung stammen. Sie könnten von den Handschuhen des Täters stammen, sie finden sich auch an den Armen des Toten."

„Danke. Die Faserspuren werden uns leider erst dann weiterhelfen, wenn wir den Täter haben. Der Hauptverdächtige für den Moment ist meiner Meinung nach ein Konstantin Graumann. Er ist Ende vergangenen Jahres von dem Toten, der bis zu seinem Ableben der Personalchef gewesen ist, entlassen worden." Jetzt rückt Herr Hölting in das Visier ihrer blauen Augen. „Haben Sie die aktuelle Adresse ermitteln können?"

Der Kriminaloberkommissar nickt. „Ja, er wohnt offenbar bei seiner Schwester in Neu Wulmstorf."

„Gut, sehr schön. Fahren Sie bitte mit Herrn Kramer dorthin, befragen Sie die Schwester und bringen sie den Graumann hierher zum Verhör, wenn Sie ihn antreffen. Andernfalls schreiben Sie ihn zur Fahndung aus." Sie sieht sich in der Runde um. „Gibt es Fragen oder Anmerkungen von Ihrer Seite?"

Die meisten sehen sie voll Anerkennung an. Herr Hölting hebt einen Finger. „Mich interessiert, wie Sie so schnell auf Herrn Graumann gekommen sind. Was hebt ihn aus den anderen Entlassenen heraus?"

Jetzt ist es an ihr, zu lächeln. „Ich könnte sagen: gute kriminalistische Arbeit. Aber es war eher ein Ergebnis meiner weiblichen Intuition und einem vertraulichen Gespräch von Frau zu Frau."

Herr Hölting zuckt mit den Schultern. „Damit sind Sie uns auf jeden Fall voraus." Er möchte eigentlich mehr dazu sagen, aber er verkneift sich die Bemerkung, die ihm auf der Zunge liegt.

Die Besprechung löst sich auf. Die Kommissarin hat zwei andere Fälle, die sie verfolgen möchte. Es ist zum einen das Verschwinden des Sebastian Staffeldt, sie möchte untersuchen, ob es zwischen der Sekretärin des Frank Torborg und ihm eine Beziehung gab. Das Ergebnis könnte eventuell neues Licht auf sein Fehlen werfen. Der andere Fall ist die Erpressung des Inhabers des Kaufhauses, Simon Ebert.

Ein kurzer Anruf beim Leiter der Abteilung für Eigentumsdelikte, Reinhard Wernecke, zeigt ihr, dass er in seinem Büro ist. Sie kann sofort kommen und macht sich auf den Weg.

„Oh, ein netter Besuch, kommen Sie doch herein, liebe Kollegin. Darf ich Ihnen einen Kaffee besorgen?"

„Das ist nett gemeint, machen Sie sich bitte meinetwegen keine Umstände."

„Ihretwegen würde ich mir ein Bein ausreißen, aber bitte, wer nicht will…" Er schlägt die Akte zu, in der er bis eben gelesen hat. „Was führt Sie zu mir?"

„Wir sind gestern wegen eines Tötungsdeliktes in Buxtehude gewesen, dabei kam heraus, dass der Inhaber des Kaufhauses, Herr Simon Ebert, erpresst wird."

Herr Wernecke nickt. „Davon habe ich vorhin erfahren. Die Sekretärin, sie hat übrigens eine genauso sympathische Stimme wie Sie am Telefon, hat uns angerufen und uns im Namen ihres Chefs um Hilfe gebeten."

„Ja, ich habe ihr geraten, sich mit uns in Verbindung zu setzen Ich habe eine Idee wegen der Geldübergabe, die wollte ich mit Ihnen diskutieren."

„Nur zu, ich bin ganz Ohr." Er stellt die Ellenbogen auf und stützt den Kopf in die Hände. Er ist etwa Mitte vierzig und damit so alt wie sie, er wirkt etwas ungepflegt, die Haare stehen unkontrolliert in die Höhe, seine Kleidung ist wohl nur zufällig zusammengestellt, ohne Sinn für farbliche Harmonie. Das kompensiert er locker mit einem jungenhaften Lächeln, jetzt mustert er sie mit großen Augen.

„Sie haben doch sicher auch die Nachricht vom Bundeskriminalamt gesehen, sie kam etwa vor zwei Wochen?"

„Sie meinen die wegen der Erpressung von gestorbenen Bekannten oder Angehörigen?"

„Ja, genau die meine ich. Das Geld wurde doch bisher immer mit einer Drohne abgeholt, die nicht verfolgt werden konnte."

„Ja, das habe ich auch gelesen. Die letzten Lösegelder wurden offenbar im Dunkeln abgeholt, da hilft auch kein Nachtglas."

Eben, darauf wollte ich hinaus. Hat man schon mal überlegt, dem Geld einen Peilsender beizulegen? Es würde doch schon ein Handy genügen, das ließe sich doch orten, oder?"

„Das stimmt. Wie ich gestern erfahren habe, ist ein Versuch der Ortung schon öfter unternommen worden."

„Und warum konnten die Abholer des Lösegeldes nicht gefasst werden?"

„Tja. Die rechnen offenbar mit so einer Möglichkeit und suchen vermutlich zuerst nach möglichen Peilsendern. Der wird dann zerstört und wir haben das Nachsehen. Denn bis wir den letzten Standort der Drohne ermittelt haben, sind die über alle Berge. Deren großer Vorteil ist die hohe Geschwindigkeit des Fluggerätes, wir können nicht überall einen Streifenwagen aufstellen. Schon gar nicht, wenn sich uns ein Fluss oder ein anderes Hindernis in den Weg stellt." Er sieht sie an. „Was sollen wir machen, haben Sie eine Idee?"

Christine Hansen zuckt mit den Schultern. „Schade, es kam mir so einfach vor."

Herr Wernecke nickt. „Die Idee war gut, leider etwas spät."

Die Kommissarin gibt nicht so schnell auf. „Machen Sie es einfach mit der Ortung. Irgendwann wird es klappen. Sobald Sie den Übergabeort für das Geld kennen, können Sie doch einen Polizeiwagen an einer Stelle postieren, die Ihnen für das Aufsammeln der Drohne geeignet erscheint."

„Gut, das klingt plausibel. Ich melde mich bei Ihnen, sobald wir mehr wissen. Warum müssen wir solche Tipps eigentlich von einer Frau erhalten?" Er mustert sie verschmitzt. „Eine zugegebenermaßen sehr sympathische."

„Herr Wernecke, bleiben Sie bei der Sache! Ich bin ohnehin versucht, eine Machokasse bei uns einzuführen, Sie wären der Anwärter für die erste Einzahlung."

„Gut, gut!" Er hebt abwehrend die Hände. „Ich werde den Vorschlag selbst umsetzen, ich habe die Absicht, der Lösegeldübergabe persönlich beizuwohnen."

„Gut, das freut mich. Bei Ihnen ist es in den richtigen Händen." Sie erhebt sich und wendet sich zur Tür. „Vielen Dank, dass Sie mir Ihr Ohr geliehen haben, bis zum nächsten Mal."

„Das muss doch nicht lange dauern. Haben Sie morgen schon etwas vor?"

„Herr Wernecke! Diese Versuche fruchten nicht bei mir, das können Sie auch ihre Kollegen gerne wissen lassen."

„Ja, ja. Ich habe das schon gehört, dass Sie abweisend reagieren, wenn man versucht, Sie einzuladen. Aber einen Versuch war es doch wert, oder?" Er lächelt sie wieder einnehmend an.

Ohne eine Antwort verlässt sie sein Büro. Das war eine harmlose Annäherung, die die Zusammenarbeit auflockert. Wenn sie nicht von Anfang an klären würde, dass Annäherungsversuche oder Anzüglichkeiten der Kollegen bei ihr absolut wirkungslos sind, müsste sie sich dauernd zur Wehr setzen. Kurz denkt sie an Alexander Finkel. Sie hat sich von ihm im Sturm erobern lassen, nach nur wenigen Tagen war es wieder vorbei. Eine Meinungsverschiedenheit über einen grundsätzlichen Punkt war so heftig gewesen, dass sie sich trennen mussten. Schade eigentlich, sie hat sich in allen anderen Punkten mit ihm gut verstanden.

Gestern kam eine Nachricht von ihm mit einem Bild. Ihr erster Impuls war, die Nachricht zu löschen, dann hat sie die doch angesehen. Sie kam von einem Ausflugsdampfer vom Rhein, das angehängte Bild zeigte ihn mit dem Enkel auf dem Schoß, offenbar hat der Sohn fotografiert. Sie seufzt bei dem Gedanken an Alexander, leider sind ihre Missverständnisse in dem einen Punkt zu grundsätzlich, das würde sie nie vergessen können.

Am nächsten Vormittag, es ist ein Freitag, fährt die Kommissarin mit dem Leihwagen, der mit einer auffälligen Beschriftung des Autohauses versehen ist, auf deren Gelände. Ihr Auto parkt bereits vor der Werkstatt, dann wird es sicher fertig sein. Sie trägt ein weißes Kostüm, ihr Haar ist wie fast immer mühevoll gebürstet und liegt locker auf den Schultern auf.

Der Meister begrüßt sie freundlich. „Ihr Wagen wartet schon auf Sie, er läuft wieder wie vorher." Er dreht sich zum Drucker und reicht ihr eine zweiseitige Rechnung. „Sie können es an der Kasse bezahlen oder auch überweisen, wie es Ihnen lieber ist." Ach ja", er stutzt kurz. „Wir empfehlen Ihnen, ihr Verbandmaterial zu erneuern, das

Haltbarkeitsdatum ist schon lange abgelaufen. Sie erhalten es in unserem Ersatzteillager."

„Oh ja. Danke, dass Sie mich darauf hinweisen. Ich werde dann anschließend an der Kasse bezahlen. Sie nehmen doch eine EC-Karte?"

„Natürlich. Vielen Dank und gute Fahrt!"

Christine Hansen betritt das Teilelager. Im ersten Moment erschrickt sie, warum ist es hier so dunkel? Sollte ein Ersatzteillager nicht hell erleuchtet sein, um alles besser finden zu können? Sie geht im Dämmerlicht zu dem Tresen, zwischen zwei Regalen kommt ein etwas dicklicher Mann hervor und stellt sich vor sie, nur getrennt durch die beschichtete Platte der Teileausgabe. Er mustert sie aufmerksam durch eine dicke Hornbrille. Wenn es nicht so dunkel wäre, hätte sie sehen können, wie er erbleicht. Mit aufgerissenen Augen starrt er die Kundin an, so, als sähe er ein Gespenst.

„Ich brauche einen neuen Verbandkasten, wissen Sie, was für einen ich meine?" Sie sieht ihr Gegenüber überrascht an. Was ist mit dem los? Sie wird oft von Männern mehr oder weniger auffällig angeglotzt, aber so ein Verhalten wie hier, das ist ihr bisher nicht passiert. Der Mund des Mannes ist geöffnet, er scheint einen Schrei ausstoßen zu wollen, jetzt hält er sich die Hand vor den Mund. Er schluckt und nimmt sie wieder fort, er räuspert sich. „Sie mei-nen nach DIN 13164? Ein-en klei-nen Mo-ment." Er hat angefangen zu stottern, abrupt dreht er sich nach hinten und verschwindet hinter einem Regal. Kurz darauf erscheint er wieder und legt einen kleinen, dunkelblauen Kasten vor sie hin. Er scheint immer noch erschrocken zu sein und starrt sie unverwandt an. „Hier, be-zah-len Sie an der Kas-se." Dann dreht er sich wieder um und verschwindet in den dunklen Gängen des Lagers.

Christine Hansen sieht ihm bestürzt hinterher, was ist los mit dem Mann? Kopfschüttelnd geht sie zur Kasse. Dort fragt sie die junge Frau. „Was ist denn mit dem Mann im Lager? Der war völlig durch den Wind, als er mich erblickt hat."

„Ach, wissen Sie." Sie macht eine abwertende Bewegung mit der Hand. „Das ist unser Ludwig, manche nennen ihn Luzifer. Der ist nicht ganz klar im Kopf. Dafür hat er das ganze Lager im Gedächtnis, jede einzelne Nummer, deshalb lassen wir ihn da arbeiten. Es tut uns leid, falls Sie durch ihn irritiert worden sind."

„Nein, danke für die Erklärung. Ich habe mich nur gewundert, vielen Dank."

Christine Hansen nimmt den Verbandkasten, geht zu ihrem Auto und fährt nach Stade zurück.

***

Frank Torborg sitzt heute wieder, wie alle paar Tage, mit Ludwig Petersen zusammen, um ihm die Liste zu überreichen, aus dem er die bald Sterbenden auswählen soll. Doch heute ist Luzifer verändert, er ist anders als sonst. „Asmodi, es tut mir leid. Heute kann ich die Sterbenden nicht erkennen."

Frank Torborg sieht sein Medium überrascht an. Der wirkt nicht so souverän wie sonst, er ist etwas fahrig und unkonzentriert. „Wollen Sie es nicht doch versuchen, Luzifer?" Langsam schiebt er den fast 1000 Seiten dicken

Ausdruck, den Sascha so sorgfältig vorbereitet hat, zu ihm hinüber.

Doch jetzt springt Ludwig Petersen auf. „Nein!", schreit er, fast hysterisch. Mit einer Handbewegung fegt er das Druckwerk auf den Boden. „Nein! Nein!" Versehentlich tritt er auf seinen schwarzen Umhang, der reißt ein und hängt jetzt teilweise in Fetzen herab. Luzifer ist nicht mehr der überlegene Herrscher der Unterwelt, sein schwarzes Reich ist zusammengebrochen, panikartig läuft er in den Flur und eilt die Treppe nach oben.

Fassungslos sieht ihm Frank Torborg hinterher. Was ist los mit ihm? Hoffentlich gibt sich das wieder, die seherische Gabe von ihm ist die Basis seines Vermögens. Falls sich das in den nächsten Tagen nicht bessert, wird er mal mit Julia darüber sprechen, vielleicht hat sie eine Idee. Und wenn ihnen nichts einfällt? Sollte er doch einen Psychiater um Rat fragen? Das scheint ihm schier unmöglich, er müsste begründen, warum ihm die seherische Gabe so wichtig ist. Er zerbricht sich den Kopf vergeblich nach einer Lösung.

Morgen will die Kommissarin kommen und sich nach dem Verbleib seines Geschäftsführers erkundigen. Es ist zum Kotzen, jetzt geht aber auch alles schief. Nervös eilt er in den Keller und überprüft, ob die Tür zu dem Raum mit der Tiefkühltruhe auch wirklich verschlossen ist. Sind andere Spuren zu sehen? Beunruhigt geht er alle Räume in Gedanken durch. Nein, sie wird nichts merken. Er versucht sich damit zu beruhigen, dass die Kommissarin erwähnte, dass es sich nur um eine Routine-Überprüfung handele. Es hilft nicht, nervös springt er auf und läuft in die alte Remise. Sind eventuell Spuren von Sebastians Wagen zurückgeblieben? Nein, da ist nichts, kein Reifenabdruck, kein Ölfleck. Seit vier Wochen ist der Wagen verkauft, an einen polnischen Zwischenhändler, mit einem gefälschten Kraftfahrzeugbrief. Das Auto ist damit auf Nimmerwiedersehen verschwunden. Er setzt sich auf einen Stuhl, und bemüht sich um normale Atmung.

Gibt es einen Dreh, wie er Ludwig wieder in seinen diabolischen Trancezustand versetzen kann? So ist er wertlos für ihn. Vielleicht ergibt das Gespräch mit Julia etwas Brauchbares.

Am nächsten Nachmittag ist die Kommissarin auf dem Weg nach Freiburg, sie will ein paar Unklarheiten zu dem vermissten Sebastian Staffeldt prüfen. An einem Nachmittag, kurz nach drei Uhr, hat Herr Torborg endlich Zeit. Sie fährt den Obstmarschenweg entlang, sie durchquert Assel, dort passiert sie die Autowerkstatt. Die haben ihren Wagen gut repariert, er schnurrt wieder wie in alten Zeiten.

Sie erreicht Drochtersen und fährt an der Polizeiwache vorbei, später folgt Wischhafen, hier ist der Übergang zur Elbfähre. Ab jetzt fährt sie durch eine Gegend, in der sie bisher nie gewesen ist, auch nicht als junges Mädchen mit dem Fahrrad. Sie denkt kurz an die Zeit zurück, sie war als Teenager oft mit zwei Freunden mit dem Rad unterwegs gewesen. Detektiv hatten sie gespielt, es war sogar ein echter Fall dabei gewesen.

Kurz vor dem Ortseingang Freiburg ist linker Hand die Zufahrt zu dem Gut des Herrn Torborg. An der Straße steht ein kleines Schild: »Torborg Enterprises«. Hier ist sie richtig, sie biegt in den schmalen Weg ein und nähert sich einer Reihe hoher Bäume, es sind dunkelgrüne Fichten und einige riesige Eschen. Sie überquert eine Brücke über einen Entwässerungsgraben. Dahinter befindet sich eine leidlich gepflegte Gartenanlage, links steht ein reetgedecktes Haus, rechts erhebt sich eine alte, düstere Villa, bei deren Anblick sie ein Unwohlsein beschleicht. Dunkelrote Klinker und ein schwarzes Dach wecken Beklemmungen in ihr. Instinktiv fährt sie auf das freundlich aussehende Strohdachhaus zu und hält auf einem gepflasterten Parkplatz. Sie steigt aus und sieht sich um. Die Jugendstilvilla scheint unbewohnt, die meisten Fenster sind ohne Gardinen. Ganz oben, über der Mitte des Gebäudes, scheint ein Turmzimmer zu sein, auch dort kann sie keine Vorhänge erkennen. Sie geht auf das Haus mit dem Reetdach zu. Die Tür wird von einem Mann geöffnet, der sie offenbar erwartet hat. Kurz stockt ihr Gang, als ihr Blick auf sein Gesicht fällt. Was für ein armer Mann, der mit so einem Gesicht leben muss! Eine mächtige Nase prangt aus einem von Akne-Narben überzogenem Gesicht, der Mund öffnet sich zu der Andeutung eines Lächelns.

„Sind Sie die Kommissarin aus Stade? Mein Name ist Torborg, kommen Sie bitte herein." Er reicht ihr die Hand für einen kurzen Händedruck. Etwas unangenehm empfindet sie den Blick seiner dunklen Augen, die sie prüfend mustern. „Kommen Sie in mein Büro." Er zeigt mit der Hand in den Raum. „Nehmen Sie doch Platz. Soll ich Ihnen von meiner Sekretärin einen Kaffee bringen lassen?

Wir haben auch einen Kaffeeautomaten, falls Sie Espresso, Cappuccino, oder was auch immer, trinken möchten."

„Danke, sehr freundlich. Einen Cappuccino, bitte." Sie setzt sich, Herr Torborg kommt kurz darauf vom Sekretariat zurück. Sein Büro wirkt sehr freundlich, es ist gemütlich eingerichtet. Eine Wand wird vollständig von einer Karte von Europa bedeckt.

„Erstrecken sich Ihre Geschäfte auf ganz Europa?", fragt sie, mit Blick auf die Karte.

Frank Torborg bemüht sich unbekümmert zu wirken, dabei ist er alles andere als das. Seine Gedanken spielen verrückt. Hat er eine Spur hinterlassen, die zu ihm führt? „Ja, die Karte. Das stimmt, wir haben Geschäftspartner in ganz Europa. Die meisten Aktivitäten sind jedoch in Deutschland angesiedelt." Er sieht seinen blonden Gast an. „Das ist doch sicher nicht der Grund für Ihr Kommen?"

„Nein." Die Kommissarin zieht ein Notebook aus ihrer Umhängetasche. „Ich habe ein paar Fragen zu dem Verschwinden des Herrn Staffeldt."

Eine Frau, vermutlich die Sekretärin, kommt mit einem Tablett herein, auf dem zwei Cappuccino-Tassen und eine Schale mit Gebäck stehen. Kritisch mustert sie den Gast ihres Chefs und Geliebten. Diese blonde Kommissarin sieht auffallend gut aus, ein kleiner Stich Eifersucht schleicht sich in ihre Brust. Sie hört noch den Rest des Satzes. ‚…Verschwinden des Herrn Staffeldt.'Ist etwas mit Sebastian, ist er wieder aufgetaucht? Sie wird versuchen, die Kommissarin zu fragen, bevor sie wieder geht.

Frank Torborg fühlt ein Kratzen im Hals, er nimmt einen Schluck von dem Kaffee. „Ich hoffe, dass ich Ihnen weiterhelfen kann, Frau Hansen." Er gibt sich freundlich und zuvorkommend, jetzt darf er nicht auffallen.

„Das ist nett. Ich habe ein paar Fragen an Sie, es sind mehr oder weniger Standard-Fragen." Sie blickt auf die Liste auf dem Bildschirm ihres Notebooks. „Wann haben Sie Herrn Staffeldt zuletzt gesehen und wann haben Sie zuletzt Kontakt mit ihm gehabt?"

Er nickt, zum Zeichen, dass er die Fragen verstanden hat. Er blickt in den Kalender auf seinem Schreibtisch und blättert darin. „Ja, hier ist etwas notiert. Ich bin am 7. Juli in seinem Büro in Hamburg gewesen, am selben Abend haben wir gemeinsam gegessen." Er schiebt den Kalender zurück und sieht die Kommissarin an. „Das war das letzte Mal, dass wir miteinander Kontakt gehabt haben. Ich könnte meine Sekretärin fragen, ob sie vielleicht später noch mit ihm telefoniert hat."

„Ja, das wäre nett. In welcher Beziehung standen Sie zu dem Vermissten?"

„Ha-hm." Herr Torborg räuspert sich wieder. Christine Hansen findet, dass er es ein klein wenig zu oft tut. Sie kann die unterdrückte Nervosität Torborgs fast körperlich spüren, aber vielleicht ist das in dieser Situation normal. Es gibt Menschen, die in Gegenwart der Polizei immer nervös sind, egal, ob sie nun unschuldig sind oder nicht.

„Ha-hm. Herr Staffeldt war der Filialleiter meiner Autovermietung in Hamburg, außerdem der Koordinator der anderen acht Vermietungen."

Christine Hansen notiert es sich in ihrem Notebook. „Er war offenbar eine wichtige Person in Ihrem Unternehmen, haben Sie die Stelle inzwischen neu besetzt?"

„Ja, das war notwendig. Seit Anfang August habe ich einen neuen Geschäftsführer."

„Wissen Sie, ob er Feinde gehabt hat? Es ist bisher nicht auszuschließen, dass ein Tötungsdelikt vorliegen könnte."

„Ha-hm."

Wieder dieses Räuspern …

„Nein, da kann ich Ihnen gar nichts sagen. Meiner Meinung nach war er allseits beliebt." Er blickt zur Tür. „Julia, kannst du mal kommen?", ruft er hinüber. Er wendet sich wieder an seinen Gast. „Meine Sekretärin hat gelegentlich mit ihm zu tun, vielleicht kann sie etwas hinzufügen."

Julia Köster tritt ein, die Kommissarin mustert sie aus langer Gewohnheit unauffällig. Sie ist eine mäßig hübsche Frau mit einer attraktiven Figur, vielleicht etwas ordinär gekleidet. Der Rock ist kurz, die Schminke dick aufgetragen.

Frank Torborg wendet sich an seine Sekretärin: „Julia, wir vermissen Sebastian doch schon eine Weile, die Kommissarin möchte wissen, wann du zuletzt Kontakt mit ihm gehabt hast."

Die Sekretärin zieht sich einen weiteren Stuhl heran, nimmt Platz und schlägt, trotz des kurzen Rockes, die Beine übereinander. Die Kommissarin bemerkt das aufreizende Verhalten mit Stirnrunzeln.

„Lassen Sie mich bitte die Fragen stellen, Herr Torborg." Mit einem Lächeln macht sie auf liebenswürdige Weise deutlich, wer hier im Moment das Sagen hat.

„Äh", die Sekretärin sieht von einem zum anderen. „Das habe ich nicht im Kopf, ich müsste mal in meinem Kalender nachsehen." Sie steht auf und eilt in ihr Büro, mit dem Kalender kommt sie zurück. „Ja, das letzte Mal habe ich am 15. Juli mit ihm telefoniert. Es war ein wichtiger Anruf, es sollte in der darauffolgenden Woche ein neuer Vertrag mit einem Auto-Zulieferer ausgehandelt werden, Sebastian- äh, Herr Staffeldt wollte mit mir Änderungen am Vertragsentwurf besprechen." Sie blickt wieder auf und mustert die Kommissarin. „Wer hat ihn denn als vermisst gemeldet?"

„Das war seine Frau, sie hat ihn eine gute Woche, nachdem sie ihn zum letzten Mal gesehen hat, als vermisst gemeldet, das war am 25. Juli. Zuerst wurde er in Hamburg gesucht. Als sich dort nichts ergab, hat man den Kreis weiter gezogen und uns eingeschaltet. Weil es nun ein paar Wochen zurückliegt, ist es nicht einfach, die damaligen Abläufe nachzuvollziehen."

Julia Köster sieht sie überrascht an. „Seine Frau?", fragt sie tonlos.

„Ja, Sybille Staffeldt." Sie mustert die junge Frau. „Wussten Sie nicht, dass er verheiratet war?"

„Nein, äh, ich dachte, er wäre Junggeselle."

„Warum überrascht Sie das so?" Die Kommissarin mustert Julia Köster. Die hat sich schnell wieder im Griff, aber warum hat sie die Erkenntnis, dass Staffeldt verheiratet war, so erstaunt, beinahe entsetzt? Sie beschließt, eine

188

mögliche Verbindung zwischen Julia Köster und dem verschwundenen Staffeldt zu überprüfen.

„Überrascht? Nein, ich habe es nur nicht gewusst." Sie greift nach dem Kaffee und nimmt einen Schluck.

Christine Hansen bleibt das leichte Zittern ihrer Hand, die die Tasse hält, nicht verborgen. Sie ist sich sicher, dass mehr dahintersteckt, als ein gelegentlicher Kontakt am Telefon.

Auch dem Torborg ist die Betroffenheit Julias aufgefallen; also hat Sebastian seine Ehe vor Julia geheim gehalten. Eine böse Überraschung für seine Freundin, quasi posthum. Er muss sich ein Grinsen verkneifen.

Die Kommissarin klappt ihr Notebook zu. „Gut, damit sind meine Fragen abgehakt. Das letzte Lebenszeichen von Herrn Staffeldt gab es demnach am Freitag, den 15. Juli." Sie blickt Julia Köster an. „War sonst etwas, Briefwechsel oder eine E-Mail?"

Julia Köster schüttelt den Kopf, jetzt wirkt sie wieder sehr lässig und gleichmütig.

„Vielen Dank für Ihre Geduld, ich werde dann wieder fahren und diese Information an die Hamburger Kriminalpolizei weitergeben."

„Das war alles? Wegen der paar Fragen hätten Sie doch auch anrufen können", wundert sich Torborg. Er hat befürchtet, dass mehr hinter diesem Besuch stecken könnte.

Die Kommissarin schenkt ihm ihr nettestes Lächeln. „Das stimmt. Aber sehen Sie, ich arbeite seit Anfang vorigen Monats in Stade. Vor 20 Jahren habe ich meine Heimatstadt Stade für meine Ausbildung verlassen, nun nutze ich jede Gelegenheit, mit meiner neuen, alten Umgebung wieder vertraut zu werden." Sie hängt sich ihre Tasche über die Schulter. „Vielen Dank für die Auskunft. Falls sich etwas ergeben sollte, werde ich anrufen."

Julia Köster brodelt innerlich. Sie denkt an die Frau von Sebastian. Dieser Arsch! Hat der eine Frau und erzählt nichts davon! Wenn der wieder bei ihr auftauchen sollte, kann er was erleben!

Die Kommissarin verlässt das Gebäude, Frank Torborg steht auf und begleitet sie nach draußen.

Er ist beruhigt, die Fragen waren nicht verfänglich, die Kommissarin scheint nicht misstrauisch geworden zu sein. Ihr Lächeln zum Abschied hat er nicht vergessen. Sie steht vor ihrem Wagen und öffnet die Fahrertür, in dem Moment kommt ein Motorroller von der Straße her auf sie zugefahren. Es ist Ludwig Petersen, er hat Feierabend.

Als er sie neben dem silbernen Wagen erblickt, bremst er so heftig, dass das Hinterrad auf dem Schotterweg ins Schleudern gerät und er nur durch Aufsetzen der Füße einen Sturz verhindern kann. Er hält, zieht mit aller Kraft am Bremshebel und sieht völlig verstört dem davonfahrenden Wagen hinterher.

Frank Torborg hat Ludwigs Reaktion beobachtet und geht auf ihn zu.

Kreidebleich sitzt der auf seinem Roller und hat völlig die Fassung verloren.

„Was ist mit dir, Ludwig?"

Doch der ist völlig paralysiert. „Sag doch was!", fordert Torborg ihn auf. Er kennt das schon, sein Medium ist in diesem Zustand nicht ansprechbar. Drängen kann man ihn schon gar nicht. „Soll ich gleich zu dir kommen? Ich könnte einen schönen Kakao zubereiten, den trinken wir dann zusammen im Wohnzimmer." In der Gruselhöhle, denkt er für sich. „Dann kannst du mir erzählen, was dich bedrückt."

Ludwig antwortet nicht, wie eigentlich immer. Er sitzt ein paar Minuten unbeweglich auf seinem schwarz-roten Roller. Nur langsam entspannt er sich, steigt steifbeinig ab und schiebt sein Gefährt unter das Schutzdach. Er nimmt seine Tasche vom Gepäckträger und betritt mit gesenktem Kopf die alte Villa.

Frank Torborg sitzt in seinem Büro und denkt über den Vorfall nach. So verstört hat er Ludwig bisher nie erlebt, er lässt sonst kaum Gefühlsregungen erkennen, es muss also etwas Besonderes vorgefallen sein. Aber was? Das Einzige, was er bemerkt haben könnte, war die Kommissarin und ihr Auto. Aber Ludwig ist schon seit zwei Tagen so neben der Spur, was ist da los?

Torborg geht in die kleine Küche des Reetdachhauses und erhitzt zwei Becher Milch, er gibt zwei Löffel löslichen Kakao dazu, fertig ist das schmackhafte Getränk. Er stellt die Becher auf ein Tablett und trägt es hinüber zu seinem Elternhaus. Das Wohnzimmer ist stockfinster, Ludwig ist nicht da. Er schaltet die roten Lampen an und geht zum Kamin. Dort entfernt er die Asche, füllt Holz und Papier ein und entzündet ein Feuer. Von der Treppe hört er Schritte, Ludwig kommt vom Turmzimmer herunter. Er sieht aus wie ein Häufchen Elend, schlapp lässt er sich auf die Couch sinken.

Erste Flämmchen schlagen aus dem Holz, Frank legt etwas Kohle auf und setzt sich zu Ludwig an den Tisch. Er schiebt ihm den Becher zu. „So, Ludwig. Trink die Schokolade, dann kannst du mir erzählen, was dich bedrückt."

Der schlürft genüsslich das heiße Getränk, er hat eine Schwäche für Kakao. Dann stellt er den Becher ab und blickt nachdenklich auf den Tisch. Aus dem Kamin dringt leises Knistern, rote Glut beginnt zu leuchten und mischt einen flackernden Schein unter das rote Licht der Hintergrundbeleuchtung.

Ludwig sammelt sich, er öffnet den Mund, um etwas zu sagen, dann schließt er ihn wieder. Etwas quält ihn, doch schließlich bringt er mühsam einen Satz heraus. „Ich bin vorgestern einem Vertreter der himmlischen Heerscharen begegnet - und eben wieder." Er hebt den Kopf und sieht Frank Torborg verzweifelt an. „Wie kann das angehen? Ich bin doch der Herrscher der Unterwelt, oder nicht? Wie kann ich dann einem Engel begegnen? Ich fürchte, ich werde die Unterwelt verlassen müssen und werde dann auf Gedeih und Verderb dem Herrn des Himmels ausgeliefert sein." Seine Stimme ist lauter geworden. „Du musst mir helfen, Asmodi!"

Frank/Asmodi legt seine Stirn in Falten. Das war es also. Die Kommissarin ist Ludwig Petersen schon einmal begegnet, der hat sie in seinem kranken Wahn für einen Engel gehalten. „Wann ist dir der Engel denn zum ersten Mal begegnet?"

Ludwig reißt wieder erschrocken seine Augen auf. „Das war vor zwei Tagen in meinem Lager. Er wollte einen Verbandkasten nach DIN 13164." Er sieht Frank verzweifelt an. „Was will ein Engel mit einem Verbandkasten? Ich glaube, er ist zu mir gekommen, um mich zu holen." Mit schmerzhaft verzerrtem Gesicht blickt er mit einem Gesicht, das sonst immer unbeweglich ist und nur selten Regungen zeigt, in den Rest seines Kakaogetränks, als käme von dort die Lösung für sein Dilemma.

„Wie kann ich dir helfen, Luzifer? Soll etwas mit dem Engel passieren?"

„Ja, der muss weg, für immer!"

Hm, Frank Torborgs Gehirn läuft auf Hochtouren. Einfach nur verschwinden lassen? Das wäre zu einfach. Damit es in Ludwigs sperrigen Verstand dringt, muss es spektakulär sein. Eine Idee entsteht, die will er nachher mit Julia diskutieren. „Gut, Luzifer, ich denke mir etwas aus, ich werde dich von dem Engel befreien." Herzlos sieht er seinen Helfer mit dunklen, kalten Augen an. Hoffentlich funktioniert dieser Kerl bald wieder, er hat bestimmt schon eine Million Euro durch dessen Ausfall verloren. Er gibt sich wieder freundlich, scheinbar fürsorglich. Immerhin ist sein Luzifer die Quelle für sein Vermögen, das sich der 100-Millionen Grenze nähert. „Nur Geduld, Luzifer. Bald wird alles wieder in Ordnung sein." Er versucht, seiner Stimme einen salbungsvollen und beruhigenden Klang zu geben.

Er nimmt die leeren Becher, stellt sie auf das Tablett und geht nachdenklich zu seinem Büro hinüber. Er stellt das Geschirr in die Küche und betritt das Sekretariat. Julia bereitet sich auf den Feierabend vor, sie hat die Schubladen des Schreibtisches geschlossen und greift nach ihrer Tasche.

„Hallo, Julia, hast du etwas Zeit für mich?"

Sie blickt ihn an, er wirkt sehr ernsthaft, es wird wohl sehr wichtig sein. „Ist etwas mit der Kommissarin?"

„Im Prinzip ja, aber nicht so, wie du vielleicht erwartest."

„Dauert es länger? Soll ich mich wieder setzen?"

„Nun drängele doch nicht so. Ja, es mag eine Weile dauern, es geht auch um Ludwig."

„Ach der, mit seinem kranken Kopf", Julia verzieht ihr Gesicht.

„Ja, der. Der ist mit seinem kranken Kopf immerhin die Grundlage für unser Vermögen. Jetzt hat er ein Problem, mit dem sollten wir uns beschäftigen, falls nicht - fürchte ich, dass wir die Erpressungen beenden müssen." Er sieht sie an. „Lass uns doch nach diesem Gespräch nett essen gehen, suche dir aus, wo wir hingehen könnten."

Nun hat Julia begriffen. „Was? Das soll einfach so zu Ende sein?" Sie setzt sich wieder hin und blickt ihn entgeistert an.

„Ludwig ist vor zwei Tagen der Kommissarin begegnet."

„Die, die vorhin bei uns war?", unterbricht sie ihn.

„Ja, genau die. Seitdem glaubt er, er wäre einem Engel begegnet, der ihn jetzt aus seinem Fantasiereich entfernen will. Wie auch immer, mit den Todesvorhersagen ist es vorerst vorbei."

„Meinst du das im Ernst?"

„Na weißt du. Die Geschichte mit dem Engel scheint Ludwig zu glauben, nur darauf kommt es an. Die Frage ist, wie wir darauf reagieren können."

„Wir müssen die Kommissarin entzaubern, und zwar so, dass Ludwig völlig überzeugt ist, dass der Engel aus seinem Höllenreich ein für alle Mal verschwunden ist."

„Ja, so ähnlich habe ich mir das auch vorgestellt", erwidert Frank Torborg. „Die Kommissarin muss verschwinden, mit Pauken und Trompeten – oder so in der Art."

„Ja, gute Idee. Mit viel Brimborium, sodass es besonders deutlich wird und in den seltsamen Verstand von ihm eindringt. Du bist der Techniker, lass dir doch etwas einfallen."

Frank Torborg nickt, so ähnlich hat er sich das auch schon gedacht. „Gut, ich werde mir etwas ausdenken. Wenn ich soweit bin, diskutiere ich es mit dir."

***

Die Kommissarin ist wieder in ihrem Büro, gleich ist Feierabend. Das Handy piept, es ist wieder eine Nachricht von Alexander. Ihr erster Impuls ist, sie zu löschen, ohne sie zu lesen. Nach kurzem Zögern öffnet sie die Nachricht, es ist ein Filmchen, der zeigt ihn zusammen mit einem kleinen Jungen in einem Garten. Der Text lautet: „Das ist mein Enkel, ich bin also Opa, ohne es gewusst zu haben!"

Ja, der Alexander. Ihr Herz hängt an ihm, trotzdem kann sie ihm nie verzeihen, dass er zum Mörder geworden ist. Er fühlt sich im Kreise seiner Familie pudelwohl. Wie soll sie reagieren, falls er sich wieder bei ihr melden sollte?

Sie wird ihn wieder abweisen müssen, er sollte froh sein, dass sie ihn nicht hat verhaften lassen.

Sobald dieser Selbstmord geklärt ist, könnte sie ihren Sohn Tom in Hannover besuchen. Wenn es klappt, macht er im nächsten Jahr das Abitur. Ob er dann zu ihr und den Großeltern nach Stade kommen wird, ist unklar. In Hannover ist es mit der weiteren Ausbildung einfacher, vielleicht wird er sogar studieren. Aber bis dahin ist alles offen.

Sie denkt an Frank Torborg und Julia Köster im Zusammenhang mit dem verschwundenen Sebastian Staffeldt. Irgendetwas ist da im Busch, sie kann es nicht beweisen, es ist mehr ihre Intuition. Die hat sie bisher allerdings nur selten im Stich gelassen. Ihr Vorgesetzter würde ihr jedoch die Leviten lesen, wenn sie wegen ihrer »Intuition« den Polizeiapparat anlaufen lassen würde. Sie wird wohl auf eigene Faust ermitteln müssen, vielleicht sogar nach Feierabend. Erst wenn sie Beweise vorlegen kann, die Torborg und seine Sekretärin mit Staffeldts Verschwinden in Verbindung bringen, kann sie ihre Mordkommission offiziell mit der weiteren Ermittlung beauftragen.

Für das Kaufhaus in Buxtehude geht es bald um die Geldübergabe. Morgen wird Herrn Eberts Sekretärin, wie von den Gaunern verlangt, eine Anzeige im Buxtehuder Tageblatt aufgeben.

```
»Keine Trauerfeier am Mittwoch. S.
                E.«
```

Reinhard Wernecke, der Leiter der Abteilung Eigentumsdelikte ist informiert, er wird bei der Geldübergabe dabei sein. Dieses Mal soll wieder versucht werden, den

Weg der Drohne mittels eines GPS-Senders, der dem Lösegeld beigegeben werden soll, zu verfolgen. Vielleicht wird es endlich klappen und die Gauner können gefasst werden.

***

Frank Torborg ist fieberhaft aktiv. Er sucht im Internet nach Bauteilen, fertigt Skizzen an und beginnt zu basteln. In einer Ecke der Remise steht eine Werkbank, dort ist er jetzt jeden Tag zu finden. Seitdem sein Luzifer seine Fähigkeit zum Vorhersehen von Todesfällen verloren hat, ist für alle weniger Arbeit. Wenn sich nicht bald etwas ändert, wird er Uwe und Ahmet Urlaub verordnen müssen, Geld ist bald nicht mehr zu holen. Sascha arbeitet auf Sparflamme an einer Weiterentwicklung seiner Suchroutinen, Francois ist vorläufig beurlaubt, für ihn ist im Moment kein Bedarf.

Im Licht der Arbeitsleuchte steht eine Schaufensterpuppe, eine Frau, sie ist unbekleidet. Er hat sie ausgewählt, weil sie in Größe und Statur der Kommissarin sehr nahekommt. Auf dem Rücken der Puppe hat er mit einem Gürtel ein elektrisches Gerät befestigt, ein Kabel führt zu einem Transformator. Am Oberkörper der Puppe befindet sich ein Kontakt. Jetzt schaltet er seine Technik ein, ein Netzteil beginnt leise zu summen. Er hebt eine Hand und nähert einen Finger dem Sensor an der Puppe. Ein Blitz schießt von der Decke zum Kopf der Puppe, ein heller, gleißender Schein erhellt den Raum wie eine Blendgranate. Genauso plötzlich ist es wieder vorbei, ein blasser, weißer Rauch schwebt langsam davon.

197

Nachdenklich betrachtet er das Ergebnis. Er ist fast zufrieden, der Tesla-Transformator funktioniert wie geplant. Was fehlt, ist die Tötung. Der Blitz ist reine Optik, die Kommissarin soll jedoch sterben, den Schritt muss er noch ausarbeiten. Vielleicht eine Spritze mit Gift, die er am Rücken befestigt? Dort soll ein Gestell mit einem Riemen befestigt werden, es soll die Engelsflügel tragen, daran muss er noch arbeiten. Er könnte sie eventuell mit einer Waffe mit Schalldämpfer erschießen, das wäre wegen des auf jeden Fall zu hörenden Knalls keine gute Lösung. Vielleicht laute Hintergrundmusik? Trompeten oder laute Orgelklänge? Ein weiterer Punkt ist die Entführung, bis zu ihrem spektakulären Tod will er sie in seinem Keller festhalten.

Die Entführung

Es gelingt der Kommissarin, die Sekretärin der Autovermietung in Hamburg am Telefon zu erreichen. Sie stellt sich vor und erklärt, dass sie als Hauptkommissarin in Stade den Fall des verschwundenen Sebastian Staffeldts verfolgt.

„Wissen Sie, ob Frau Köster, die Sekretärin von Herrn Torborg, schon mal persönlich bei Ihnen oder bei Ihrem früheren Chef gewesen ist?"

„Doch, sie war schon ein paar Male hier. Ich kenne sie gut, auch in Herrn Staffeldts Büro habe ich sie einige Male sitzen gesehen."

„So. Können Sie sich vorstellen, dass Sebastian Staffeldt ein Verhältnis mit ihr gehabt haben könnte?" Das war ein Schuss ins Blaue, sie ist gespannt auf die Reaktion.

Jetzt lacht Frau Winter, es klingt etwas gequält, ein wenig künstlich. „Sebastian hat immer irgendwelche Geschichten mit Frauen gehabt. Ob Julia Köster eine seine Eroberungen war, weiß ich nicht. Er ließ allerdings nur selten eine Gelegenheit aus."

Aha, ihre Vermutung war also nicht so verkehrt. Dem Verhalten der Sekretärin entnimmt sie, dass sie wohl auch eine der Gespielinnen gewesen war. Die Beziehung zwischen einem Chef und dessen rechter Hand endet oft in einem Verhältnis. Alleine der zeitliche Kontakt zwischen dem Vorgesetzten und seiner Sekretärin ist oft häufiger und länger als mit dem Ehepartner. Dazu kommt die spezielle Beziehung zu der Sekretärin. Sie kennt ihren Chef aus dem FF, sie kennt seine Gewohnheiten und seine Marotten manchmal besser, als seine Frau. Außerdem ist es sehr bequem, eine Affäre mit der Angestellten zu haben. Sie ist immer da, und wenn man sich nicht allzu dumm anstellt, wird die Ehefrau nie etwas davon erfahren.

„Haben Sie mal eine intime Begegnung beobachten können, wie zum Beispiel einen Kuss, oder eine Umarmung?"

„Nein niemals. Aber vielleicht sind sie nur vorsichtig gewesen."

„Mag sein. Sagen Sie, Herr Staffeldt ist doch verheiratet gewesen?"

Das erneute Lachen hört sich sehr abfällig an. „Die Ehe bestand nur noch auf dem Papier. Schon bald nach der Hochzeit hat sich Herr Staffeldt nach anderen Möglichkeiten umgesehen.

Die Kriminalkommissarin nickt. „Gut, ich denke, das war es vorerst. Wenn Ihnen etwas einfällt, rufen Sie mich bitte an."

Christine Hansen sitzt am Schreibtisch und denkt über das Gespräch nach. Da ist etwas gewesen, sie ist sich sicher. Die Andeutungen der Sekretärin waren nur vage, Christine glaubt, eine Spur Neid herausgehört zu haben. Wie sollte sie weiter vorgehen? Um Julia Köster zu verhören, fehlen Beweise. Vielleicht sollte sie die Dame mal aufsuchen, um von Frau zu Frau mit ihr zu reden.

Der nächste Anruf der Kommissarin holt Frank Torborgs Sekretärin ans Telefon. „Torborg Enterprises, Sie sprechen mit Frau Köster."

„Hallo, ich bin's, Christine Hansen. Ich möchte Sie bei Gelegenheit mal besuchen und mit Ihnen über Sebastian Staffeldt sprechen. Sie haben ihn doch ganz gut gekannt, oder? Haben Sie in den nächsten Tagen Zeit für mich? Vielleicht eine halbe Stunde?"

Einen kleinen Moment ist es still am anderen Ende. „Ja, Wir haben im Moment wenig zu tun. Passt es Ihnen am Dienstagvormittag?"

Sie stimmt zu und legt zufrieden auf. Das war einfacher, als sie erwartet hat, obwohl sogar durch das Telefon zu merken war, dass Julia Köster sich nichts weniger wünscht, als mit Christine zu sprechen, aber in so einer Situation befindet sich die Kommissarin häufiger. Sie wird schon die geeigneten Fragen stellen, darin war sie schon immer gut. Sie könnte Verständnis heucheln, so, als wäre sie auch schon in so einer Situation gewesen. Na, ja, beinahe stimmt das sogar, sie hat sich einmal in letzter Sekunde anders entschieden und die geplante Verabredung abgesagt.

Julia Köster dreht ihren Schreibtischstuhl herum, steht auf und geht zu Frank Torborg hinüber. „Du Frank, eben hat die Kommissarin angerufen, sie will am Dienstagvormittag zu uns kommen."

„Ach!" Er setzt sich kerzengerade auf und mustert seine Sekretärin. „Hat sie gesagt, was sie will?"

„Nicht direkt. Es hängt irgendwie mit dem Sebastian Staffeldt zusammen. Ich glaube, sie will hauptsächlich mit mir sprechen."

„Sie glaubt doch nicht etwa, dass du etwas damit zu tun hast?"

„Nein, meinetwegen kann sie vermuten, was sie will. Ich kannte doch Sebastian kaum." Das ist nicht ganz richtig, sie will nur bei Frank keinen Verdacht erregen. Sie mustert ihren Chef und Liebhaber genau, sie kennt jeden Winkel seiner finsteren Seele. „Hast du eventuell die Finger da drin?"

„Ich? Wie kommst du denn darauf? Er war mein Geschäftspartner, es hat mich viel Zeit gekostet, einen geeigneten Ersatz für ihn zu finden." Er versucht, seiner Stimme einen entrüsteten Ausdruck zu geben. „Also wirklich, Julia!" Dann leiser: „Ich habe ja auch gar kein Motiv."

Julia Köster kennt ihn genau. Seine Entrüstung ist nicht echt. Ist er etwa hinter ihr Verhältnis mit Sebastian gekommen? Sie haben sich zwar sehr viel Mühe gegeben, es geheim zu halten, aber wenn doch…. erstes Misstrauen keimt in ihr. Sollte er vielleicht…?

„Ach ja, Julia. Wo du gerade hier bist." Das ist die Gelegenheit, sie von diesem lästigen Fall des verschwundenen Geschäftspartners abzulenken. „In Sachen Engel bin ich inzwischen weitergekommen. Es passt sehr gut, dass die Kommissarin in den nächsten Tagen kommen will. Deshalb ist es auch piep-egal, was sie dich oder mich fragen will. Ich habe einen Versuch aufgebaut, den würde ich dir gerne vorführen."

Julia sieht ihn anerkennend an. Ja, das ist ihr Frank. Immer hat er so geniale Einfälle, *er* ist der eigentliche Teufel in dieser Runde. Sie folgt ihm neugierig in die Remise.

Frank Torborg führt sie in seine Bastelecke, in der die Schaufensterpuppe steht. „So, meine Liebe. Ich habe etwas vorbereitet, um die Kommissarin, die von unserem Luzifer in seinem abstrusen Weltbild als Engel gesehen wird, mit viel Simsalabim aus der Welt zu schaffen."

Julia Köster blickt erstaunt und bewundernd zugleich auf die Engel-Attrappe. Inzwischen hat Frank die Flügel montiert, ein leichter und weißer Kunststoff in einer geschwungenen Form. Er geht zu dem Verstärker mit den Lautsprechern und schaltet ihn ein. Zuerst sind leise Klänge zu hören, es ist die Sinfonie »Also sprach Zarathustra«, verfasst von Nietzsche, vertont von Richard Strauss. Als Nächstes schaltet er das Netzteil des Tesla-Transformators ein. Dessen leises Summen wird durch die immer stärker werdenden Klänge der Sinfonie übertönt.

„So, pass auf, jetzt kommt es!", ruft er und zeigt auf das silberne Kruzifix, das am Hals der Schaufensterpuppe hängt. „Wenn ich dir ein Zeichen gebe, berührst du mit dem Finger das Kreuz, das soll später Luzifer machen."

Gebannt betrachtet Julia das beängstigende Szenario, Frank holt aus einer der Werkzeugschubladen eine kleine Pistole mit Schalldämpfer hervor. „Da sind jetzt nur Platzpatronen drin, später wird es echte Munition sein!", ruft er, um die laute Musik zu übertönen.

„Jetzt!"

Julia tupft mit dem Finger auf das Kruzifix, ein lauter Donner ist nun der Musik beigemischt und erfüllt den Raum, ein greller Blitz springt von der Decke zum Kopf der Puppe und gleitet mit blauen Zuckungen an ihr herunter. Frank schießt die Platzpatrone ab, der gedämpfte Knall geht völlig in dem Lärm der Sinfonie unter.

Es riecht etwas angebrannt, die eben noch ohrenbetäubende Musik verebbt in leiser werdenden Klängen, weißer Rauch umschwebt die Puppe in dem weißen Kleid und verzieht sich langsam.

Julia sieht erschrocken auf die gespenstische Szenerie. „Mein, Gott, Frank! Wenn Luzifer danach nicht überzeugt ist, den Engel aus seinem Reich entfernt zu haben, dann weiß ich wirklich nicht."

„Ja, gut, was?" Er sonnt sich in ihrer Bewunderung. „Nun muss ich die Musikanlage und den Trafo für den Blitz in sein Wohnzimmer schaffen."

Die Kommissarin will Julia in ein paar Tagen aufsuchen, bis dahin muss er den Keller als Gefängnis herrichten. Die spektakuläre Tötung sollte möglichst am gleichen

Tag über die Bühne gehen, je länger der Aufenthalt in seinem Keller wäre, desto größer ist die Gefahr der Entdeckung. Die Kommissarin wird ganz sicher bald vermisst und mit großem Aufgebot gesucht werden.

„Sag, mal, Frank, was hältst du davon, wenn ich die Kommissarin erschießen würde? Du hast doch genug mit der Technik zu tun."

Das stimmt allerdings, er lässt sich ihre Frage durch den Kopf gehen. „Das würde mir tatsächlich helfen. Aber warum willst du das auf dich nehmen? Das ist Mord!"

Sie zuckt mit den Schultern. „Es wird für uns beide keinen Unterschied machen, wir stecken gleichermaßen in der Sache drin." Außerdem sind ihr zu hübsche Frauen ein Dorn im Auge, vor allem, wenn sie in die Nähe von ihrem Liebling kommen. „Die Kommissarin muss weg, wer weiß, was die noch alles herausfinden würde."

Sie sind sich wieder einig in ihrer teuflischen Gemeinsamkeit, mit ihren diabolischen Ideen übertrumpfen sie sich gegenseitig immer wieder aufs Neue. Heute Abend werden sie sich wieder vereinigen, das spüren sie beide. Schmerzhaft und leidenschaftlich, inspiriert durch den Gedanken an den geplanten spektakulären Tod eines arglosen Menschen.

Frank Torborg steht im Keller der Villa und begutachtet sein Werk. Der Raum ist klein, vielleicht zehn Quadratmeter groß. Den gröbsten Dreck hat er entfernt, nun steht ein Bett an der Wand. Es ist ein altes Teil, mit einem Gestell aus Eisen. Ein nicht mehr ganz neues Laken bedeckt eine Matratze, darauf liegt eine Decke, ein Kopfkissen fehlt. Ein Eimer und eine Rolle Toilettenpapier dienen für die Bedürfnisse seiner künftigen Gefangenen, das muss genügen, es soll ohnehin nur für wenige Tage sein, wenn es nicht schon überhaupt am selben Tag über die Bühne gehen kann. Das einzige Fenster ist klein und befindet sich dicht unter der Decke. Er hat ein Brett angepasst und es von außen davor geschraubt, nicht, dass sich seine Gefangene durch Rufe bemerkbar machen kann. Das einzige Licht erzeugt eine nackte Glühbirne an der Decke, deren gelblicher Schein fällt über das schäbige Inventar.

Frank Torborg nickt zufrieden, er verschließt die Tür und verlässt den Keller. Ein weiterer Raum ist ebenfalls mit einer verschlossenen Tür versehen, dort steht die Gefriertruhe mit der Leiche Sebastian Staffeldts. Am Ausgang des Kellers befindet sich eine schwere, eiserne Tür, die mit einem alten, aber kräftigen Sicherheitsschloss gesichert ist. Ab morgen Mittag wird diese Tür versperrt sein, denn dann beginnt der letzte Akt der Todessinfonie.

Das Wohnzimmer der alten Villa ist ebenfalls vorbereitet. Die Elektrode für den Blitz hat Frank anstelle der ehemaligen Deckenleuchte befestigt. Sie ist im Dunkel des Raumes, das hier immer herrscht, nicht zu erkennen. Den Tesla-Transformator und die Musikanlage für die infernalische Musik hat er hinter der Couch verborgen.

Dienstag, der 27. September, es ist ein Vormittag. Christine Hansen steigt in ihren silber-metallic farbenen

Wagen, das Ziel ist die Firma Torborg Enterprises in Freiburg an der Elbe. Sie hat sich ein paar Fragen für Julia Köster bereitgelegt, auf ihrem Notebook befinden sich ein paar Notizen. Sie fühlt sich wohl, sie summt ein Lied, als sie den Obstmarschenweg befährt. Sie glaubt, dass sie auf dem richtigen Weg ist, was den Sebastian Staffeldt betrifft. Der Fall des vorgetäuschten Suizids aus Buxtehude läuft auch gut, gestern haben sie den Konstantin Graumann verhaften können. Es läuft gut in ihrer kleinen Abteilung, ihre Mitarbeiter arbeiten immer besser mit ihr zusammen.

Nach dem sonnigen Wochenende hat sich das Wetter komplett verändert, dunkle Wolken sind aufgezogen, es sieht nach Regen aus. In der Ferne hört man Donnergrollen, ein Gewitter zieht auf. Hinter der Ortsausfahrt Drochtersen beginnt es zu schütten, ein Platzregen prasselt auf ihr Auto und übertönt das Radio, die Scheibenwischer schaffen kaum das viele Wasser fort. Nur langsam fährt sie weiter, bis sie das Anwesen auf der linken Seite erreicht. Aus dem heftigen Schauer ist ein Landregen geworden - einer, der stundenlang andauern kann.

Sie parkt vor dem Bauernhaus und wirft einen skeptischen Blick in den Himmel. Sie greift nach dem Regenschirm unter dem Sitz, öffnet die Tür ein wenig und spannt ihn auf. Mit raschen Schritten eilt sie zu dem Strohdachhaus hinüber. In dem Moment wird die Tür geöffnet, es ist Julia Köster, die ihr den Schirm abnimmt.

„Hätte der Sonnenschein nicht ein wenig anhalten können? Kommen Sie doch herein." Kühl mustert sie ihren Gast. Noch heute, bevor Ludwig von der Arbeit kommt, soll die Kommissarin ihre Gefangene werden.

Christine Hansen setzt sich auf den Besucherstuhl und schaltet ihr Notebook ein.

„Möchten Sie etwas trinken?", fragt die Sekretärin. „Wir haben Kaffee und jede Variante vom Espresso. Sie können auch einen Orangensaft bekommen."

„Danke, das ist sehr nett. Einen Cappuccino bitte, wenn es nicht zu viel Mühe macht."

„Aber nein, Sie sind schließlich mein Gast. Ich bin gleich zurück", sagt sie und verschwindet in der Nische, in der sich die Küchengeräte befinden. Es sind ein Kühlschrank, eine einfache Kaffeemaschine, ein Kaffeevollautomat und ein Kochgerät mit zwei Heizplatten. Unter der Arbeitsfläche befindet sich ein Schrank mit Besteck und Tellern. Sie stellt eine Tasse unter den Automaten, füllt den Milchbehälter auf und startet die Maschine. Zuerst mahlt der Automat die Bohnen, sie greift in die unterste Schublade des Küchenschrankes und holt ein kleines Fläschchen hervor, das sie heute Morgen dort deponiert hat. Von der klaren Flüssigkeit mischt sie einen Teelöffel voll unter das zimtbraune Getränk. Alles kommt mit einem Zuckertopf und einer Dose mit Keksen auf ein Tablett, damit geht sie zurück in ihr Büro.

„Sind Sie heute ganz alleine?", fragt die Kommissarin. „Bei meinem letzten Besuch waren doch zwei Mitarbeiter hier, sowie ihr Chef." Sie greift nach der Tasse und nimmt einen Schluck.

„Das ist Zufall, die beiden Kollegen holen einen neuen Drucker aus Hamburg, mein Chef ist drüben in der alten Villa und repariert einen verstopften Abfluss." Die Kommissarin muss nicht wissen, dass die beiden Kollegen,

207

Sascha und Francois, wegen der schlechten »Auftragslage«
beurlaubt worden sind. Der Chef ist nicht in der Villa,
sondern im Obergeschoss dieses Hauses. Er repariert auch
nichts, sondern wartet nur auf ihr Zeichen. „Was haben
Sie denn für Fragen, ich bin ganz Ohr." Sie mustert das
Gesicht der blonden Frau. Wie lange mag es dauern, bis
die K. O.-Tropfen wirken?

Die Kommissarin blickt kurz auf den Bildschirm. „Es
geht mir darum, herauszufinden, ob Sie oder Herr Torborg direkt oder indirekt mit dem Verschwinden des
Herrn Staffeldt zu tun haben könnten. Wissen Sie, ich
muss diese Fragen stellen, solange Herr Staffeldt nicht gefunden ist." Sie nimmt sich einen der Kekse und knabbert
ihn, dabei sieht sie auf ihr Notebook.

„Was möchten Sie denn wissen?", Julia Köster mustert
die Kommissarin eindringlich, bis jetzt verhält sich diese
ganz normal. Hätte sie vielleicht noch mehr von den
Tropfen in den Cappuccino geben sollen?

„Um nicht um den heißen Brei herumzureden - haben
Sie ein Verhältnis mit Herrn Staffeldt gehabt? Man hat
mir berichtet, dass er sehr gut aussieht und hinter jedem
Rock her ist." Sie beugt sich vor und zwinkert der jungen
Frau verschwörerisch zu. Die zieht ein Gesicht wie ein
Kind, das beim Stehlen erwischt worden ist. „Das kann
einer Frau doch passieren, es gibt eben Männer, da funkt
es, dann hat man den weiteren Verlauf nicht mehr wirklich in der Hand." Sie lehnt sich wieder zurück, ein leichter Schwindel irritiert sie, sie fühlt sich etwas übel.

Julia Köster grübelt einen Moment über die Frage
nach. Im Grunde ist es doch völlig egal, was sie antwortet,

die Kommissarin wird ihre Antworten niemandem mehr erzählen können. Sie gibt sich einen Ruck. „Ja, wir hatten eine leidenschaftliche Affäre, sie begann im Juni und dauerte ein paar Wochen, bis zu seinem Verschwinden."

Die Kommissarin tippt ein paar Kommentare ein, plötzlich sackt ihr Kopf nach vorne. Erschrocken richtet sie sich wieder auf. Ist sie etwa krank? Ein Schwindelanfall? Sie fühlt sich übel, in ihrem Magen rumort es. Sind das etwa ihre Tage? Die sind doch noch gar nicht dran. Sie hat wohl etwas Schlechtes gegessen. War es vielleicht die Milch im Kaffee von heute Morgen? „Kann es sein, dass ihr Chef von diesem Verhältnis erfahren hat?" Ihre Stimme versagt kurz, sie räuspert sich und fährt fort. „Sie sind sich doch oft sehr nahe."

Julia Köster schüttelt den Kopf. „Nein", erwidert sie nachdrücklich. „Wir haben uns immer nur in Hamburg getroffen."

„Hm, wäre es vielleicht doch möglich gewesen?" Ganz kurz bleibt ihr Bewusstsein weg, mühsam stützt sie sich am Schreibtisch ab.

„Nein, das kann ich mir nicht vorstellen." Julia Köster fragt sich einen Moment, ob die Kommissarin mit ihrer Vermutung nicht doch recht haben könnte. Was soll's, ihre Besucherin beginnt jetzt zu schwanken, gleich ist es soweit. Wenn Frank von dem Verhältnis erfahren haben sollte, dann kann man bei ihm für nichts garantieren. Plötzlich erschrickt sie, das könnte passen, es ist nicht so abwegig, wie sie es sich immer eingeredet hat.

Die Kommissarin sackt nach vorne, sie versucht sich an der Schreibtischplatte festzuhalten, doch ihre Hände versagen ihr den Dienst, bewusstlos fällt sie vom Stuhl.

Julia Köster dreht ihren Kopf zur Tür und ruft laut. „Frank! Du kannst kommen!"

Ein paar Minuten später erscheint Frank Torborg. Er wirft einen Blick auf die leblos am Boden liegende Frau. „Das hast du gut gemacht, lass sie uns jetzt nach drüben schaffen. Ich trage sie unter den Armen, nimmst du bitte die Beine?"

Es regnet immer noch, sie werden alle drei nass auf dem Weg zu der Villa. Gemeinsam schaffen sie die Kommissarin in das alte Haus. Das ist trotz Christines zierlicher Gestalt schwieriger als gedacht. Der Körper ist völlig schlaff und droht den beiden Trägern ständig zu entgleiten. Die Treppe nach unten in den Keller ist das größte Hindernis, Julia muss vorausgehen. Frank folgt ihr, mit den Händen unter den Achseln von Christine Hansen. Schließlich haben sie ihr Ziel erreicht, sie legen die Kommissarin mit dem Rücken auf das Bett, sie wird nur von der kleinen Funzel an der Decke beleuchtet. Mit einer Handschelle befestigt er eine Hand am Gestell des Bettes.

„Du musst dich nachher um sie kümmern, sie muss später umgezogen werden und die Flügel sowie die Elektrode müssen kurz vor der Zeremonie mit dem Geschirr auf ihrem Rücken befestigt werden. Sobald Ludwig hier eintrifft, soll es losgehen."

„Das Kleid soll sie doch anziehen, oder etwa nicht?"

„Doch, doch, das ist wichtig. Sie soll Luzifer wie ein echter Engel vorkommen."

„Wie lange wird sie denn bewusstlos sein?", fragt sie.

„Das weiß ich nicht genau. Das kann eine Viertelstunde dauern, oder länger, das ist bei jedem verschieden."

„Na, gut. Dann müssen wir nachher mal nachsehen."

„Das musst du alleine machen, ich muss jetzt das Auto verschwinden lassen. Ist ihre Handtasche hier?"

„Ja, die liegt noch auf dem Schreibtisch, wo sie die zuletzt abgelegt hat."

„Gut. Du musst nachsehen, ob ein Handy drin ist, falls ja, musst du unbedingt die SIM-Karte entfernen, es könnte andernfalls geortet werden." Er sieht seine Geliebte an. „Kommst du alleine klar?"

„Natürlich, ich schaff das." Sie gibt ihm ein Küsschen auf die Wange. „Wann wirst du zurück sein?"

„In drei bis vier Stunden, ich melde mich von unterwegs." Frank steigt in den silbernen Wagen der Kommissarin und fährt los. In Hamburg-Harburg hat er einen Bekannten, der eine Autoverwertung betreibt.

Der mustert den etwa drei Jahre alten Wagen. „Der sieht doch gut aus, soll ich ihn wirklich zerlegen?"

„Ja, wie abgemacht. Kein Teil soll mehr zum Besitzer zurückverfolgt werden können."

„Na gut, wie du meinst. Ich werde ihn komplett zerlegen und alles einzeln verkaufen. Es ist schade um den schönen Wagen, aber wie du meinst." Vor seinem geistigen Auge malt er sich bereits aus, wie er die Türen ausbaut und die Karosserie mit dem Schneidbrenner zerlegt. „Warum soll das Auto zerlegt werden, ist damit was faul?" Doch als er in das finstere Gesicht seines Bekannten sieht, hebt er abwehrend die Hände. „Schon gut, ich frag auch nicht weiter."

Frank fährt mit dem Zug zurück bis nach Cadenberge, den Rest der Strecke lässt er sich mit dem Taxi bringen.

Ludwig Petersen hat Feierabend, es ist etwas nach 16:00 Uhr. Er sieht aus dem Fenster, es regnet immer noch. Mist, denkt er, dann muss er sich seine Regenjacke überziehen. Er trägt sie nicht gern, er fühlt sich dann so unbeholfen. Er setzt den schwarzen Helm auf und startet seinen Roller. Sein Weg wird ihn direkt nach Hause führen. Das ist die alte Jugendstilvilla, dort wohnt er nun seit zwei Jahren und möchte es nicht mehr missen. Er muss sich um nichts sorgen, sein Freund Frank kümmert sich um alles. Er stellt die Wohnung, beschafft das Essen, sorgt für alles, was Ludwig braucht, und besorgt ihm oft seine Lieblingsvideos. Alle paar Tage darf er sich in sein wahres Ich, den Herrn der Hölle verwandeln. Dann hat er was zu sagen, Frank hofiert ihn und wird zum Asmodi, zu seinem Helfer. Das Einzige, was er dazu tun muss, ist, in diesem dicken Buch die Leute zu kennzeichnen, die demnächst vom Leben zum Tod übergehen werden. Das ist eine leichte Arbeit, für ihn als Luzifer ist das selbstverständlich.

Der Roller springt sofort an, er schiebt ihn vorwärts, der Ständer klappt nach oben und schlägt mit einem dumpfen Ton gegen den Gummidämpfer am Bodenblech. Er fährt hinaus auf den Hof, der Regen prasselt gegen das Visier, läuft die Jacke hinunter auf die Hose. Die ist nicht wasserdicht, bis er zu Hause ist, wird sie klitschnass sein. Er gibt Gas, die automatische Kupplung zieht an, langsam fährt er auf die Hauptstraße zu. Er wartet einen Moment, um sich in den Verkehr einzufädeln zu können. Die Sicht durch das Visier ist schlecht, von außen laufen Tropfen am Visier herunter, von innen ist es von seinem Atem beschlagen. Plötzlich taucht ein Auto im Randbereich seines Visiers auf, der Fahrer bremst, doch auf dem nassen Asphalt kommt der Wagen ins Rutschen. Er schliddert auf den Roller zu und trifft ihn genau in der Mitte. Das Gefährt stürzt zu Boden und fällt auf Ludwigs rechtes Bein.

Er liegt auf dem Boden, für einen Moment ist er ohne Besinnung. Jetzt laufen einige Leute um ihn herum, zwei haben seinen Roller aufgestellt und auf den Bürgersteig geschoben. Der Unfall bedeutet sicher das Ende für das alte Gefährt.

Blaulicht spiegelt sich zuckend in den Scheiben der anliegenden Häuser wider, der Rettungswagen trifft ein. Ludwig Petersen wird auf einer Trage in den Krankenwagen geschoben und zum Krankenhaus gefahren, zwei Angestellte des Autohauses kümmern sich um den zerstörten Roller.

Um halb fünf trifft Frank Torborg mit einem Taxi vor seinem Wohn- und Bürogebäude ein.

„Das hat aber lange gedauert, gab es Schwierigkeiten?", fragt ihn seine Partnerin.

„Nein, es lief alles glatt, es dauert einfach so lange. Was ist mit Ludwig, er müsste doch inzwischen hier sein? Er sieht zum wiederholten Mal auf die Uhr.

Frank und Julia sitzen in seinem Büro in dem reetgedeckten Haus, und sehen hinaus in den Regen. „Wo bleibt er bloß? Er ist doch sonst die Pünktlichkeit in Person." Das stimmt, Ludwigs autistischer Charakter lässt keine Toleranz zu, normalerweise folgt sein Tagesablauf streng immer demselben Muster. Abweichungen werden nicht zugelassen, sie sind das Schlimmste, was ihm passieren kann. Das weiß Frank Torborg natürlich, umso mehr macht er sich Gedanken um sein Medium.

„Hast du schon nach unserer Gefangenen gesehen? Die dürfte doch inzwischen aus ihrer Ohnmacht erwacht sein."

Julia Köster sieht genervt auf die Uhr. „Ja, ich mach das schon. Was soll ich denn da unten? Dieser schreckliche Raum ist doch zum Fürchten. Aber gut, ich seh mal nach."

Christine ist aus ihrer Ohnmacht erwacht. Ihr Kopf schmerzt, unwillkürlich will sie sich die Augen reiben, doch eines ihrer Handgelenke ist mit einer Schelle an dem Bettgestell angeschlossen. Sie versucht sich zu sammeln. Was um Himmels willen ist ihr passiert? Sie ist eben bei der Sekretärin gewesen und hat den Cappuccino mit dem merkwürdigen Geschmack getrunken. Ihr ist übel, der

Kopf schmerzt. Es muss der Kaffee gewesen sein, aber was ist dann passiert? Nur keine Panik jetzt!

Ihr Verlies ist fast völlig dunkel, unter der Abdeckung eines Fensters dringt etwas Licht herein, es genügt jedoch nicht, um Einzelheiten zu erkennen. Der Raum scheint leer zu sein, leer bis auf das Bett, auf dem sie angekettet ist. Jetzt hört sie Schritte. Ein Schlüssel knirscht im Schloss, dann wird die Tür geöffnet. In der Türöffnung steht eine Frau, die jetzt einen Schalter an der Wand dreht. Blasses Licht ergießt sich in den Kellerraum und beleuchtet ein tristes Szenario. Der Raum ist schmutzig, in einer Ecke liegt zusammengekehrter Dreck. Die Wände sind vor vielen Jahren weiß gewesen, inzwischen ist die Farbe zum Teil abgeblättert und enthüllt graue und rote Steine. An einigen Stellen blüht Mauersalpeter, gelb-graue Ablagerungen sickern dort aus den Fugen.

Jetzt erkennt Christine Hansen die Frau, es ist die Sekretärin, bei der sie zuletzt den Cappuccino getrunken hat. „Warum bin ich hier? Was haben Sie mit mir vor?", stößt sie hervor. Sie hat nicht die Spur einer Erklärung für ihre jetzige Lage. Sie zerbricht sich ihren Kopf, doch die ganze Situation ergibt gar keinen Sinn für sie.

„Wie geht es dir?", kühl und sachlich wird die Frage gestellt.

„Der Kopf schmerzt, viel wichtiger: Was soll das hier? Warum halten Sie mich gefangen?", sie schreit die Frage hinaus.

„Das spielt keine Rolle. Nur so viel: Du sollst bei einem Experiment helfen." Sie zeigt auf den Eimer. „Für dein Geschäft ist der hier, das muss genügen. Nachher bringe ich etwas zu essen."

Ein letzter Kontrollblick, das Licht wird ausgeschaltet, dann geht sie wieder. Der Schlüssel kratzt im Schloss, Christine bleibt verzweifelt in fast völliger Dunkelheit zurück. Was hat man mit ihr vor? Ist es vielleicht eine Entführung? Nein, das wäre Unsinn gewesen, niemand in ihrer Umgebung besitzt nennenswertes Vermögen. Warum hat Frau Köster ihr Gesicht nicht verhüllt? Spielt es keine Rolle, dass sie von ihr erkannt worden ist? Ist es vielleicht deshalb unwichtig, weil sie ohnehin sterben soll? Eiskalte Furcht bemächtigt sich ihrer. Ihre Gedanken spielen verrückt, sie muss sich zur Ruhe zwingen und ihren Verstand in vernünftige Bahnen lenken. Wahrscheinlich war etwas im Kaffee, aber warum? Was kann man gerade von ihr wollen? Sie hat doch keine Feinde. Oder doch? Hat sie mit ihren Fragen etwas aufgedeckt? Gibt es hier Verbrecher, denen sie, ohne es zu wissen, die Tour vermasselt hat? Warum hat man sie in dem Fall nicht gleich umgebracht? Das ergibt doch alles keinen Sinn!

Wird man sie hier finden? Mit Schrecken fällt ihr auf, dass sie keine Nachricht oder eine Notiz hinterlassen hat, sie wollte die Nachforschung nach diesem Sebastian Staffeldt erst einmal privat durchführen, bis sie brauchbare Beweise gehabt hätte. Hat das Verschwinden dieses Mannes vielleicht mit ihrer jetzigen Lage zu tun? Ist dieser Staffeldt Opfer eines Verbrechens geworden und sie war dabei, es aufzudecken? Nein, nein, das ist auch Quatsch. Warum sollte man sie dann am Leben lassen und sich der Gefahr aussetzen, dass sie sich befreien könnte?

Befreien? Könnte sie sich vielleicht befreien? Sie ertastet die Handschelle. Sie ist so stabil, wie sie befürchtet hat, sie ähnelt den Modellen, die sie selbst schon vielfach verwendet hat. Kühl und hart klammert sich der stählerne Bügel um ihr Handgelenk. Vorläufig hat sie nicht die Spur einer Chance, sie muss darauf warten, bis sich eine Gelegenheit zur Befreiung bietet.

Julia kommt in das Büro- und Wohnhaus zurück. „Sie ist wach. Was machen wir jetzt mit ihr?"

„Gute Frage. Das hängt davon ab, wann Ludwig endlich nach Hause kommt. Wo steckt der Kerl bloß? Das passt gar nicht zu ihm." Er sieht auf die Uhr. „Es ist kurz nach fünf, ich werde in seiner Firma anrufen, hoffentlich erreiche ich dort noch jemanden."

Er erwischt den Meister im Büro. Der ist schon auf dem Weg nach draußen gewesen, und ist nur wegen des klingelnden Telefons umgekehrt. „Autohaus Assel, Böttcher am Apparat."

„Hallo, Herr Böttcher, hier spricht Torborg. Wissen Sie, wo Ludwig Petersen steckt? Er ist bisher nicht nach Hause gekommen."

„Du meine Güte Herr Torborg, hat man Sie nicht informiert? Es gab hier vor einer Stunde einen Verkehrsunfall, bei dem Ludwig verletzt wurde. Er wurde zum Röntgen und zur weiteren Behandlung ins Krankenhaus Stade gebracht."

„Oh! Ist es sehr schlimm?"

„Das kann ich nicht sagen. Ludwig lebt auf jeden Fall, sein Roller ist allerdings Schrott."

„Wie schrecklich! Ich werde mich mit dem Krankenhaus in Verbindung setzen, haben Sie vielen Dank.“

Ein Anruf im Krankenhaus bringt keine neuen Erkenntnisse. „Kommen Sie morgen zur Station und sprechen Sie mit dem Arzt“, wird ihm kurz angebunden mitgeteilt. Er ist kein Verwandter, dann sind die Informationen, die er erwarten kann, nur spärlich.

„Ludwig liegt im Krankenhaus, morgen erfahren wir mehr“, informiert er Julia, die sein Gespräch verfolgt hat.

„Das ist wie verhext! Was machen wir denn jetzt mit der Kommissarin im Keller?“

„Gute Frage.“ Frank steht auf und wandert nervös im Zimmer auf und ab. „Wir können sie weder freilassen noch töten, wir brauchen sie lebend. Hoffentlich kommt Ludwig bald zurück, wir können sie hier nicht ewig festhalten.“ Er blickt Julia bestürzt an. „Falls sie hinterlassen hat, wohin sie gefahren ist, könnten wir bald Besuch bekommen.“ Er springt auf. „Gibt es hier irgendetwas, was sie liegengelassen hat? Hängt vielleicht noch etwas an der Garderobe? Ein Regenschirm?“

„Nein, sie hat keine Jacke angehabt, sie hat einen Regenschirm mitgebracht, hier ist lediglich ihre Tasche mit dem Notebook.“ Sie hebt die Tasche hoch, die sie seit der Gefangennahme der Kommissarin im Auge hat. „Aus dem Handy habe ich die SIM-Karte herausgenommen, so wie du gesagt hast. Außerdem ist da die Dienstpistole, ein Notebook, eine Brieftasche, ein Portemonnaie und ein Schminktäschchen.“

„Wir müssen die Sachen verstecken, falls einer ihrer Kollegen hier auftaucht und nach ihr sucht. Die verstehen gar keinen Spaß, wenn einer ihrer Leute nicht aufzufinden ist. Gib mir die Tasche und den Regenschirm, ich werde sie verschwinden lassen." Er nimmt die Teile und eilt nach draußen. Der Regen hat nachgelassen, es tropft von den Bäumen. Er geht rasch zu der Villa hinüber und steigt in den Keller hinab. Frank schließt die Kellertür auf und geht in den feuchten Flur hinein, seine Schritte hallen von den Wänden zurück. Er lauscht nach hinten, dort, wo sie ihre Gefangene festhalten, aber es ist nichts zu hören. Jetzt steht er vor der verschlossenen Tür, die zu dem Raum mit der Gefriertruhe führt. Er öffnet das Schloss und tritt ein. Der Raum ist bis auf die Truhe leer. Er hebt deren Deckel an, im Schatten ist die Folie zu erkennen, die die Leiche umgibt. Er legt die Tasche der Kommissarin und den Schirm dazu und schließt den Deckel sofort wieder. Der Tote berührt ihn nicht weiter, er will nur vermeiden, dass dessen Anblick seine Erinnerung an den Mord wieder aufleben lässt. Die Tasche ist hier gut aufgehoben, denn wenn man den Toten finden sollte, wollte er lange über alle Berge sein. Dann spielt die Tasche keine Rolle mehr, die Kommissarin wird dann schon lange als Engel in den Himmel aufgestiegen sein. Frank muss bei der Vorstellung daran unwillkürlich grinsen.

Wie lange wird er hier ungestört seinen Geschäften nachgehen können? Im Moment geht viel schief, das ist fast wie ein böses Omen. Er dachte an ein weiteres Jahr, aber vielleicht sollte er früher umziehen? Er wollte eigentlich auf die Bahamas, vielleicht tut es ein vorläufiger

Standort irgendwo im Ausland auch. Was macht er mit Ludwig? Der wird keinen Umzug durchstehen, dessen kranke Psyche ist an immer gleiche Routinen gebunden. Es war schwer genug, ihn an diese Umgebung zu gewöhnen, ein neuerlicher Umzug, noch dazu ins Ausland, würde er nicht ertragen. Er würde ihn also hier zurücklassen müssen. Falls Ludwig später einmal zu den Erpressungen befragt werden sollte, würde der keinen einzigen glaubwürdigen Hinweis liefern. Sobald er anfangen würde, vom Reich der Finsternis, Luzifer und Asmodi zu erzählen, würde er unverzüglich in die Psychiatrie eingeliefert werden.

Er grinst böse vor sich hin, als er die Kellertüren verschließt. Ja, das soll ihm erst mal jemand nachmachen, niemand wird ihn erwischen, bisher läuft alles wie am Schnürchen. Er hält inne, die Sache mit dem Unfall war natürlich nicht vorgesehen, aber sobald Ludwig wieder hier ist und als Luzifer die Kommissarin im Funkenregen und Donnerhall hat sterben sehen, wird es so reibungslos weiterlaufen, wie bisher.

Gut, was soll's, vielleicht noch ein halbes Jahr. Sein Vermögen ist auf weit über 100 Millionen Euro angewachsen, es könnten weitere 50 Millionen werden, dass genügt, um den Rest seines Lebens im Überfluss zu verbringen.

***

Dienstag, der 27. September, Feierabendzeit. Herr und Frau Hansen warten auf das Eintreffen ihrer Tochter. Sie ist schon überfällig, aber bei so einem sprunghaften

Betrieb wie dem der Polizei ist eine Verspätung immer möglich.

Als es später wird, es ist schon Zeit zum Abendessen, machen die Hansens sich langsam Sorgen. Ihre Tochter ist nicht vom Büro zurück.

„Wo mag sie bloß sein? Sie meldet sich in solchen Fällen doch immer", Frau Hansen ist sehr beunruhigt, das sieht ihrer Tochter gar nicht ähnlich, dass sie sich nicht meldet.

Ihr Mann erhebt sich und geht zum Telefon. „Wozu war ich bei der Polizei? Ich werde mal in der Wache anrufen." Er telefoniert mit dem Revierführer der Polizeiinspektion. „Ich bin Werner Hansen. Sagen Sie, ist meine Tochter vielleicht in ihrem Büro?" „So? Würden Sie bitte nochmals nachsehen? Ich warte auf Ihren Rückruf." Er legt den Hörer auf und blickt besorgt zu seiner Frau. „Sie hat ihr Büro heute Morgen verlassen, und ist seitdem nicht mehr gesehen worden. Ich habe den Kollegen gebeten, doch mal in ihrem Büro nachzusehen, ob sie nicht inzwischen zurückgekehrt ist."

Das Telefon klingelt, Frau Hansen springt hin, nimmt das Mobilteil von der Station und horcht hinein. „Ach! Sie ist nicht da? Das ist allerdings seltsam, vielen Dank für ihre Mühe." Sie stellt das Mobilteil ab. „Nein, sie ist immer noch nicht da, wo sie wohl stecken mag?"

Derweil hat Werner Hansen sein Handy in der Hand und versucht zum wiederholten Male, seine Tochter zu erreichen. Kopfschüttelnd legt er es beiseite. „Da ist wieder nur die Meldung, dass der Teilnehmer vorübergehend nicht zu erreichen ist."

„Was kann das denn sein, Werner?", fragt seine Frau voller Sorge.

„Das heißt gar nichts, vielleicht befindet sie sich lediglich in einem Funkloch."

„Aber doch nicht die ganze Zeit!"

„Nein, das ist schon seltsam. Vielleicht ist was mit dem Auto und sie wartet in der Werkstatt?"

Gabriele Hansen schüttelt den Kopf. „Du willst mich nur beruhigen. Du weißt genau, dass sie sich auf jeden Fall bei uns gemeldet hätte. Da ist was mit ihr, ich spüre das!"

Der alte Kommissar nickt. „Du hast recht, das ist nicht ihre Art, auf sie ist immer Verlass gewesen." Er greift zu seinem Handy. „Ich werde mal Alexander Finkel anrufen, vielleicht hat sie mit ihm Kontakt gehabt."

„Ich fürchte, die beiden haben sich im Streit getrennt, die sprechen wohl nicht mehr miteinander."

„Mag sein, ich werde es trotzdem versuchen."

Alexander Finkel meldet sich sofort. Doch auch er hat nichts von Christine gehört. Mit Wehmut denkt er an das letzte, lange zurückliegende Gespräch zurück. Ob sie sich je wieder so gut verstehen würden, wie zu Beginn? „Tut mir leid. Ich habe lange nichts von ihr gehört. Wenn ich ehrlich bin, war es zuletzt bei Ihnen. Warum wollen Sie das denn wissen?"

„Christine ist seit heute Morgen verschwunden, nun versuchen wir herauszufinden, wo sie sein mag. Wir haben gehofft, Sie wüssten etwas."

„Nein, tut mir leid. Ich hätte gerne geholfen. Soll ich nicht vielleicht kommen? Ich könnte Ihnen helfen."

„Ja, das wäre sicher nicht verkehrt. Wir würden uns freuen, Sie wiederzusehen", fügt der alte Kommissar hinzu.

„Ich werde sofort losfahren und zu Ihnen kommen. Ich bin jetzt in Süddeutschland und werde wohl entweder heute Abend oder morgen Vormittag bei Ihnen eintreffen."

Werner Hansen legt das Handy auf den Tisch und blickt seine Frau an. „Alexander will kommen, er kann aber wahrscheinlich nicht vor morgen hier sein."

„Das ist schön, er kann bestimmt helfen." Gabriele Hansen bemüht sich, nicht die Nerven zu verlieren und fragt in sachlichem Ton: „Kann man ihr Handy nicht orten?"

Ihr Mann schüttelt den Kopf. „Das funktioniert nur, wenn es auch Empfang hat. Befindet es sich in einem Funkloch, was ich immer noch annehme, dann ist das nicht möglich."

„Es gibt so viel Technik heutzutage, und ist es niemandem möglich, unsere Tochter ausfindig zu machen", schimpft seine Frau laut. Dann wieder leise: „Kann man denn gar nichts unternehmen?"

„Du glaubst gar nicht, wie sehr ich mir wünsche, jetzt irgendetwas tun zu können", antwortet er. „Ich kann die Bearbeitung der Vermisstenanzeige beschleunigen, nicht, dass die erst in drei Tagen damit beginnen."

Gabriele Hansen seufzt und schnäuzt in ihr Taschentuch. „Ja bitte, tu das. Das ist wenigstens etwas. Hoffentlich ist ihr nichts passiert und ihr Verschwinden klärt sich als ganz harmlos auf." Sie glaubt eigentlich nicht daran, ihr mütterlicher Instinkt sagt ihr, dass ihrer Tochter etwas passiert sein muss, sie versucht nur, die Hoffnung nicht zu verlieren.

***

Die Kommissarin liegt in dem finsteren, feuchten und kalten Raum und blickt in die Finsternis. Unzählige Male hat sie ihren Verstand bemüht, um eine Erklärung für ihre Situation zu finden. Bis jetzt tappt sie völlig im Dunkeln.

Vor der Tür ertönt das Geräusch von Schritten, ein Schlüssel wird eingesteckt und die Tür wird aufgeschlossen. Julia Köster erscheint mit einem Henkelmann. „Hier, etwas zu essen." Sie stellt den Behälter vor dem Bett auf den Boden. Aus der Gesäßtasche ihrer Hose zieht sie einen Löffel und legt ihn dazu.

Christine Hansen mustert das Gesicht der Frau und versucht, irgendeine menschliche Regungen zu erkennen. Sie kann nichts entdecken, keine Spur von Freundlichkeit, kein bisschen Wärme. Ein Frösteln läuft ihr den Rücken hinunter. „Können Sie bitte meinen Arm von der Handschelle befreien? Ich kann so nicht essen."

„Stell dich nicht so an, mit der freien Hand stellst du den Henkelmann auf das Bett, dann nimmst du den Löffel und isst mit der einen Hand, das geht schon!", setzt sie mit Eiseskälte in der Stimme hinzu.

Als sie sich zur Tür wendet, ruft ihr Christine Hansen hinterher. „Halt, warten Sie doch! Können Sie nicht wenigstens andeuten, was Sie mit mir vorhaben?"

Doch die Frau wendet nur kurz ihren Kopf nach hinten. „Das musst du nicht wissen, das ist besser für dich!" Brüsk wendet sie sich ab und schließt die Tür. Christine hört nur ihre Schritte verklingen, dann ist sie allein, alleine mit dem Bett, dem Eimer mit ihren Fäkalien und dem Henkelmann mit einer immerhin nicht schlecht duftenden Suppe. Sie stellt den Behälter neben sich auf das Bett, nimmt den Löffel und beginnt lustlos die Suppe zu essen. Sie schmeckt recht gut, ist jedoch sehr salzig. Es ist wohl eine aufgewärmte, gekaufte Suppe, die sind meist stark gesalzen. Sie wird um etwas zu trinken bitten müssen.

Am nächsten Vormittag betritt Frank Torborg die Station für Chirurgie des Krankenhauses in Stade. Die Stationsschwester weist ihm den Weg.

Ludwig Petersen liegt im Bett, sein Gesicht ist ebenso weiß wie die Decke. „Hallo, Ludwig", begrüßt ihn sein Gönner. „Wie geht es dir?"

Ludwig wirkt verstört, er fühlt sich hier nicht wohl. Der fremde Ort und die unbekannten Menschen sind ihm noch unangenehmer als das gebrochene Bein. „Es geht", flüstert er. Dann sieht er seinen Besucher an. „Ich will nach Hause", seine Stimme klingt flehentlich, er hat Angst.

Frank Torborg drückt ihm beruhigend den Arm. „Das wird schon, höchstens ein paar Tage." Der offensichtliche Kummer seines Mediums sorgt ihn nicht, aber er braucht ihn, um endlich die Kommissarin sterben zu lassen, damit er seine Geschäfte wieder aufnehmen kann. Kein Ludwig – kein Geld. „Ich spreche mit den Ärzten, die lassen dich sicher bald nach Hause." Er erhebt sich, winkt dem Kranken zu und verlässt das Zimmer. Er hat erfahren, was er wollte. Ludwig wird bald wieder der Alte sein, das genügt ihm. Er sucht den Stationsarzt auf, einen jungen Mann Anfang dreißig, der sich mit Doktor Gehrken vorstellt.

„Es ist ein glatter Bruch des Oberschenkelknochens, den wir geklammert haben. Spätestens in drei Tagen werden wir ihn entlassen", erfährt Herr Torborg von dem Arzt. Der nähert sich ihm nun und spricht mit leiser Stimme weiter. „Ist Ihnen aufgefallen, dass Herr Petersen schwer autistisch ist? Sie sollten mit ihm einen Psychotherapeuten aufsuchen."

„Ich weiß, was Herrn Petersen fehlt, Doktor Gehrken, er ist schon seit Langem in Behandlung."

Damit gibt sich der Arzt zufrieden und verspricht, Ludwigs Entlassung zu beschleunigen, weil er sich auf der Station ‚doch sehr unwohl' fühlt. Wahrscheinlich hat Ludwig mit seinem Verhalten einige Schwestern verschreckt und man ist froh, wenn er bald entlassen wird.

Frank Torborg hat nicht mal gelogen, Ludwig war tatsächlich eine Weile in Behandlung, er hat aber keine Therapie zu Ende gebracht. Egal. Hauptsache, Ludwig kann bald wieder den Tod eines Menschen vorausahnen, alles andere ist Frank gleichgültig. Sollen doch andere sehen, wie sie mit ihm klarkommen. „Vielen Dank, Herr Doktor."

Der Arzt nickt und wendet sich zu einer Patientin, die ebenfalls seine Aufmerksamkeit sucht. Für ihn ist der Fall damit abgeschlossen.

Zähneknirschend fährt Frank Torborg wieder zurück. Wenn Ludwig nicht bald wieder nach Hause kommt, sieht Frank schwarz. Die Kommissarin kann er nicht ewig festhalten, eines Tages stößt die Polizei bei der Suche nach ihrer vermissten Kommissarin auf ihn, so dämlich sind die auch wieder nicht. Sie werden jeden Ort, an dem sie in den letzten Tagen war, aufs Korn nehmen. In etwa drei Tagen soll Ludwig entlassen werden, er würde dann lediglich einen Gips am linken Bein haben, das wird ihn hoffentlich nicht daran hindern, sich in den Teufel zu verwandeln. Was macht er anschließend mit der Leiche der Kommissarin? In der Gefriertruhe ist für eine weitere Person kein Platz mehr. Könnte er den Kellerboden aufstemmen und sie darunter vergraben? Und den Staffeldt gleich mit? Oder geht es ganz anders? Vielleicht kann er die Leichen unter den Boden eines frisch ausgehobenen Grabes auf dem Friedhof in Drochtersen vergraben? Nüchtern und gefühllos wägt er die Vor- und Nachteile verschiedener Entsorgungsmöglichkeiten gegeneinander ab.

Er trifft Julia in der Küche der Villa, sie hat gerade das Tablett mit den Resten des Frühstücks aus dem Verlies ihrer Gefangenen geholt. „Das nächste Mal machst du das. Heute Morgen habe ich die Wahl gehabt, sie zu füttern oder die Handschelle aufzuschließen. Ich hab' sie dann ohne essen lassen, aber vorher deine Waffe geholt und sie die ganze Zeit damit bewacht. Für dich ist das einfacher, an dir kommt sie auch ohne Pistole nicht vorbei."

„Ja, ist ja gut. Hat sie denn was gegessen?"

„Nein, so gut wie gar nichts. Vielleicht sollten wir sie bis zur Hinrichtung hungern lassen. Das hätte den Vorteil, dass sie sich kaum wehren kann, weil sie dann sehr schwach sein dürfte."

Frank Torborg mustert seine Gefährtin skeptisch. Sie scheint ihm noch skrupelloser zu sein, als er selbst. „Du magst recht haben, aber ganz so unmenschlich sollten wir nicht sein. Da haben es Tiere besser, außerdem soll sie gut aussehen, es gibt keine entkräfteten Engel. Die sind strahlend und kerngesund."

„Na, gut. Du bist der Boss. Du kennst auch Ludwig besser. Aber dann musst du das machen und ihr das Essen bringen."

Es ist Mittwoch, der 28. September. Kurz nach Mittag trifft Alexander Finkel mit seinem edlen Mobil bei dem Haus der Hansens ein. Von Christine gibt es immer noch kein Lebenszeichen. Freundlich wird er von dem alten Ehepaar begrüßt, der Kommissar a. D. drückt ihm fest die Hand, seine Frau nimmt ihn in den Arm. Sie sieht nicht gut aus, die Sorge der letzten beiden Tage hat Spuren hinterlassen, ihre Augen sind verweint und gerötet.

„Wir haben seit gestern Abend nichts mehr von Christine gehört,", erklärt Werner Hansen.

„Was halten Sie davon, wenn wir jetzt in ihr Büro gehen und versuchen, eine Notiz oder so etwas zu finden?", schlägt Alexander vor.

„Ja, sehr gute Idee! Wir machen das, endlich passiert etwas", er ist sofort Feuer und Flamme.

Alexander muss ein wenig mit seinem Wohnmobil rangieren, damit Kommissar a. D. Hansen sein Auto auf die Straße fahren kann, doch dann sitzen sie endlich im

Wagen. In wenigen Minuten haben sie die Polizeiinspektion in der Teichstraße erreicht, sie steigen aus und betreten die Wache im Erdgeschoss.

„Hallo, Werner, was führt dich denn hierher?" Der Wachhabende ist ein früherer Kollege von ihm.

„Guten Tag, Richard. Es geht immer noch um meine Tochter, wir haben seit gestern Morgen kein Lebenszeichen von ihr erhalten. Ich hoffe, dass wir vielleicht in ihrem Büro einen Hinweis finden, wie eine Notiz im Kalender oder einen Zettel."

„Ihr habt immer noch nichts gehört? Wo ist die Deern denn bloß, verdammt! Sucht man in ihrem Büro, ich wünsche dir viel Glück." Er mustert Alexander, der hinter dem alten Kommissar steht. „Wen hast du denn da mitgebracht? Ich darf von Rechts wegen nicht mal dich hineinlassen, nur, weil ich dich kenne, aber einen Fremden?"

„Oh, entschuldige, ich vergaß den Bekannten meiner Tochter vorzustellen. Er ist wie ich ein Polizist im Ruhestand." Er sieht Alexander an. „Sie haben nie Ihren Dienstgrad erwähnt, vielleicht hilft es, wenn Sie ihn jetzt angeben."

Der Schriftsteller und ehemalige Beamte der Antiterroreinheit nickt. „Ich habe die Spezialeinheit des Bundesgrenzschutzes als Erster Polizeihauptkommissar vor acht Jahren verlassen."

„Spezialeinheit? Sagen Sie bloß, Sie waren bei der GSG 9?" Polizeimeister Bischof blickt seinen Besucher erstaunt an.

Der grinst. „Ja, das ist richtig. Ich denke, dass Sie uns beide in das Büro von Kriminalhauptkommissarin Hansen lassen können. Sie könnten einen Kollegen mitschicken, damit Sie sich später nichts vorzuwerfen brauchen."

Doch der Polizist winkt ab und geht zu einem Schlüsselschrank. „Ich habe so schon nicht genügend Leute. Hier bitte, der Schlüssel für das Büro. Melden Sie sich bitte ab, bevor sie das Gebäude verlassen."

„Danke, Richard. Du hast was gut bei mir." Doch der ist bereits von jemand anderem abgelenkt, so betreten die beiden Männer das Treppenhaus und steigen in den ersten Stock.

Das Büro der Hauptkommissarin befindet sich am Ende des Flures, es ist aufgeräumt, auf dem Schreibtisch steht das Bild eines jungen Mannes.

„Das ist unser Enkel Tom", erklärt Werner seinem Gast.

Alexander schmunzelt, ja, das kann man sehen. Die blonden Haare und die blauen Augen hat er von seiner Mutter, die wiederum hat beides von ihrem Vater geerbt. Der mustert derweil mit geübtem Blick ihren Schreibtisch. Es klemmen ein paar Zettel unter der Schreibunterlage, die er überfliegt. „Das ist ein Nachteil der modernen Medien, dass man viel weniger aufschreibt. Hier ist kein Kalender, in den man hineinsehen könnte", schimpft er.

„Könnte es vielleicht sein, dass die Kalender auf dem Notebook und Handy sich mit einer Version auf ihrem Desktop-PC synchronisieren? Dann könnte man sehen, was sie zuletzt eingetragen hat", schlägt Alexander vor.

„He, sehr gute Idee. Dann aber sofort, bevor Feierabend ist. Danach würde es kompliziert werden." Er blickt auf seine Armbanduhr. „Wir brauchen dazu ihr Passwort und die Genehmigung von ihrem Chef, das schaffen wir heute noch."

Eine Stunde später stehen Alexander Finkel und Werner Hansen wieder in dem Büro der Kriminalkommissarin. Der Kriminalrat ist für einen Moment dazu gekommen. Vor dem PC sitzt der IT-Spezialist der Polizeiinspektion, er und alle anderen blicken zum Bildschirm.

Jetzt öffnet sich das Kalenderprogramm, der Computerfachmann sucht Dienstag, den 27. September hervor. „Sehen Sie hier, viel ist es nicht, versuchen Sie Ihr Glück."

Kriminalrat Gundermann dreht sich zu den Besuchern. „Haben Sie keine Hemmungen, weitere Hilfe anzufordern. Unsere Kollegin fehlt zwar erst seit gestern, ich kann ihre Sorge jedoch gut verstehen. Spätestens morgen werde ich der deutschlandweiten Suche zustimmen. Bis dahin wünsche ich Ihnen viel Glück."

Alexander und der Vater der Vermissten blicken auf den Bildschirm. »JK« ist dort für 9:00 Uhr eingetragen. „Ist das alles, ist vielleicht ein Text dahinter? Oder ein Link?"

Der Fachmann schüttelt den Kopf. „Tut mir leid, es ist nur der Termin." Er rollt den Stuhl nach hinten. „Kann ich Ihnen sonst noch helfen? Ich würde andernfalls den Computer wieder ausschalten."

Die beiden Kommissare im Ruhestand sehen sich an. „Können Sie im Computer nach dem Kürzel JK suchen? So nützt uns diese Information wenig."

„Gut, das geht. Ich muss nur ein Programm starten, dass den Inhalt der Dateien liest, das dauert ein paar Minuten."

Auch danach sind sie nicht klüger, JK wurde nicht gefunden. „Ich befürchte, dass Frau Hansen diese Notizen nur auf ihrem Notebook gespeichert hat", vermutet der Spezialist.

„Ja, und genau dieses Notebook hat sie wahrscheinlich bei sich", fügt Alexander Finkel bedrückt hinzu.

„Haben Sie vielen Dank, wir werden ihre Mitarbeiter befragen, vielleicht fällt denen etwas ein." Werner Hansen blickt seinen Mitstreiter an. „Lassen Sie uns sofort anfangen, wir haben keine Zeit zu verlieren.

Werner Hansen und Alexander Finkel befragen die direkten Mitarbeiter von Christine. Kriminalkommissar Kramer und Kriminaloberkommissar Hölting teilen sich ein Büro.

„Guten Tag, Herr Hansen", wird der von dem älteren Kommissar begrüßt. Herr Hölting kennt ihn von gelegentlichen Besuchen der Dienststelle nach dessen Pensionierung. „Ich habe schon gehört, dass Frau Hansen vermisst wird. Kann ich etwas tun?" Er gibt sich freundlich, in seinem Inneren gehen ihm jedoch zwei Dinge durch den Kopf. Zum einen vermutet er immer noch, dass der alte Kommissar seiner Tochter den Weg als ehemaliger Leiterin der Mordkommission geebnet hat, sodass sie seine Chefin werden konnte. Zum anderen würde er vielleicht doch noch den Posten des Leiters der Abteilung bekommen, wenn die Kommissarin für immer verschwunden bliebe. Er versucht, diesen Gedanken zu unterdrücken, er schwelt jedoch in einer dunklen Kammer seines Herzens weiter. Die Kommissarin hat sich ihm gegenüber allerdings immer fair verhalten. Widerstrebend muss er sich eingestehen, dass diese Frau, die die Titelseite eines Modemagazins zieren könnte, die Arbeit als Ermittlerin und Leiterin der Mordkommission sehr gut beherrscht. Schon nach wenigen Tagen hat sich gezeigt, dass ihre Ansätze in die richtige Richtung führen, erste Erfolge sind bereits abzusehen.

Die beiden Kommissare a. D. nehmen auf den angebotenen Stühlen Platz. „Können Sie uns sagen, woran meine Tochter in den letzten Tagen gearbeitet hat? In ihren Unterlagen findet sich das Kürzel JK. Es findet sich gestern in Verbindung mit einem Termin um 9:00 Uhr", erklärt Kommissar a. D. Werner Hansen.

„Hm", Oberkommissar Hölting legt die Stirn in Falten. „Der Fall, der mir sofort dazu einfällt, ist der ermordete Personalchef in Buxtehude." Er blickt seine Besucher an. „Ich werde gleich alle Protokolle durchsehen, ob jemand dabei ist, auf den das Kürzel passt."

„War da nicht etwas mit dem verschwundenen Geschäftsführer der Autovermietung aus Hamburg?", wirft der junge Kommissar Kramer ein. „Wie war doch der Name? Staffelburg oder so."

„Ja, richtig", erwidert Oberkommissar Hölting. „Das wollte Frau Hansen selbst bearbeiten. Sie wollte einer weiblichen Intuition nachgehen", fügt er mit einem herablassenden Ton hinzu.

Die beiden Kommissare blicken sich an. „Wir sollten uns aufteilen. Bis morgen die große Vermisstensuche startet, können wir schon mal anfangen. Ich bleibe mit Herrn Hölting wegen des Falles in Buxtehude in Kontakt, Sie kümmern sich um diesen Geschäftsführer aus Hamburg", schlägt Kriminalkommissar a. D. Hansen vor. „Können Sie meinem Bekannten ein paar Informationen geben? Er könnte dann schon anfangen," wendet er sich an Herrn Hölting.

Der sitzt jetzt vor seinem Bildschirm und sucht in der Datenbank der Vermisstenmeldungen herum. Er klickt mit der Maus und startet den Drucker. „Einen Moment bitte", er verlässt das Büro und kommt einen Moment später mit einem Ausdruck zurück. „Hier bitte, das ist die Vermisstenmeldung von Sebastian Staffeldt."

***

Die beiden Kommissare a. D. sind wieder zu Hause. Alexander Finkel hält den Ausdruck der Vermisstenmeldung in der Hand. Er dreht ihn hin und her. „Ich denke, ich werde schon mal anfangen, ich habe ohnehin nichts Besseres zu tun."

„Ja, das ist gut. Ich hoffe sehr, dass wir bald erfahren, wo sie steckt", äußert sich Gabriele Hansen, ihre Mutter. Ihre Augen sind rot gerändert, sie hat wohl wieder geweint.

„Ich helfe natürlich gerne, ich bin genauso daran interessiert sie wiederzufinden, wie ihr", erwidert Alexander.

„Ich werde mich ins Wohnmobil zurückziehen, dort habe ich mehr Ruhe."

Sein erster Anruf geht an die Autovermietung in Hamburg. „Unsere Kommissarin Hansen ist verschwunden, ich unterstütze die Polizei bei der Suche", erklärt er der Frau am Telefon. „Wissen Sie, ob es eine Verbindung zwischen ihrem verschwundenen Chef und Stade gibt?"

Einen Moment ist es still am anderen Ende, die Frau am anderen Ende überlegt offenbar. Doch dann fällt ihr etwas ein. „Der Eigentümer der Autovermietungen wohnt irgendwo hinter Stade. Mitunter ist Herr Staffeldt auch persönlich hingefahren." Eine kleine Pause entsteht, sie überlegt wieder. „Die Sekretärin dort hat hier mitunter angerufen, sie war auch ein paar Mal hier."

„Wissen Sie, wie die Sekretärin heißt?", fragt er, fast automatisch.

„Sicher. Julia Köster, sie arbeitet seit ein paar Monaten dort."

Alexander zuckt kurz bei der Nennung des Namens. „Ich danke Ihnen sehr, Sie haben mir wirklich geholfen." Julia Köster steht 100-prozentig für das Kürzel »JK« in Christines Kalender, da besteht für ihn gar kein Zweifel. Er springt auf, läuft die paar Meter zur Haustür und klingelt.

Werner Hansen öffnet ihm. „Haben Sie schon was entdeckt?", fragt der hoffnungsvoll.

„Ich habe den Namen hinter dem Kürzel »JK« finden können. Es steht ganz sicher für Julia Köster, sie ist Sekretärin einer Firma in Freiburg an der Elbe."

„Oh, das klingt gut! Endlich eine Spur. Kommen Sie rein! Ich kann mich erinnern, dass Christine kürzlich nach Freiburg fahren wollte und mit ihrem Wagen auf der Strecke liegen geblieben ist."

„Da haben Sie recht, das könnte uns weiterhelfen. Haben Sie noch etwas im Zusammenhang mit dem ermordeten Personalchef gefunden?"

Werner Hansen schüttelt den Kopf. „Nein. Das heißt doch: Es gibt einen Mitarbeiter in der Personalabteilung des Kaufhauses, der heißt Joachim Kleinert, J.K., aber der weiß von nichts, deshalb scheint mir *Ihr* Treffer wohl weiterzuführen. Wie sollten wir jetzt weiter vorgehen?"

„Ich wollte zu dieser Firma fahren und dort Nachforschungen anstellen, oder was meinen Sie?", entgegnet Alexander.

„Das halte ich für eine gute Idee. Soweit ich weiß, ist in Freiburg ein Stellplatz für Wohnmobile. Ich schlage vor, dass ich hier die Stellung halte und Sie fahren auf den Stellplatz. Ich will mich auch mehr um meine Frau kümmern, die ist nur noch ein Häufchen Elend."

„Gut, Herr Hansen. Ich fahre sofort los, ich will endlich wissen, was passiert ist. Trösten Sie Ihre Frau, wir werden sicher bald Erfolg haben. Kopf hoch, das wäre ja gelacht."

„Das ist nett, dass Sie das sagen. Mir ist auch schon ganz elend, weil wir nichts wissen."

„Mir geht es auch nicht anders, deshalb will ich jetzt los." Das ist nicht nur so dahingesagt, er macht sich große Sorgen um Christine. Niemals wäre sie fortgeblieben, ohne sich bei ihren Eltern zu melden. Er atmet schwer ein und aus, ihr Verschwinden hat ihm sehr auf das Gemüt geschlagen. Er winkt Werner Hansen kurz zu und geht zu seinem Wohnmobil.

In einer knappen halben Stunde hat Alexander Freiburg erreicht. Kurz vor dem Ortsschild sieht er auf der linken Seite das Schild zu Torborg Enterprises. Aha, dort ist also die Firma, bei der diese Julia Köster beschäftigt ist. Langsam fährt er weiter und folgt der Beschilderung zu dem Wohnmobilstellplatz, er befindet sich im Vordeichgebiet in der Nähe der Schützenhalle. Geübt stellt er sein Mobil ab und holt gleich sein Fahrrad aus der Heckgarage, damit er die Ortsbesichtigung bei Tageslicht durchführen kann. Sein Plan ist, später bei Dunkelheit das Gebäude näher zu untersuchen. Er könnte einfach anrufen und sich nach Christine erkundigen, die Frage ist, ob er die Wahrheit erfahren würde. Denn wenn hier irgendetwas faul ist, würde man ihm ohnehin nicht ehrlich antworten, das muss er selbst herausfinden. Außerdem würde er, falls ein Verbrechen vorliegt, die Täter mit seinem Anruf warnen und Christine in Lebensgefahr bringen. Alexander schüttelt den Kopf. Nein, er muss den Leuten heimlich auf den Zahn fühlen, das hat er schließlich gelernt.

***

Wie viele Tage Christine sich jetzt in diesem schrecklichen Raum befindet, kann sie nicht sagen. Es ist fast immer dunkel, die Zeiger ihrer Uhr kann sie gerade erkennen, sie hat die Übersicht darüber verloren, wie häufig sie über das Zifferblatt gelaufen sind. Es könnten zwei Tage sein, an den Mahlzeiten kann sie es auch nicht festmachen, die werden immer sehr unterschiedlich gebracht, je nach Lust und Laune ihrer Aufseher. Sie würde sich gerne waschen, aber ihre Frage danach wurde von ihrer Wärterin Julia Köster mit einem Grinsen beiseite gewischt. „Dir wird schon kein Zacken aus der Krone fallen, wenn du dich mal ein paar Tage nicht waschen kannst, Prinzessin."

Immer wieder quält sie die Frage nach dem Grund ihrer Gefangenschaft. Warum hält man sie hier fest? Immer wieder geht sie mögliche Szenarien durch. Will man jemanden um Lösegeld erpressen? Das ist völlig unsinnig, sie hat keinen einzigen vermögenden Verwandten. Ist es vielleicht eine Verwechslung, hält man sie für eine Millionenerbin? Nein, sie schüttelt unmerklich den Kopf. Im Falle einer Entführung hätte man ein Lebenszeichen von ihr angefertigt, eine Videoaufnahme oder ein Bild, beides hat nicht stattgefunden. Handelt es sich um Rache? Ist es einer der Kriminellen, die sie hinter Gitter gebracht hat? Ein entlassener Strafgefangener? Nein, das kann sie sich auch nicht vorstellen. Erstens ist sie hier weit entfernt von ihrer früheren Wirkungsstätte in Hannover, außerdem glaubt sie, unter den Kriminellen keinen echten Feind zu haben. In dem Fall hätte sich der Verbrecher auch bereits gezeigt, um sich an ihrem Erschrecken weiden zu können. Nein, es muss etwas anderes sein. Ein sexuelles Interesse glaubt sie auch ausschließen zu können. Dann wäre schon irgendetwas Perverses passiert, doch niemand hat bisher versucht, sich an ihr zu vergreifen. Was mag es nur sein? Sie liegt mit dem Rücken auf dem Bett, sieht an die dunkle Decke und ist kurz davor, zu verzweifeln.

Inzwischen haben sich ihre Augen an das dauernde Dämmerlicht im Raum gewöhnt, sie kann ein paar Einzelheiten erkennen. Bis auf das Bett und den bis hierher stinkenden Eimer für ihre Fäkalien, ist der Raum völlig leer. Es gibt ein hoch angebrachtes Kellerfenster, das von außen mit einer Holzplatte verschlossen ist. Während der Mahlzeiten schaltet Julia Köster stets die schwache Glühbirne an, Christine hat beim letzten Mal das blasse Licht genutzt, unauffällig einen Blick auf das Fenster zu werfen. Doch die Abdeckung sieht sehr stabil aus, lediglich an den Ritzen tritt etwas Licht herein. Es ist das einzige Licht, das sie hat, wenn Julia gegangen ist.

Der Kellerraum ist kalt, die Wände und der Boden fühlen sich feucht an. Sie meint, etwas über ihre Beine krabbeln zu fühlen und schlägt erschrocken mit der freien Hand danach. Es war wohl eine Spinne oder ein anderes Insekt.

Sie denkt an ihre Eltern, die werden sich große Sorgen machen. Ganz sicher sind sie bereits dabei, sie zu suchen. Wie könnten sie auf diesen Ort kommen? Steht ihr Auto noch auf dem Parkplatz? Wahrscheinlich nicht. Oder das Handy? Das ist eher unwahrscheinlich, es ist sicher zerstört worden, oder die Entführer haben die SIM-Karte entfernt.

Noch nie ist ihr oder einem Kollegen etwas Derartiges passiert. Sie war mal für eine Viertelstunde von einem Verbrecher als lebendes Schutzschild verwendet worden, solange, bis der Mann von einem Scharfschützen unschädlich gemacht worden war. Damals hat sie etwas

Angst verspürt, sie war sich jedoch sicher, dass jeden Moment Rettung kommen würde. Dagegen ist hier Hilfe nicht in Sicht, im Gegenteil - so hilflos und verzagt ist sie in ihrem ganzen Leben nicht gewesen.

Der Schlüssel kratzt im Schloss, sie hält den Atem an. Die Tür wird aufgestoßen, dann wird das Licht eingeschaltet. Es ist Frank Torborg, er bringt ihr einen Teller mit Essen. Er ist ihr trotz seines abstoßenden Äußeren lieber als diese Sekretärin, die so kaltherzig ist, wie sie es noch nie erlebt hat. Bisher hat sie kein Zeichen von Freundlichkeit oder Mitgefühl gezeigt. Er ist auch ein Verbrecher, sie jedoch den Eindruck, als wenn sie bei ihm eher eine Erleichterung ihrer Haftbedingungen erreichen könnte. Wortlos stellt er den Teller auf das Bett und legt Messer und Gabel dazu. Sie sieht zu dem unangenehmen Mann mit dem missgestalteten Gesicht hoch.

„Herr Torborg, was wollen Sie von mir? Sagen Sie doch etwas!" Mit weit aufgerissenen Augen sieht sie ihren Kerkermeister an.

Der schüttelt den Kopf. „Tut mir leid, es ist besser für Sie, wenn sie das nicht wissen." Er wendet sich wieder zur Tür, um den Raum zu verlassen.

„Bitte! Können Sie mir nicht wenigstens die Handschelle abnehmen, damit ich mich ein klein wenig bewegen kann? Messer und Gabel kann ich so auch nicht benutzen."

Frank Torborg mustert sie skeptisch.

„Bitte! Ich kann doch auch ohne Handschellen nicht ausbrechen. Sie würden mir einen riesengroßen Gefallen tun." Sie sieht ihn mit ihren blauen Augen an, die Verzweiflung ist nicht gespielt.

Der Mann mustert sie wieder eingehend, wird er ihr Flehen erhören? Er nickt, greift in seine Tasche und holt ein Schlüsselbund heraus. „Okay, Sie können hier drin wohl nichts anrichten." Er bückt sich zur Handschelle hinunter und öffnet sie mit einem kleinen Schlüssel. „Wir brauchen Sie unverletzt und so hübsch, wie vor ein paar Tagen." Er tritt vor die Tür und mustert sie finster. „Wenn Sie sitzen bleiben, bis ich fort bin, lasse ich die Fessel fort, sonst…"

Christine schüttelt den Kopf, bloß nicht wieder diese grässliche Handschelle!

„Gut, ich komme wieder." Er schließt die Tür hinter sich, dann hört sie den Schlüssel. Sie ist zwar ungern allein in diesem Kellerloch, aber diese beiden besitzen so eine unangenehme Aura, dass sie die Einsamkeit deren Gesellschaft vorzieht.

Christine reibt sich das geschwollene Handgelenk, ein roter Striemen schmerzt sehr, ein paar Blutstropfen sind ausgetreten. Was hat dieser Kerl gesagt? Sie brauchen sie hübsch und unverletzt? Was soll das denn? Soll sie für irgendwelche perversen Sexspiele als Opfer herhalten? Blödsinn, dann wäre längst etwas passiert. Die Bemerkung Torborgs muss einen anderen Grund haben. Vielleicht hat es auch gar keinen Grund und ist nur so dahin gesagt. Trotzdem, die Äußerung ist in ihren Kopf eingedrungen und beschäftigt sie.

Sie greift nach Messer und Gabel und isst lustlos. Es ist eine fettige Bratwurst mit Kartoffelmus, es schmeckt nach Nichts. Sie zwingt sich, davon zu essen, sie sollte auf keinen Fall entkräften. Vielleicht benötigt sie ihre Konstitution eines Tages für einen Fluchtversuch.

Mit Widerwillen hat sie den Teller geleert. Sie stellt ihn auf den Boden und legt das Besteck dazu. Trotz des kaum vorhandenen Geschmacks der kargen Mahlzeit fühlt sie sich besser, ihr Magen ist gefüllt. Sie streicht über ihr Handgelenk, es schmerzt immer noch, sie ist froh, die stählerne Fessel los zu sein.

Deutlich unternehmungslustiger als bisher versucht sie, die Dämmerung zu durchdringen. Endlich kann sie aufstehen, sie erhebt sich und geht zur Tür. Die erste Bewegung ist unangenehm, sie fühlt sich sehr steif, doch nach wenigen Schritten ist es besser. Ihr erster Weg führt sie zum Lichtschalter. Die Lampe leuchtet, das ist zwar nicht viel, aber besser als gar kein Licht. Sie drückt die Klinke hinunter und rüttelt daran - wie zu erwarten war, rührt sich die Tür keinen Millimeter. Sie bückt sich und versucht, bei dem schwachen Licht das Schloss zu untersuchen. Es scheint ein Buntbartschloss zu sein, das ist typisch für alte Türen. Sie braucht einen Dietrich, oder einen stabilen Draht, dann könnte sie es öffnen. Sie fühlt ihr Herz vor Aufregung klopfen. Sie sieht sich um, womit könnte sie sich einen Dietrich zurechtbiegen? Das Bett könnte etwas hergeben, sie hebt die Matratze an und fühlt nach der Aufhängung. Es ist ein Lattenrost aus Brettern, die auf einer Schiene des Gestells ruhen. So geht es nicht, sie muss es anders versuchen. Mühsam sucht sie jeden Zentimeter ihres Gefängnisses ab, doch der Raum ist abgesehen von abgefallenem Putz und Dreck völlig leer.

Doch dann hat sie einen Einfall. Ihr Bügel-BH könnte jetzt helfen! Sie öffnet ihre Bluse und fummelt an einem Körbchen herum, die eingenähte Stange hat sie schnell befreit. Mit nervösen Fingern biegt sie an dem steifen Draht herum, sie klemmt ihn in ein Loch vom Gestell des Bettes, damit sie ihn bearbeiten kann. Ein paar Minuten später hat sie ihn so verbogen, dass er einem Dietrich schon recht ähnlich ist. Mit klopfendem Herzen geht sie zur Tür und steckt den Draht in das Schloss. Hoffentlich ist er steif genug und verbiegt sich nicht. Es scheint zu klappen, viele Male muss sie sich zur Ruhe rufen und neu ansetzen, um das Innere des Schlosses zu erfühlen, doch dann – ganz vorsichtig schiebt sie den Riegel zurück. Sie steckt den Dietrich in ihre Hosentasche, greift nach dem Türgriff und drückt die Klinge vorsichtig herunter…. Ja! Sie bewegt sich! Vorsichtig, um ja kein Geräusch zu verursachen, zieht sie die Tür ganz langsam auf. Ein Flur kommt zum Vorschein, er wirkt wie ein dunkles Loch. Nach etwas Herumtasten hat sie den Lichtschalter gefunden, eine kümmerliche Funzel erhellt den Gang nur geringfügig. Die Wände sind stabil gemauert, die Decke ist niedrig. Drei Türen gibt es an den Seiten, eine am Ende des Ganges. Schnell hat sie die Tür erreicht, die hinauszuführen scheint. Eine vorsichtige Bewegung am Türgriff zeigt ihr, dass sie abgeschlossen ist. Christine entfährt ein leiser Fluch. An dieser Tür ist ein Sicherheitsschloss verbaut, da hat ihr Dietrich keine Chance. Mist - sie hat sich schon im Freien gesehen. Gut, zunächst wird sie die anderen Türen erkunden. Eine ist halb geöffnet, in dem dahinterliegenden Raum steht ein Gestell für Flaschen an der Wand.

Einige verstaubte Weinflaschen liegen darauf. Der Raum hat ein Fenster, es ist ebenso klein wie in ihrem Gefängnis und genauso hoch unter der Decke. Vor dem Fenster befindet sich ein kleiner, mit Unkraut zugewachsener Lichtschacht, der mit einem Gitter abgedeckt ist. Das sieht nicht nach einer Fluchtmöglichkeit aus, das Fenster ist zu hoch, das Gitter wirkt sehr kräftig.

Eine andere Tür ist zu, aber nicht abgeschlossen, der Raum ist leer. Die letzte Tür ist verschlossen, hier bemüht sie wieder ihren Dietrich. Vielleicht befindet sich in diesem Raum eine Außentreppe? Nach etwas Fummelei hat sie auch dieses Schloss geöffnet, doch ihre Hoffnung auf baldige Befreiung wird zunichtegemacht. Der Raum ist ebenso leer wie alle anderen - bis auf eine Gefriertruhe, die an einer Wand steht. Es ist ein großes Ding, fast zwei Meter lang, gut einen Meter hoch und ziemlich neu. Sie sollte sie unter das Fenster schieben, dann wäre eine Flucht vielleicht möglich.

Sie ruckt an der Truhe, um sie vorwärts zu bewegen. Sie ist jedoch ziemlich schwer und gibt kaum nach. Vielleicht sollte sie die Truhe entleeren, was geht es sie an, was mit dem Gefriergut passiert? Sie fasst den Griff und hebt den Deckel an. Es dauert einige Sekunden, bis das Bild ihren Verstand erreicht hat. Mit Mühe kann sie einen Schrei unterdrücken.

In der Truhe liegt eine Leiche, das Gesicht eines Mannes ist undeutlich durch die transparente Folie zu erkennen, in die er gewickelt ist. Oh Gott, in was für eine Sache ist sie hier hineingestolpert? Soll auch sie in einer Gefriertruhe enden? Warum ist sie in dem Fall noch am Leben?

Neben der Leiche liegen eine Handtasche und ein Schirm. Eine Handtasche!? Es ist ihre eigene, verblüfft nimmt sie die steifgefrorene Tasche heraus, schwer lässt sich der Verschluss öffnen. Sie erkennt im Dunkel ihr Notebook, verschiedene Utensilien und – ihre Waffe! Die könnte ihr jetzt einen Weg in die Freiheit bahnen, vorerst ist sie eiskalt, Luftfeuchtigkeit beschlägt auf dem Stahl, ihre Finger frieren an dem kalten Metall fest. Sie fischt sich den Dietrich aus ihrer Hosentasche, hängt die Waffe darüber und trägt ihn so in ihr Verlies, dort schiebt sie die Pistole unter die Decke. Sobald die wärmer geworden ist, muss sie prüfen, ob sich im Magazin Munition befindet.

Endlich sieht sie einen Ausweg aus ihrer schrecklichen Lage, sie malt sich schon einen möglichen Ablauf aus.

Nach einer gefühlt unendlich langen Zeit lässt sich die Pistole anfassen. Christine nimmt das Magazin heraus und blickt hinein. Es ist komplett mit Patronen gefüllt, so hat sie sie zuletzt in der Hand gehabt. Sehr schön, nun muss sie warten, dass jemand kommt. Am besten erscheint es ihr, in einem der leeren Kellerräume zu warten und den Eintretenden von hinten zu überraschen. Sie steckt die Waffe in den Bund ihrer Hose und verlässt ihr Verlies. Ein paar Schritte weiter hat sie den Raum mit der halb geöffneten Tür erreicht. Leise geht sie hinein und stellt sich hinter die Tür. Wie lange mag es dauern, bis jemand kommt? Kommt heute überhaupt noch jemand? Sie kann unmöglich die ganze Nacht hinter der Tür warten, selbst wenn sie sich an die Wand lehnt.

Während sie dort steht und sich ihren Gedanken hingibt, klappert es an der vorderen Kellertür. Christine richtet sich auf und zieht ihre Waffe. Es ist Julia Köster, die offenbar nach ihr sehen will, in der Hand hält sie eine Flasche Selterswasser. Sie geht an ihrer Tür vorbei auf den Raum zu, in dem sie ihre Gefangene wähnt. Die Kommissarin springt mit einem Satz in den Flur, hebt die Waffe und ruft: „Hände hoch! Geh vor mir her zu der Tür am Eingang. Mach schon!"

Sie dirigiert die verblüffte Frau vor sich her zum Ausgang. „Wie bist du an die Waffe gelangt?", quetscht Julia Köster heraus.

„Die Waffe war in meiner Handtasche, und die lag in der Gefriertruhe neben der Leiche. Und nun habe ich sie und werde nicht zögern, sie zu gebrauchen!"

„Eine Leiche? Was für eine Leiche?" Julia Köster ist entsetzt. Was geht hier vor, warum hat ihr Frank das nicht erzählt? Versucht er, sie zu hintergehen?

„Ich könnte mir vorstellen, dass es sich bei der Leiche um den verschwundenen Sebastian Staffeldt handelt", vermutet die Kommissarin. Wenn sie eins und eins zusammenzählt, ist das ein logischer Schluss.

Julia Kösters Schritt stockt kurz. Sebastian? Wie kann das angehen? Das kann - nein, das muss Frank gewesen sein, er hat wohl doch von ihrem Verhältnis mit dem Mann erfahren und hat seinen Nebenbuhler kurzerhand umgebracht.

Die beiden Frauen steigen die Kellertreppe nach oben. Die Kommissarin hat die Waffe auf die Frau gerichtet und sieht sich aufmerksam um, nicht, dass sie den Frank Torborg übersieht. Sie sucht nach einem Handy oder einem Telefon, damit sie Hilfe rufen kann. Die nächsten Schritte führen sie in die Küche, dann weiter in ein dunkles Treppenhaus. Christine schüttelt sich unbewusst. Was haben sich bloß die Erbauer dieses Hauses gedacht, so ein düsteres und unfreundliches Anwesen zu erschaffen?

Nach dem Treppenhaus folgt das Wohnzimmer. Es ist dort sehr finster, schwarze Tapeten schlucken nahezu alles Licht, das durch die dichten Gardinen hereindringt. Dort ist auch kein Telefon, es scheint in diesem Haus überhaupt kein Telefon zu geben! Schnell entschlossen wendet sie sich ab und geht zum Flur zurück, dabei dirigiert sie die Frau immer mit der Mündung ihrer Waffe. Den Mann, der aus dem finsteren Obergeschoss gekommen ist und nun vor der dunklen Tapete auf der Treppe steht, bemerkt sie nicht. Ein Schlag trifft sie am Kopf, dann sackt sie bewusstlos zu Boden.

„Wie konnte das denn passieren?" Misstrauisch sieht Frank Torborg seine Geliebte an. Zwischen ihnen liegt die Kommissarin am Boden, die Scherben einer Bodenvase sind auf dem Teppich verteilt. Pompesel und getrocknete Sonnenblumen sind dazwischen umher.

„Das fragst du? *Du* hast doch die Waffe in der Gefriertruhe versteckt!", schreit sie. „Wieso liegt der tote Sebastian dort? Hast du ihn etwa umgebracht?" Ihre Stimme überschlägt sich fast vor Zorn.

„Du bist wohl völlig unschuldig, oder? Warum fickst du diesen Kerl?" Seine Antwort ist nicht weniger wütend.

Sie sendet ihm einen bitterbösen Blick zu, das wird sie ihm heimzahlen, der wird sich noch wundern.

„Hilf mir lieber, die Kommissarin in den Keller zurückzuschaffen, wir müssen sehen, dass wir ihre Hinrichtung jetzt schleunigst zu Ende bringen." Er spürt, wie ihnen die Zeit davonläuft. Ein Glück, dass er gerade Ludwig aus dem Krankenhaus geholt hat. Der ist, auf Krücken gestützt und mit Torborgs Hilfe, die Treppen hoch und in sein finsteres Reich im Turmzimmer gehumpelt. Auf dem Weg nach unten hat Frank mit Entsetzen die Kommissarin bemerkt, die aus einem unklaren Grund an ihre Waffe gelangt ist und nun Julia in ihrer Gewalt gehabt hat.

Morgen, spätestens übermorgen, wenn Ludwig zu seinem Normalzustand zurückgefunden hat, wird endlich die Todeszeremonie stattfinden.

Der Vorhof zur Hölle

Alexander Finkel radelt vom Wohnmobilstellplatz die Landstraße in östlicher Richtung entlang. Er nähert sich auf dem Fahrradweg dem Grundstück der Firma Torborg Enterprises. Eine Wiese reicht bis an die Straße, in etwa einhundert Meter Entfernung führt die Zufahrt durch eine dichte Baumgruppe hindurch. Hinter den Bäumen steht, von Weitem nicht erkennbar, ein Haus. Ein Türmchen ist hinter den Wipfeln zu erkennen. Mehr ist von der Straße nicht zu sehen, er beschließt, bis an die Baumgruppe heranzufahren. Falls er angehalten werden sollte, würde er vorgeben, sich verfahren zu haben. Der Schotterweg überquert über eine kleine, gemauerte Brücke über einen Entwässerungsgraben, dahinter kann er durch die Baumlücken spähen. Rechter Hand steht eine alte Villa, deren Türmchen er von der Straße aus gesehen hat. Verblüfft mustert er das Gebäude. Es muss wohl aus der vorigen Jahrhundertwende stammen, so einen verschnörkelten Baustil hat man damals gern verwendet. Nur wenige Fenster sind mit Gardinen versehen, das ganze Haus erweckt einen unbewohnten, beunruhigenden Eindruck. Vor der düsteren Villa wächst Rasen, der von Blumenrabatten umgeben ist. Auf der anderen Seite des Rasens befindet sich ein reetgedecktes Fachwerkhaus. Es ist recht groß, in früheren Zeiten mag es der Pferdestall und die Remise für mindestens eine Kutsche gewesen sein. Nun scheint es als Büro und eventuell als Wohnhaus genutzt zu werden. Neben der Tür, die der Haupteingang zu sein scheint, steht das Firmenschild, dunkelblau mit gelber Beschriftung. Auf dem Parkplatz davor stehen zwei Autos - ein SUV von Ford und ein kleiner Sportwagen. Von Christines silbernem Wagen ist nichts zu sehen. Das muss nichts bedeuten, beruhigt er sich, vielleicht ist ihr Wagen hinter dem Haus oder drinnen, groß genug ist es, eine garagenähnliche Tür ist vorhanden. Dort wird er nachher, nach Einbruch der Dunkelheit, seine Suche beginnen.

Er wendet sein Fahrrad und sieht zu der Jugendstilvilla hinüber. Wohnt dort wirklich niemand? Das Fenster des Turmzimmers ist mit einem schwarzen Vorhang versehen. Jetzt erscheint eine Hand, fasst die Gardine und zieht sie auf. Aha! Es ist also doch Leben in der Gespenstervilla, er sollte sie genauso untersuchen, wie das Strohdachhaus. Er fixiert jedes Detail in seinem Gedächtnis, das wird ihm nachher, in der Dunkelheit, von Nutzen sein. Jetzt nur weg, bevor jemand auf ihn aufmerksam wird. Er tritt in die Pedale und macht sich auf den Weg zum Wohnmobilplatz.

In seinem Mobil angekommen, fertigt er eine Skizze des Geländes aus dem Gedächtnis an, das hilft ihm, die Einzelheiten besser zu behalten. Auf dem Gasherd in seiner kleinen Küche wärmt er sich ein Fertiggericht auf, für eine längere Kocherei hat er nicht die Ruhe, alle seine Gedanken kreisen um Christine. Wird sie hier festgehalten? Ist er hier überhaupt richtig? Bisher hat er keinerlei Hinweise darauf erhalten, dass sie hier sein könnte. Es ist lediglich eine Anmerkung in ihrem Kalender, allerdings ist es die letzte Notiz von ihr, die sie finden konnten. Er muss also zuerst hier nachforschen. Falls er nicht fündig werden sollte, müssen weitere Schritte geplant werden. Aber welche? Er spürt eine merkwürdige Kälte und versucht, sie durch pragmatische Überlegungen zu vertreiben. Wenn man nur genau genug sucht, findet man am Ende immer irgendetwas. Vielleicht wird sie tot gefunden? Ein furchtbarer Schrecken zuckt durch seinen Verstand. Nein! Nie und nimmer wird er diesen Gedanken zulassen, solange er nicht sicher ist, dass sie wirklich nicht mehr lebt.

Nicht lange nach der Tagesschau, die er sich unkonzentriert angesehen hat, macht sich Alexander bereit. Die

Dämmerung ist einer undurchdringlichen Dunkelheit gewichen. Er zieht sich dunkle Kleidung an, eine schwarze Hose und eine ebensolche Jacke. Seine alte Ausrüstung hat ihm lange nicht gepasst. Jetzt, nach seiner schweren Erkrankung und den beiden Chemotherapien, hat er seine alte Figur zurückerhalten, die Tarnkleidung passt ihm wie angegossen. Bevor er die Jacke anzieht, schnallt er den Schulterholster für seine Waffe um. Es ist seine Dienstpistole, eine Glock 26. Fast alle pensionierten Mitarbeiter der GSG 9 haben ihre Waffe mit in den Ruhestand bekommen, um sie bei Bedarf schneller reaktivieren zu können. Eine Taschenlampe kommt in eine der Außentaschen seiner Jacke. An der Tür kehrt er kurz um und steckt sich das Elektropickwerkzeug zum Öffnen der Türschlösser ein. Er drückt kurz auf den Einschaltknopf – die kleine Maschine beginnt sofort zu brummen. Okay, die Batterie ist voll, er steckt sie in eine der vielen Taschen der Hose.

Mit dem Fahrrad fährt er ohne Licht. Es ist hell genug, die wenigen Straßenlampen werfen jeweils einen hellen Fleck auf den Radweg. Sie genügen, um sich daran zu orientieren. Nach etwa einem Kilometer hat er den Weg zur Firma des Herrn Torborg erreicht. Er fährt weiter bis zu dem kleinen Wäldchen, das die beiden Gebäude verbirgt. Das Fahrrad schiebt er zwischen die Bäume, es verschwindet in der Dunkelheit. Er nimmt die Taschenlampe in die Hand und schleicht vorsichtig auf das Strohdachhaus zu.

Hinter den Dachgauben des Strohdaches brennt Licht, dort ist offenbar jemand zu Hause, das Erdgeschoss ist dunkel, hier gibt es kein Lebenszeichen. Er wendet seinen Blick zu der Gruselvilla hinüber. Dort ist ebenfalls nichts zu erkennen, alle Fenster sind so schwarz wie die Nacht, die sich herabgesenkt hat.

Er entschließt sich, das Erdgeschoss des reetgedeckten Hauses zuerst zu untersuchen. Am nördlichen Giebel befindet sich ein großes Tor, wie von einer Garage, daneben ist eine kleine Tür. Sie ist, wie zu erwarten war, verschlossen. Er setzt sein Öffnungswerkzeug an, es brummt einige Sekunden, dann ist das Schloss offen. Vorsichtig tritt er ein, schließt die Tür hinter sich und schaltet die Taschenlampe ein, sorgsam deckt er den hellen Strahl mit einer Hand ab. Der Raum war früher wahrscheinlich ein Abstellraum für Fahrzeuge, der Boden ist teilweise mit Kopfsteinpflaster versehen. Am Ende des Raumes zieht sich eine Werkbank über die ganze Breite. In der Ecke fällt der Lichtstrahl auf – eine Schaufensterpuppe! Verblüfft nähert er sich der Figur und mustert sie aus der Nähe. Die Puppe ist unbekleidet, auf dem hellbraunen Plastik des Kopfes befinden sich ein paar Brandspuren. Ein Vergleich mit Christine schleicht in seinen Verstand. Irgendwie erinnert ihn die Puppe an sie, es ist die sportliche Figur, die Größe, die schlanken Arme und Beine. Eine Alarmglocke läutet in seinem Kopf. Es ist zwar nur eine Puppe, aber irgendwie muss sie etwas mit Christine zu tun haben. Er glaubt fast, ihre Nähe zu fühlen, und beschließt, der Ursache auf den Grund zu gehen.

Die beiden Schränke in dem Raum sind randvoll mit Werkzeug und elektrischem Gerät. Er wendet sich zur Tür, sie ist unverschlossen. Alexander tritt hindurch und findet sich in einem Flur wieder. Lautlos gleitet der helle Strahl der Taschenlampe die Wände entlang und schlüpft in die angrenzenden Räume. Es sind typische Büroräume, Schreibtische, Computer, ein auffallend großer Drucker, die Einrichtung ist zweckdienlich und nüchtern.

Nun steht er vor der Treppe in das Dachgeschoss. Er zögert, Treppen sind immer ein Risiko, man kann sich nicht verstecken, es könnten Stufen knarren, einer Auseinandersetzung mit einem Bewohner könnte er nicht aus dem Wege gehen. Stufe für Stufe schleicht er nach oben, jeder einzelne Schritt wird langsam ausgeführt. Er setzt einen Fuß voraus, erst leicht, dann erhöht er das Gewicht auf dem Fuß und lauscht auf ein eventuelles Knarren. Dann folgt der zweite Fuß, der schmale Lichtstrahl der abgeblendeten Lampe huscht ständig vor und zurück. Es dauert fast eine Viertelstunde, dann hat er das Obergeschoss erreicht. Er steht auf der obersten Stufe und lauscht aufmerksam. Leise sind Stimmen zu hören, sie dringen durch eine der Türen zu ihm. Eine Lampe leuchtet im Flur, sodass er seine Taschenlampe vorübergehend einstecken kann, stattdessen hält er nun seine Pistole in der Hand. Es gibt hier drei Türen. Er legt sein Ohr an die Erste, selbst bei ganz genauem Hinhören kann er keinen Ton erkennen. Er drückt langsam die Klinke hinunter und öffnet sie vorsichtig. Es ist ein Badezimmer, er schließt die Tür und wendet sich zur nächsten. Mit der Waffe in der Hand ist er auf eine eventuelle Überraschung vorbereitet.

Hinter dieser Tür befindet sich ein Wohnzimmer. Es ist niemand anwesend, es gibt einen Fernseher, er ist eingeschaltet, das farbige Bild zuckt ohne Ton, auf dem Ecktisch neben der Couch leuchtet eine kleine Lampe. Hinter der dritten Tür hört Alexander Stimmen. Er legt sein Ohr an das Holz und lauscht aufmerksam. Die Stimmen gehören einem Mann und einer Frau. Sein erster Gedanke ist, dass die Frau Christine sein könnte, die sich hier mit einem anderen Mann vergnügt und sich deshalb nicht gemeldet hat. Er fühlt einen kleinen Stich im Herz. Doch dann schüttelt er den Kopf, das passt nicht zu ihr. Sie ist immer ehrlich und gerade heraus gewesen, jedenfalls in der kurzen Zeit, in der er mit ihr zusammen war. Die Stimme der Frau wird lauter, heftiges Stöhnen und Schreien dringt durch die Tür. Nein, das ist nicht Christine, das ist ein Paar im Liebesrausch. Beruhigt wendet er sich ab.

Langsam steigt er die Treppe wieder hinab - leise, Stufe für Stufe. In diesem Haus ist sie nicht, es gibt im Erdgeschoss weitere zwei Abstellräume, die sind mit dem üblichen Krempel vollgestellt, Papier und Aktenschränke kann er dort sehen.

Über die Tür, die er zuerst betreten hat, verlässt er das Gebäude. Im Dunkeln vor dem Haus parken die beiden Autos, der mächtige SUV und der kleine Sportwagen. Christines Auto ist und bleibt verschwunden. Er hat nicht den kleinsten Beweis, dass sie hier war oder sich hier aufhalten könnte. Es ist lediglich die Schaufensterpuppe, die ihn so seltsam berührt hat. Das ist natürlich alles andere als ein Beweis, das sagt ihm alleine sein geschulter Verstand. Sein Handeln wird von seinem Verstand gesteuert, es wird jedoch unbewusst von seinem Wunsch, Christine wiederzufinden, dominiert.

Er blickt zu der Villa hinüber, dunkel hebt sie sich kaum vom schwarzen Himmel ab. Er geht zuerst um das Gebäude herum, um sich einen Überblick zu verschaffen. Es ist bereits nach Mitternacht, das Licht im Dach des Strohdachhauses ist erloschen, das Paar schläft mit großer Wahrscheinlichkeit. So glaubt er, es sich erlauben zu können, seine Taschenlampe wieder spärlich zu verwenden. Die Eingangstür wird über eine Treppe mit vier Stufen erreicht, sie scheint der einzige Eingang in das Gebäude zu sein. Es gibt ein paar Kellerfenster, die sind alle vergittert, die Fensterschächte sind teilweise mit Unkraut zugewachsen. Auch hinter diesem Haus ist von Christines Auto nichts zu sehen. So wendet er sich wieder der Eingangstür an der Vorderseite zu. Sie ist unverschlossen, vorsichtig drückt er die Klinke hinunter und tritt ein. Er steht in einer Diele, ein Schrank aus dunklem Holz und eine Hutablage mit Kleiderhaken aus fleckigem Messing ist das einzige Inventar. Zur Sicherheit wirft er einen Blick in den Schrank, muffiger Geruch strömt ihm entgegen, lediglich ein schwarzer Sturzhelm liegt auf der Ablage, die wenigen Kleiderbügel sind leer.

Die nächste Tür führt in ein Treppenhaus. Es mag etwa vier Meter im Quadrat sein, eichene Stufen schrauben sich an der Wand in das Obergeschoss hinauf, das Geländer ist aufwendig gedrechselt. Es ist völlig finster, kein

Ton erreicht sein Ohr, das einzige Licht gibt seine Taschenlampe. Die Wände sind mit alten, strukturierten Tapeten bedeckt, die dunklen Farben lassen den Raum noch gespenstischer erscheinen, als es der zuckende Lichtstrahl der Lampe alleine vermag. Er öffnet vorsichtig die erste Tür. Es ist eine Küche, helle Fliesen mit blauem Muster lassen den Raum unerwartet freundlich erscheinen. Das Licht der Lampe gleitet über einen großen Tisch, eine Arbeitsplatte und einige Küchengeräte. Die Schränke sind zu klein, um einen Menschen zu verbergen.

Der nächste Raum erscheint im ersten Moment wie ein unendlich großes, schwarzes Loch. Das Licht der Lampe wird von den dunklen Tapeten und den schwarzen Möbeln fast vollständig aufgesogen. Alexander hat schon viel erlebt, doch dieser Raum übertrifft alles bisher von ihm Gesehene. Ihm drängt sich die Vorstellung eines Teufels auf, der auf der schwarzen Couch sitzt und mit einer Geißel in der Hand über die Lebenden Todesurteile spricht. Brr, er schüttelt sich.

Ansonsten ist der Raum leer, es gibt keine Schränke oder andere Behälter, in denen man einen Menschen verstecken könnte. Ein weiterer Raum ist bis auf ein großes Bett völlig leer. Es ist mit einem Tuch abgedeckt, er bückt sich und leuchtet mit der Lampe darunter. Nein, hier ist niemand, er hat es auch nicht erwartet. Es gibt weitere drei kleinere Räume, einer scheint ein Arbeitszimmer zu sein, die beiden anderen sind ein Abstellraum und ein weiteres Schlafzimmer. Sie enthalten die typische Einrichtung und sind offenbar lange nicht benutzt worden. Dicker Staub liegt auf den Möbeln, hier ist niemand gewesen.

Jetzt steht er wieder im Treppenhaus, irgendwie gruselt ihm. Er hat insgeheim gehofft, dass seine Suche im Erdgeschoss zum Erfolg führen würde, nun muss er sich doch in die finstere Höhe wagen.

Schritt für Schritt steigt er die Treppe nach oben. Einige Stufen knarren leise, was ihn jedes Mal zusammenzucken lässt. Nun steht er im Obergeschoss, auch hier gibt es kein Licht. Wenn hier jemand wohnt, schläft der inzwischen sicher. Er horcht an jeder Tür, bevor er eintritt. Eines nach dem anderen untersucht er die Zimmer, sie sind leer. Gelegentlich steht ein Tisch oder Stuhl darin, in einem befindet sich ein Regal an der Wand, bis oben hin gefüllt mit eingestaubten Büchern.

Der letzte, noch nicht untersuchte Zugang führt in das Turmzimmer, er horcht wieder an der Tür. Er meint, leise Atemzüge zu hören. Er fasst den Griff, da ertönt eine Stimme hinter ihm:

„Bist du gekommen, Iblis, mir zu helfen?"

Viele Jahre im Terroreinsatz haben ihn gelehrt, nicht panisch zu reagieren, aber nun hat nicht viel gefehlt. Sein Herz hat einige hastige Schläge ausgeführt, langsam beruhigt es sich wieder. Die Atemzüge kommen von einer Person, die hinter ihm steht.

Alexander dreht sich erschrocken um. Hinter ihm steht ein Mann, Mitte dreißig, etwas pummelig, schütteres, dunkelblondes Haar. Unter dem schwarzen Nachtzeug ist ein eingegipstes Bein zu sehen. Er lässt den Schein seiner Lampe kurz über den Mann huschen, mit der anderen Hand fühlt er nach seiner Waffe.

„Komm mit in mein Reich, Iblis, ich warte schon so lange auf dich."

Wer zum Teufel ist Iblis? Meint er etwa eine Sagengestalt aus der Hölle, aus einer dunklen Mythologie? Oder ist das hier ein perfides Spiel, das jemand mit ihm treibt?

Der Mann in der schwarzen Schlafkleidung geht humpelnd voraus, er sieht sich um, um sicherzugehen, dass ihm Alexander folgt. Er betritt das Turmzimmer, es ist fast dunkel, auf einem niedrigen Tisch leuchtet eine Kerze und verbreitet einen blassen, zuckenden Schein. Der Mann zeigt auf einen schwarzen Sessel neben dem Bett. „Setz dich doch, Iblis, fühl' dich wohl in meinem Reich."

Alexander nimmt Platz und mustert sein Gegenüber aufmerksam. Der Mann bewegt sich fast träumerisch, schlafwandelt er etwa? Irgendwie erinnert ihn dessen schwarzes Nachtzeug an seine eigene Aufmachung. Ist diese Gemeinsamkeit vielleicht der Grund für die überraschende Vertraulichkeit? Glaubt der merkwürdige Mann, in ihm einen Gesinnungsgenossen gefunden zu haben? „Wie kann ich Ihnen helfen?", fragt er, um auf dessen Andeutung einzugehen.

„Vor ein paar Tagen ist ein Engel erschienen, um mich aus meinem Reich zu vertreiben. Sie sind sicher von Asmodi gerufen worden, um ihn zu vernichten. Ich bin so froh, dass Sie hier sind, Iblis."

Alexander sieht den schwarz gekleideten Mann entsetzt an. Was redet der für ein wirres Zeug? Er scheint ihm nicht ganz richtig im Kopf. Eines ist sicher: Christine ist auch nicht hier oben, was ihm bleibt, ist der Keller. Was hat es mit diesem Engel, der sein Gegenüber holen will, auf sich? „Ich bin froh, dass wir uns endlich kennenlernen", geht er auf dessen seltsame Sprechweise ein. „Ich werde morgen wiederkommen, dann werde ich den Engel holen und Sie in ihr Reich zurückführen." Er hat improvisiert, wird es dieser seltsame Mensch akzeptieren?

Sein schwarzes Gegenüber wirkt beruhigt, entspannt lehnt er sich zurück. „Ja, das ist gut. Ich warte dann morgen auf Ihr Erscheinen, Iblis."

Alexander ist hoch gespannt, ganz im Gegensatz zu dem Bewohner dieses Raumes. Der lehnt in einem Sessel und wirkt, als schlafe er, beleuchtet nur vom flackernden Licht der Kerze. Wirre, zuckende Schatten zeichnen sich an der rückwärtigen Wand ab. Der Mann hebt die Hand zum Gruß, Alexander erwidert die Geste und steht ein paar Sekunden später wieder im Treppenhaus.

Er schaltet seine Taschenlampe ein, der ehemals kräftige Schein leuchtet nur blass, vermutlich gehen die Batterien zur Neige. Ein Blick auf die Uhr zeigt ihm, dass er bereits mehrere Stunden in diesen Gebäuden ist, fast immer unter Zuhilfenahme der Lampe. Auf dem Weg in das Erdgeschoss wird sein Licht immer schwächer, es nützt nichts, er muss die weitere Suche morgen fortsetzen. Er kann und wird nicht mehr bis zum Abend warten, da ist etwas mit Christine, das keinen Aufschub zulässt. Vielleicht kann er den Keller betreten, ohne erkannt zu werden. Unbemerkt verlässt er das Grundstück und steigt auf sein Rad, leise surrt der Dynamo auf dem Weg zum Stellplatz. Die Straßenlampen sind ausgeschaltet, so ist er auf den unruhigen Schein der Fahrradleuchte angewiesen. Es ist vier Uhr am Morgen, als er das Wohnmobil erreicht. Bevor er in einen bleiernen Schlaf fällt, sinnt er über den merkwürdigen Bewohner des Turmzimmers nach. Was ist das für jemand? Ist der vielleicht geistesgestört? Es scheint ihm, als wenn ihm seine schwarze Tarnkleidung einen unerwarteten Zugang verschafft hat. Er hat keine Idee warum, aber offenbar hat er etwas in dem seltsamen Mann berührt.

***

Hauptkommissar Reinhard Wernecke befindet sich mit mehreren Polizisten in der Nähe von Glückstadt. Die Geldübergabe soll, laut Angabe der Erpresser, an der Deichdurchfahrt zum Fähranleger stattfinden. Auch in diesem Fall sind bis auf wenige Meter genaue Koordinaten angegeben worden. In der Nähe gibt es eine Imbissbude, deren Inhaber die Wartenden an der Fähre mit Fischbrötchen versorgt. Derzeit parkt hier ein Großraumwagen der Polizei, sowie der Wagen, mit dem er und ein paar Kollegen aus Stade gekommen sind. Eine Motorradstreife steht vor dem Imbiss, der Polizist hält ein Brötchen in der Hand und mustert akribisch seine Umgebung. Im silber-blauen Van sitzt ein Elektronikfachmann der Polizei und blickt auf ein aufgeklapptes Notebook.

„Kannst du was sehen, Hartmut?" Der Hauptkommissar klettert gerade durch die Schiebetür.

„Ja, wie erwartet." Er blickt seinen Kollegen an. „Du hast doch nicht etwa daran gezweifelt, oder?"

Reinhard Wernecke hebt die Hände. „Wo werd' ich denn? Falls es klappen sollte, wären wir jedoch die Ersten, die es geschafft haben, die Drohne zu verfolgen. Genau das macht mich etwas stutzig." Mit einer Hand kratzt er sich am Kopf, seinen zerzausten Haaren nimmt er damit die letzte Chance, halbwegs gepflegt auszusehen.

„Das wird schon, mach dir nur keine Gedanken. Das Signal ist super, dieses Mal verfolgen wir sie bis zum bitteren Ende."

„Deine gute Laune möchte ich haben. Das scheint zu einfach, wir haben bestimmt was übersehen." Ihm fällt etwas ein. „Wie weit reicht das Signal?"

„Immer bis zu nächsten Funkzelle. Da die miteinander in Verbindung stehen, ist die Entfernung praktisch unbegrenzt. Nun unk doch nicht immer rum, das macht mich ganz wuschig."

„Schon gut, ich will mal hoffen, dass du recht behältst." Der Hauptkommissar blickt auf seine Uhr. 8:30, in einer halben Stunde soll die Übergabe stattfinden. Nervös klettert er wieder nach draußen auf die Wiese vor dem Deich und geht ruhelos auf und ab. Er hält inne und tritt zu einem der Polizisten. „Lassen Sie doch mal die Dose sehen. Haben wir auch nichts vergessen?"

Sein Kollege holt eine blanke Dose vom Rücksitz des silber-blauen Polizeiwagens. „Hier bitte. Es sind 150.000 Euro, darunter ist ein doppelter Boden eingelötet, in dem ein Peilsender untergebracht ist." Der junge Mann blickt den Hauptkommissar an. „Genauso, wie Sie es in Auftrag gegeben haben."

„Ja… hab' ich das? Gut … hm." Hauptkommissar Wernecke ist nicht wirklich beruhigt. Er wird das Gefühl nicht los, etwas übersehen zu haben. Er geht zurück zu seinem Kollegen in dem Van. „Hartmut, was ist, falls das Ding auf die andere Seite der Elbe fliegt?"

Sein Computerfachmann sitzt entspannt auf dem drehbaren Beifahrerstuhl und blickt lässig auf den Bildschirm. „Was soll sein? Wir sehen genau, wo es sich befindet."

„Na, ja. Ich meine nur. Wenn die Ganoven auf der anderen Elbseite die Dose öffnen, den Sender doch entdecken und zerstören? Und dann mit dem Geld verschwinden? So schnell sind wir nicht da drüben."

Hartmut Dehn setzt sich kerzengrade auf. „Dann bleibt die Ortung an der letzten Stelle stehen." Seine bisherige Ruhe ist plötzlich verpufft. „Scheiße, Reinhard, was machen wir dann?"

Der Kommissar ist beunruhigt. Er wollte den Ablauf eigentlich mit seiner Kollegin von der Mordkommission, Frau Hansen, besprechen, doch die wird zurzeit vermisst. Sie wäre ihm mit ihrem wachen Verstand eine große Hilfe gewesen. „Siehst du, dass meine ich doch. Für den Fall müssen wir jemanden auf der anderen Seite der Elbe postieren. Jemand, den wir sofort irgendwohin dirigieren können. Was sagst du dazu, Hartmut?"

„Ich fürchte, du hast recht. Jetzt wird es höchste Eisenbahn, wir haben nur noch eine halbe Stunde Zeit."

„Allerdings", knurrt der Hauptkommissar und wählt schon die Nummer des Kommissariats in Drochtersen. Er erwischt sofort den Revierführer, Polizeihauptmeister Schneider. „Hallo, Bertram. Du musst sofort jemanden in die Nähe des Fähranlegers in Wischhafen schicken. Wir haben hier eine Geldübergabe und verfolgen eine Drohne. Wir müssen wissen, wo die landet."

„Warum machst du das nicht selber?"

„Mensch, Bertram, ich bin doch in Glückstadt. Was meinst du, wie lange es dauert, bis wir auf der anderen Elbseite sind!"

„Sag das doch gleich! Ich fahre selbst, ich nehme meinen Kollegen mit, der kann den Funk verfolgen."

„Sehr schön, Bertram. Du hast etwas gut bei mir."

Die Dose mit dem Geld ist in der Nähe des Fähranlegers Glückstadt auf der Wiese hinter dem Deich platziert. Nur wenige Minuten nach neun Uhr erscheint eine mächtige Drohne am Himmel und senkt sich auf die Blechdose herab. Sie verharrt kurz und erhebt sich wenige Sekunden später wieder in den morgendlichen Himmel.

Hauptkommissar Wernecke und seine Kollegen blicken wie paralysiert dem Fluggerät hinterher. „Hast du sie?", ruft er in den Wagen hinein.

„Ja!", schallt es heraus. Hartmut Dehn hat die Augen auf den Bildschirm gerichtet, konzentriert verfolgt er jede Bewegung des roten Signalpunktes. Der bewegt sich jetzt fast exakt in südwestlicher Richtung, die Karte zeigt die blaue Farbe von Wasser als Hintergrund unter dem roten Symbol des Signals. „Sie fliegt über die Elbe!", ruft er.

„Scheiße!" Sein Kollege klettert polternd in den Wagen, das Handy am Ohr. „Bertram! Hörst du mich?"

„Ja?"

„Sie kommt zu dir, jetzt ist sie halb über die Elbe hinweg!"

Polizeihauptmeister Schneider wird von der Nervosität seines Kollegen angesteckt. Er startet den Wagen und reicht das Handy seinem Partner auf dem Beifahrersitz. „So, gleich geht es los!" Daniel Heinzmann presst das Telefon ans Ohr und lauscht angestrengt hinein.

„Hallo! Hört ihr mich? Jetzt hat sie das Ufer erreicht, sie ist in der Nähe vom Zeltplatz in Krautsand!" Man kann Hauptkommissar Wernecke anmerken, wie aufgeregt er ist.

„So 'n Mist! Da müssen wir erst hin!" Der erfahrene Polizist wendet den Wagen und schaltet das Blaulicht an. Mit lautem Martinshorn rast er den Obstmarschenweg in Richtung Wischhafen. In Dornbusch ist die schnellste Verbindung zu der Elbinsel, er biegt ab und jagt über das Kopfsteinpflaster des ersten Abschnittes hinweg. Laut poltern die Reifen, Daniel Heinzmann hat Mühe, das Handy am Ohr zu behalten.

Uwe Schlöbohm und Ahmet Demirci stehen vor ihrem dunkelblauen Van und blicken in den Himmel. Sie befinden sich im Vordeichgebiet der Elbinsel Krautsand. Es ist eigentlich keine echte Insel mehr, der früher breite Seitenarm der Elbe, der die Insel vom Ufer trennte, ist nahezu versandet und zugewachsen, sodass der Inselcharakter fast verschwunden ist.

Uwe Schlöbohm hält einen Joystick mit den Fingern der rechten Hand, das Steuergerät hängt an einem Gurt um seinen Hals. „Das scheint vorläufig die letzte Fuhre zu sein. Der Chef hat irgendwie Probleme mit den Vorhersagen."

„Schade, dann ist erst einmal Essig mit den Prämien. Auf der anderen Seite habe ich dann wieder mehr Zeit für meine Freundin." Der dunkelhaarige Mann lächelt zufrieden, er denkt sich bereits ein Programm für die nächsten Tage aus.

„Ohne dein vieles Geld wird sie bald Schluss machen, dann stehst du alleine da", ärgert ihn sein Freund und Kollege.

„Ach was. Ich habe einiges gespart, und irgendwann wird es weitergehen." Sein Optimismus ist unerschütterlich.

„Halt mal, hörst du was?" Uwe Schlöbohm blickt auf den Bildschirm auf seinem Steuergerät, dann in den Himmel, so wie schon sein Kollege.

Leise ertönt das Surren der sechs Elektromotoren, zuerst kaum zu erkennen, dann immer lauter. Das dunkle Gerät senkt sich vom Himmel herab und landet nur wenige Meter von den beiden Männern entfernt im Grasstreifen vor dem Strand. Ahmet eilt darauf zu und trägt es zum Auto. „Sollen wir das Geld gleich herausnehmen? Wir sind doch sowieso in der Nähe der Zentrale von dem Torborg."

„Ja, nehm' das Geld heraus und leg es in die Kiste, nachher werden wir noch damit erwischt. Bisher hat es immer so gut geklappt, das soll sich jetzt nicht ändern", erwidert sein blonder Kollege. „Vielleicht haben wir es wieder mit einem Peilsender zu tun, den musst du dann sofort unschädlich machen."

Polizeihauptmeister Schneider fährt mit hoher Geschwindigkeit die Straße zum Ort Krautsand auf der gleichnamigen Elbinsel. Das Blaulicht verscheucht einen Touristen in eine der Ausweichstellen der schmalen Straße, dann ist er im Ort angekommen.

„Die Drohne ist ganz in der Nähe der Schiffsanlegestelle", hört Polizist Heinzmann aus dem Handy. Jetzt überqueren sie den Deich, die beiden Beamten suchen sofort das Vordeichgebiet ab.

„Jetzt ist sie am Parkplatz!", ruft Hartmut Dehn in das Handy. Das Signal auf seinem Notebook blinkt einige Male, dann ist es plötzlich tot.

„So eine Scheiße!", schimpft Ahmed. Er hat die Dose zusammengebogen, um sie in einem Abfalleimer zu entsorgen. Nun ist ein doppelter Boden herausgesprungen, unter dem er einen Peilsender gefunden hat. Er hält ihn in der Hand. „Stell dir vor, da wollte uns wieder einer betrügen!" Wütend hält er das kleine Kästchen hoch. Er wirft es auf den Boden und tritt zornig darauf.

Sein Kollege legt gerade das Geld in den Safe unter der hinteren Sitzbank. „Schnell jetzt, lass uns sofort verschwinden!"

In dem Moment hält der Wagen mit dem Blaulicht neben ihnen. Um diese Zeit ist wenig Betrieb am Strand, sodass der dunkelblaue Van nur eine der wenigen Möglichkeiten sein konnte, wo die Drohne hätte landen können. Die beiden Polizisten stürzen aus dem Wagen, Polizeihauptmeister Schneider läuft vorweg, sein Kollege wartet wenige Schritte hinter ihm, die Hand griffbereit an der Waffe.

„Bleiben Sie stehen!", ruft der Polizist.

Die beiden Männer wissen, dass sie hier vor dem Deich nicht entkommen können, es gibt nur eine einzige Überfahrt, und die ist durch das blau-silberne Fahrzeug versperrt.

Der Polizeihauptmeister sieht die beiden Männer an. „Wo soll denn jetzt die Reise hingehen, hm?"

Die beiden sehen auf den Boden und sind vorläufig verstummt.

„Wir bekommen Sie zum Reden, früher oder später. Mir wäre es am liebsten, Sie würden bereits hier aussagen. Andernfalls nehmen wir Sie mit zum Kommissariat."

Ahmet Demirci hebt seinen Kopf und sieht den Polizisten unschuldig an. „Wir haben doch gar nichts gemacht. Wir haben nur eine Drohne fliegen lassen."

„Ja, genau", greift sein Kollege Uwe den Geistesblitz auf. „Wir wollten nur die Reichweite testen."

„Alleine damit verstoßen Sie gegen jede Menge Regeln", brummt der Polizist. „Wir wissen, dass Sie damit Geld transportiert haben, eben gerade haben Sie aus Glückstadt eine Lieferung abgeholt."

„Da ist Geld in der Dose?" Uwe gibt sich überrascht. „Wir dachten, das sind nur Nachrichten, eilige Briefe oder so."

Der Polizist ist kurz davor, seine Geduld zu verlieren. „Ihr wollt mich wohl für dumm verkaufen, aber das läuft nicht. Letzte Chance: Wohin bringt ihr das Geld?" Er sieht die beiden zornig an, wenn nicht gleich etwas passiert, wird er sie auf der Stelle festnehmen. Er blickt seinen Kollegen an. „Ruf du schon mal in Stade an. Sag denen, dass wir in einer halben Stunde mit zwei Ganoven kommen, sie sollen schon mal die Zellen bereithalten."

Der junge Polizist tippt auf die Schnellwahltaste, da hebt Uwe Schlöbohm die Hand. „Stopp, wir sagen Ihnen, was Sie wissen wollen." Ein rasches Geständnis wirkt sich immer strafmildernd aus, die Möglichkeit will er nicht verstreichen lassen. Früher oder später würde es die Polizei ohnehin herausfinden. „Wir sagen ihnen, wo wir hinfahren wollten."

Polizist Schneider sieht ihm finster ins Gesicht: „Rede, Bürschchen, wo ist das?"

„In Freiburg, kurz vorm Ortseingang auf der linken Seite."

Bertram Schneider ist hier aufgewachsen, er weiß sofort, wo das ist. „Sie meinen die Firma Torborg, ist das richtig?"

Uwe Schlöbohm druckst etwas herum, dann antwortet er: „Ja, genau. Das ist unser Ziel."

Der Polizeihauptmeister fackelt nicht lange. Er läuft zum Wagen und ruft die Einsatzzentrale an. „Wir wissen, wo das Geld hingebracht werden soll. Wir brauchen Verstärkung!" Er gibt die Adresse an, dann müssen sich die beiden Gauner in den Fond des blau-silbernen Wagens setzen. Polizeimeister Heinzmann hat sie im Auge, seine Waffe hält er griffbereit auf dem Schoß.

***

268

Die Kommissarin hat in der letzten Nacht kaum geschlafen. Ihr Handgelenk schmerzt, sie ist, wie vor ihrem versuchten Ausbruch, wieder an das Bett gekettet. Ihr Kopf sticht, sie fühlt eine Beule unter ihrem Haar. Christine ist verzweifelt, ein paar Mal schon konnte sie ihre Tränen nicht zurückhalten. Was soll bloß werden? Sie glaubt inzwischen nicht mehr, dass sie am Leben bleiben wird. Aus irgendeinem Grund soll etwas mit ihr passieren, wofür sie - jedenfalls vorläufig - lebend benötigt wird. Und dann?

Sie denkt wieder an ihre Eltern, jetzt fällt ihr auch Alexander ein. Ob sie ihn je wiedersehen wird? Er würde ihr doch bestimmt helfen, hier raus zu kommen. Der Streit mit ihm kommt ihr in den Sinn. Es war ein Mord, den er ihr gestanden hat, die Hinrichtung eines vielfachen Mörders. Wenn sie jetzt an ihre eigene Gefangennahme denkt, kommen Gedanken in ihr hoch, die mehr mit Rache, als mit Gerechtigkeit zu tun haben. Sie beginnt ihre Aufseher zu hassen und wünscht deren Tod herbei. Manchmal malt sie sich in ihrer Verzweiflung aus, wie sie Julia Köster und Frank Torborg kaltblütig erschießt. Sie kann Alexander immer besser verstehen, besser jedenfalls, als vor ein paar Wochen, als sie von seinem Mord erfuhr und ihn zum Teufel geschickt hat. Es scheint eben doch Situationen zu geben, in denen Tötung eine mögliche Lösung ist.

Es klappert an der Tür, sie hört den Schlüssel knirschen, dann wird sie aufgestoßen. Frank Torborg erscheint, mit einem Tablett in der Hand.

„Guten Morgen! Frühstück!", verkündet er munter. Auf dem Tablett ist alles zu sehen, was zu einem guten Frühstück gehört: Rührei, Brötchen, Orangensaft, Marmelade, Käse und Kaffee.

Eine halbe Sekunde lang regt sich Freude bei Christine, die genauso schnell wieder verfliegt. Da stimmt etwas nicht, das reichhaltige Essen hat etwas von einer Henkersmahlzeit!

„Greifen Sie zu! Wir haben Brötchen mit Marmelade und Kaffee. Mögen Sie Milch dazu?" Ihr Aufseher gibt sich gut gelaunt.

Christine wird schlecht vor Angst. Was soll dieser Aufstand? „Liegt heute etwas Besonderes an?", fragt sie mit leiser Stimme.

„Freuen Sie sich, heute werden wir Sie erlösen!"

Trotz der scheinbar guten Nachricht fühlt sie keine Freude. Woher dieser plötzliche Wandel? Frank Torborg verschwindet und lässt seine Gefangene vor einem gut gefüllten Tablett zurück. Sie verspürt Hunger, das Essen der letzten Tage war sehr fade, sodass sie nur wenig zu sich genommen hat. Dazu kam ihre trostlose Situation, die jeden Appetit abtötete. Das reichliche Frühstück hebt trotz allem ihre Laune, sie verspürt Hunger und greift zu. Die Brötchen sind lecker, sie isst am Ende mehr, als sie erwartet hat. Der Kaffee schmeckt etwas bitter. Liegt das an der Sorte, oder ist da wieder etwas beigemischt? Es spielt ohnehin keine Rolle, ob sie wach oder betäubt auf diesem Gestell liegt, was macht das für einen Unterschied?

Irgendetwas war in dem Essen oder im Kaffee, sie fühlt sich schläfrig und nickt nach einer Weile ein.

Sie erwacht eine halbe Stunde später, als Frank Torborg und seine Geliebte in den Kellerraum kommen. Der Mann trägt allerlei Krempel auf dem Arm und bewacht jetzt Christine, während die Frau sie umzieht. Zuerst muss sie Bluse und Hose ausziehen, darüber kommt ein langes, weißes Kleid, wie ein Nachthemd, das fast bis zu den Füßen reicht.

Sie fühlt sich schlapp und kann sich nur mit Mühe bewegen, widerstandslos lässt sie alles über sich ergehen.

Der Mann reicht der Frau etwas, das wie ein Geschirr aussieht, sie schnallt es ihr über den Oberkörper. So vorbereitet wird sie aus den Keller geführt. Die Frau geht voran, der Mann folgt ihr. Sie hat keine Chance zum Ausbrechen, sie verspürt erschreckenderweise auch kein Bedürfnis danach, apathisch folgt sie Julia Köster die Treppe hinauf, mühsam schleppt sie sich Stufe für Stufe nach oben. Schwerfällig, mit schlurfenden Schritten, geht sie durch das Treppenhaus in ein Wohnzimmer. Hier soll sie sich in die Mitte stellen, nur mit Mühe hält sie sich aufrecht, immer wieder fallen ihr die Augen zu.

Julia Köster befestigt weiße Teile an dem Geschirr an ihrem Rücken, die wie Flügel aussehen. Ihr träger Verstand versucht vergeblich, einen Sinn dahinter zu erkennen. Frank Torborg hängt ihr ein kleines, silbernes Kruzifix um, an dem ein Kabel befestigt ist. Derweil nimmt die Frau eine Pistole vom Tisch, stellt sich in eine Ecke des Zimmers und zielt auf sie. Doch die Kommissarin hat jeden Antrieb verloren, apathisch lässt sie alles über sich ergehen.

Frank Torborg kommt wieder herein, ihm folgt selt-samerweise der Lagerist aus dem Autohaus. Beinahe hätte ihn Christine nicht erkannt, er trägt dunkelrote, eng anliegende Kleidung, darüber einen schwarzen Umhang, er erinnert sie ein wenig an Batman. Frank Torborg dirigiert ihn auf die Couch, der schwarz Gekleidete lehnt sich zurück und sieht sie mit einem träumerischen Ausdruck in den Augen an.

„Siehst du, Luzifer! Asmodi hat Wort gehalten. Nun darfst du den Engel vernichten, dein Reich ist dir wieder sicher." Frank Torborg spricht zu Ludwig Petersen, der nickt andächtig, sein Blick ruht auf dem Engel, der zwei Schritte von ihm entfernt steht.

Christines schwerfälliger Verstand hört das Gespräch der beiden, es wirkt auf sie wie das zusammenhanglose Gefasel eines Geisteskranken. Torborg steht auf, geht hinter die Couch, bückt sich und stellt irgendetwas an. Leises Summen ertönt. Anschließend schaltet er eine Musikanlage ein, ein Knacken ertönt aus zwei Lautsprechern, die am Fußboden an der Wand stehen.

Alexander Finkel erwacht in seinem Wohnmobil. Er hat länger geschlafen, als er beabsichtigt hat, nun ist es fast zehn Uhr. Er springt aus dem Bett. Auf Frühstück wird er verzichten, zum Essen fehlt ihm ohnehin die erforderliche Ruhe. Lediglich die Kaffeemaschine wird eingeschaltet, um eine Tasse Espresso mithilfe einer Kapsel zu erzeugen.

Während die Maschine zischt, kleidet er sich an. Wieder wählt er die Tarnkleidung der letzten Nacht, ein rotes Poloshirt, die schwarze Hose, die schwarze Jacke sowie die

Pistole in dem Holster. Hastig schlürft er den Kaffee, dann springt er auf das Fahrrad und radelt zum Grundstück der Firma Frank Torborgs. Dieses Mal will er sich den Keller der alten Villa vornehmen, der Zugang macht ihm ein wenig Kopfschmerzen, er darf auf jeden Fall nicht gesehen werden, für alle Fälle ist er bewaffnet.

Das Fahrrad schiebt er wieder ins Gebüsch, dann huscht er in der Deckung der Sträucher auf die alte Villa zu. Aufmerksam beobachtet er unablässig die Umgebung, es ist niemand zu sehen. Die beiden Autos stehen unverändert an ihrem Platz, danach ist jemand hier, irgendwo in den beiden Gebäuden.

Jetzt hat er die Eingangstür der Gespenstervilla erreicht, er öffnet sie und tritt ein. Eine Hand an der Waffe, steigt er die Treppe in den Keller hinunter. Die Tür ist sperrangelweit offen, sodass er den elektrischen Öffner nicht benötigt, mit raschen Schritten eilt er den Gang entlang. Das Licht ist eingeschaltet, sodass seine Taschenlampe in der Jacke bleiben kann. Ein kurzer Blick in die Kellerräume zeigt ihm, dass sie leer sind. Die Tür eines Raumes ist verschlossen, seine Aufmerksamkeit gilt der offenen Tür am Ende des Ganges. Ein trüber Schein leuchtet heraus, nach drei langen Schritten steht er in der Tür.

Hier ist er richtig, ganz sicher. Es befindet sich ein Bett in dem Raum, ein Tablett mit den Resten eines Frühstücks steht darauf. Am Gestell des Bettes hängt eine Handschelle. Alexander ist sich ganz sicher, dass hier Christine gefangen gehalten wurde. Über das Warum denkt er nicht nach, er macht auf der Stelle kehrt und läuft den Gang zurück. Da ihm Christine nicht begegnet ist, ist sie mit großer Wahrscheinlichkeit oben im Gebäude. Mit zwei Sprüngen setzt er die Kellertreppe hoch, die Tür zur Diele stößt er auf. Er entsichert die Pistole und stürmt weiter, das Treppenhaus ist noch immer so düster wie in der letzten Nacht.

Aus der Tür zum Wohnzimmer dringt laute Musik, Trompetenklang steigert sich gerade zu einem Crescendo. Dort ist jemand, er hebt den Fuß, um die Tür aufzutreten, die Waffe in Augenhöhe, die Mündung nach vorne gerichtet.

Laut krachend schlägt die Tür an die Wand, dramatische Trompetentöne erfüllen das Treppenhaus. Im ersten Moment kann er kaum etwas erkennen, der Raum ist nahezu dunkel. In der Mitte steht ein Engel, eine schwarz gekleidete Person sitzt davor auf der Couch. Er erkennt ihn, es ist derselbe, der ihm bereits letzte Nacht begegnet war, jetzt hat er sich in einen schwarzen Umhang gehüllt. Ein weiterer, großer Mann steht seitwärts von dem Engel, er scheint die ganze Zeremonie zu lenken, völlig überrascht blickt der jetzt zu Alexander. Der auf dem Sofa Sitzende erhebt sich gerade. Alexander erkennt im Dunkel des Raumes eine Frau, die in der Ecke neben dem Sofa steht. Sie hält eine Waffe in der Hand, die auf ihn gerichtet ist. Sie scheint von allen die Gefährlichste zu sein, Alexander richtet seine Pistole auf sie. In dem Moment wird ihm von dem großen Mann, den er für einen Moment nicht beachtet hat, die Waffe aus der Hand geschlagen. Die Pistole der Frau ist weiterhin auf ihn gerichtet.

Der große Mann mit dem hässlichen Gesicht bückt sich, nimmt die Waffe auf und richtet sie auch auf Alexander, sein abstoßendes Gesicht ist wutverzerrt. Er sieht seine wichtige Hinrichtung gefährdet, den Eindringling muss er sofort ausschalten, bevor er die lange vorbereitete Zeremonie zerstört.

Alexander ist von der seltsamen Szenerie verwirrt. Die lauten Trompetentöne haben seinen Verstand blockiert, oder ist er inzwischen zu alt für so einen Einsatz? Er hat sich seine Pistole wie ein Anfänger abnehmen lassen. Zwei Waffen sind auf ihn gerichtet, es sind seine eigene in der Hand des großen Mannes und die der Frau - und der Engel ist - Christine! Wie ist das möglich? Ihm scheint, als ob ihm sein Verstand einen Streich spielt. Den Sinn dieser grotesken Situation wird er wohl nie verstehen.

Der hässliche Mann hebt die Waffe und zielt auf ihn, Alexander wägt im Bruchteil einer Sekunde verschiedene Möglichkeiten ab. Gerade will er ein Ablenkungsmanöver starten, da dreht sich der schwarz-gewandete Mann, der bis jetzt vor dem Engel gestanden hat um und schlägt seinerseits dem großen Mann die Waffe aus der Hand. „Asmodi! Ich werde nicht zulassen, dass du Iblis etwas antust!" Seine Stimme ist laut und übertönt den Lärm aus den Lautsprechern.

Alexander nutzt die Verwirrung und hebt seine Waffe wieder auf. „Lauf, Christine!", ruft er dem apathisch stehenden Engel zu. Er gibt einen Schuss in die Richtung der Frau ab, die jetzt Deckung hinter der Couch sucht.

Von der Tür dringen laute Rufe herein. „Polizei! Hände hoch!" Ein schwarz gekleideter Mann mit schwarzem Helm steht in der Tür, in der Hand eine vollautomatische Waffe. Auf der schusssicheren Weste prangt in weißen Buchstaben der Schriftzug: **POLIZEI**. Der Polizist braucht ein paar Sekunden, um das Durcheinander zu sortieren. Die Musik setzt zum Finale an, laute Trompetenstöße betäuben jeden Gedanken.

Alexander fasst Christine am Arm und zieht sie aus der Mitte, willenlos folgt sie ihm. Ein Kabel löst sich von dem Geschirr auf ihrem Rücken und fällt auf den Boden. Die Engelsflügel zittern bei jedem Schritt. Engelsflügel? Alexander versteht überhaupt nichts, das Einzige, was ihn trotz allem antreibt, ist ihre Rettung. Ihre Augen blicken ihn ohne Glanz an, die Geschehnisse haben ihren nur halb wachen Verstand offenbar überfordert.

Die Frau hinter der Couch ist weiterhin gefährlich, sie richtet die Waffe wieder auf Alexander. Wenn das Licht nicht so schwach wäre, und er durch seine schwarze Kleidung nicht so schlecht zu erkennen wäre, hätte sie ihn bestimmt schon erschossen. Sie stolpert über etwas, das neben ihr hinter dem Sofa steht. Ein Funkenregen sprüht hinter der Couch bis fast an die hohe Decke und beleuchtet kurz die absurde Szenerie mit blauem, zuckenden Licht. Die Frau schreit schrill in Todesangst, dann verebbt ihre Stimme.

In der Tür erscheinen weitere Männer des mobilen Einsatzkommandos. Alexander lässt für alle sichtbar seine Waffe fallen, zeigt seine leeren Hände und ruft laut: „Helfen Sie uns! Kümmern Sie sich um den Engel! Jemand muss den Rettungswagen rufen!" Er geht mit erhobenen Armen auf den Mann zu, der zuerst eingetreten ist. „Lassen Sie uns nach draußen gehen, dort ist mehr Licht. Ich war früher auch Polizist und habe eben versucht, eine Freundin aus einer Art schwarzen Messe zu befreien."

Der Mann nickt, obwohl er nicht wirklich verstanden hat, was hier passiert ist. Ein Polizist führt Alexander nach draußen, der geht mit erhobenen Händen voraus, es muss erst geprüft werden, ob er ungefährlich ist.

Vor dem Haus befinden sich über zehn Personen, es sind weitere Beamte des Einsatzkommandos und vier Polizisten. Hinter ihnen steht Werner Hansen, er kommt mit blassem Gesicht zu Alexander. „Was um alles in der Welt ist dort drinnen passiert? Ist Christine am Leben?"

„Deine Tochter lebt. Ich fürchte, sie wird eine Weile brauchen, um die letzten Tage zu verarbeiten." Plötzlich fühlt er sich fix und fertig, er zittert und legt die Arme um den alten Kommissar. „Mein Gott, Werner. Hoffentlich wird bald alles gut." Unversehens hat er das längst fällige »du« verwendet. Doch dann fasst er sich wieder. „Ist der Rettungswagen benachrichtigt?", ruft er laut zu den Polizisten.

Er hört, dass der unterwegs ist, er soll in wenigen Minuten eintreffen. Aus den Taschen seiner Hose zieht er seinen Ausweis hervor und zeigt ihm einen der Beamten.

Der blickt flüchtig darauf. „Vielen Dank. Wir werden uns später darum kümmern, im Moment haben wir genug damit zu tun, die Spuren zu sichern. Halten Sie sich zu unserer Verfügung."

Ein Martinshorn ist zu hören, es gehört zu dem rotweißen Rettungswagen, der sich mit hohem Tempo auf dem geschotterten Weg nähert.

Christine wird von einem Sanitäter aus dem Haus geführt, sie trägt noch das lange, weiße Kleid, das Geschirr mit den Flügeln hat ihr jemand abgenommen. Immerhin, sie kann selbstständig gehen und ist unverletzt. Jetzt blickt sie zu Alexander, ihr blasses Gesicht zeigt kurz ein zaghaftes Lächeln. Auf einer Trage wird eine junge Frau herausgebracht und ebenfalls in den Rettungswagen verfrachtet. Der entfernt sich dann mit Blaulicht und Sirene, in 20 Minuten wird er das Krankenhaus erreichen.

Der graue Dienstwagen der Spurensicherung trifft ein. Drei Mann gehen mit mehreren Kisten in das alte Gebäude, einer von ihnen hat eine Kamera dabei. Die Aufarbeitung dieses Falles beginnt und wird einige Zeit in Anspruch nehmen.

Drei Tage nach dem schrecklichen Szenario in der alten Villa sitzen Christine und Alexander, sowie das Ehepaar Hansen, im Wohnzimmer in der Horststraße beieinander. Sie hat sich erholt, frisch sieht sie aus, immer wieder sucht ihre Hand die von Alexander, sie verschlingt ihre schlanken Finger mit seinen. Gerade hat sie ihre Schilderung der Erlebnisse in der Villa beendet, mit Entsetzen in den Augen blicken ihre Zuhörer sie an.

„Meine Güte, Christine! Ich bin so froh, dass du wieder bei uns bist." Ihre Mutter strahlt über das ganze Gesicht, vorbei sind die schrecklichen Tage und Nächte, an denen sie aus Sorge um ihre Tochter geweint hat und nicht schlafen konnte.

„Erzähl doch mal, Werner. Was ist denn der Stand der Dinge?", fordert Alexander Christines Vater auf. Der war in den letzten Tagen oft bei seinen ehemaligen Kollegen im Kommissariat gewesen und befindet sich auf dem Laufenden.

„Es hat Gott sei Dank keinen Toten gegeben. Diese Frau, Julia Köster, war die Komplizin von diesem Torborg. Sie ist bei dieser irren Inszenierung gegen einen Kontakt am Tesla-Transformator gestoßen, so hat man mir erzählt. Der erzeugt zwar hochfrequente Spannungen, die sind aber offenbar nicht tödlich. Sie hat aber genug abbekommen, eine Schädigung zahlreicher Nerven war die Folge. Sie wird den Rest ihres Lebens im Rollstuhl zubringen müssen - vorerst befindet sie sich im Krankenhaus. Danach wird sie ins Gefängnis kommen", fügt der alte Herr mit einem zufriedenen Lächeln hinzu.

„Was ist mit dem Mann, der sich für den Teufel gehalten hat?", möchte Christine wissen.

„Ja, der arme Kerl ist vorerst in der Psychiatrie der Universitätsklinik Hamburg-Eppendorf untergebracht. Er sei ein sehr interessanter Fall, hat man mir gesagt. Ob er je normal werden wird, ist unklar."

„Was passiert mit dem Anführer, diesem Frank Torborg?", möchte Alexander wissen.

„Tja. Der wird viele Jahre auf Staatskosten verbringen müssen. Jetzt sitzt er erst mal im Untersuchungsgefängnis. Seine Mitarbeiter werden ebenfalls mit Gefängnisstrafen rechnen müssen."

„Eines ist mir völlig unklar", wirft Alexander ein. „Wieso war Christine als Engel verkleidet? Was sollte das alles, die Musik und die Dunkelheit?"

Werner zuckt mit den Schultern. „Es wird eine Weile dauern, bis die Untersuchungen abgeschlossen sind. Bis jetzt scheint es so, als wenn dieser kranke Mann den Tod voraussagen konnte, was die Erpressungen ermöglicht hat. Vielleicht hat es irgendwie mit dem Teufel zu tun, der einen Engel beseitigen musste."

„Lasst uns über nettere Dinge reden", schlägt Christines Mutter vor. Sie wendet sich an ihre Tochter. „Wann wollt ihr euch endlich verloben?"

„Mama! Wer heiratet denn in unserem Alter noch? Außerdem – das geht dich gar nichts an!" Sie dreht ihren Kopf zu Alexander und drückt ihm einen zarten Kuss auf die Wange. „Wir haben allerdings beschlossen, uns nie wieder zu trennen."

Nachwort

Hat Ihnen dieser Roman gefallen? Vielleicht interessieren Sie sich für die anderen Romane des Autors?

Unter seinem richtigen Namen sind, mit diesem, fünf lokale Kriminalromane erschienen, weitere sind in Vorbereitung. Die ersten drei sind die Fälle des Kommissar-Gespannes Krüsmann und Hansen. Sie spielen in der Niederelberegion zwischen Stade und Cuxhaven.

- Der Kreidestrich

  ist ein Krimi, der vor fünfzig Jahren handelt, die Zementfabrik in Hemmoor spielt eine wichtige Rolle. Hier findet eine vor den Schergen ihres Zuhälters geflohene Prostituierte Arbeit. Dieser Roman ist der erste Fall der Kommissare Krüsmann und Hansen.

- Fähre ins Jenseits

  Der zweite Fall der Kommissare Krüsmann und Hansen. Auf der Schwebefähre in Osten wird der ehemalige Kommandant eines Konzentrationslagers von einem früheren Häftling wiedererkannt. Um der Bestrafung zu entgehen, beginnt eine Spirale des Todes.

- Die Chemie stimmt

  Ein Chemieriese will an der Elbe bei Stade ein neues Werk errichten.

  Die Besitzer der Ländereien wittern das große Geschäft, Neid auf den Besitz des anderen entsteht.

  Ein junges Paar gerät in die Verstrickungen zwischen den Landbesitzern, an einem Mord muss sich ihre Liebe beweisen.

  Die Hoffnungen und Sorgen der Anwohner der Industriegiganten werden lebendig.

- Sommer der Diebe

  Heranwachsende in Stade spielen Mitte der 80er Jahre Detektiv, das Spiel wird unerwartet bedrohlich.

  Die Täterjagd wird für die 13-jährigen Heranwachsenden plötzlich gefährlich, aus dem Spiel wird bitterer Ernst.

- Mord mit Absicht

  Bei einem Bankraub erbeuten drei Männer eine riesige Geldmenge, es ist Geld der Mafia. Eine gnadenlose Jagd durch einen skrupellosen Verfolger beginnt. Fünf Morde rufen die Polizei auf den Plan.

Unter dem Pseudonym »Allan Greyfox« sind von Peter Eckmann bisher folgende Bücher erschienen:

- Töchter des Stahls – Amerika von 1922 – 1947

  Ein historischer Roman

  Der Werdegang eines jungen Mannes wird beschrieben, sowie die Entwicklung eines schönen und reichen Mädchens. Die schwierigen Zeiten mit ihren Verbrechern und der Not der damaligen Zeit wird mit ihnen lebendig. Die Geschichte der Protagonisten findet in den folgenden hardboiled-Krimis ihre Fortsetzung.

- Der Tod im Paradies

  Ein scheinbar einfacher Fall entwickelt sich zu einem ausgewachsenen Verbrechen. Privatdetektiv Mike Callaghan lernt bei seinem ersten größeren Fall Freunde, Verbrecher und ein hübsches Mädchen kennen.

  Der Roman schließt nahtlos an den historischen Roman „Töchter des Stahls" an. Das junge Mädchen und der erfahrene Detektiv entdecken ihre Freude sowohl aneinander, als auch an der Detektivarbeit.

- Schwarze Weihnachten in Manhattan

Ein Weihnachtsmann stellt sich als sehr gefährlich heraus, unser Held muss Weihnachten und den Jahreswechsel 1947/48 im Gefängnis verbringen. Nur seine schöne Partnerin und seine Freunde können ihn vor der Todeszelle bewahren.

- Mit dem Fahrstuhl kam der Tod

Der bisher letzte Fall der Detektei Callaghan. Ein defekter Fahrstuhl wird einem jungen Mädchen zum Verhängnis. Sie haben es mit einem harten Gegner zu tun, es sind Veteranen des Zweiten Weltkrieges, skrupellose Verbrecher und erfahrene Kämpfer.

Interessieren Sie sich für die Abenteuer vom Großvater des Detektivs, dem Gunfighter?

Dann könnten die folgenden vier Wildwest-Romane für Sie interessant sein:

- Vom Herumtreiber zum Gunfighter

- Der Reiter aus Laramie

- Das Tal der Siedler

- Die Minenstadt

Sie beschreiben den Weg eines jungen Herumtreibers zum gefürchteten Revolvermann. Er kehrt seinem bisherigen Leben als Kämpfer den Rücken und setzt seine Fähigkeiten als Wohltäter eines Tales ein.

Beachten Sie bitte auch meine Internet-Seiten:

www.allan-greyfox.de

sowie

www.peter-eckmann.de

Dort finden Sie Hintergrund-Informationen zu meinen Büchern.